■■■■■
BASTEI
LÜBBE
TASCHENBUCH

Weitere Titel der Autorin:

Ungezogen

Lindsay Gordon

AFFÄREN

Erotische Storys

Aus dem Englischen von
Sandra Green

BASTEI
LÜBBE
TASCHENBUCH

BASTEI LÜBBE TASCHENBUCH
Band 16 492

3. Auflage: Oktober 2012

Vollständige Taschenbuchausgabe

Bastei Lübbe Taschenbuch in der BASTEI-LÜBBE GmbH & Co. KG

Deutsche Erstausgabe

Für die Originalausgabe:
Herausgegeben von Lindsay Gordon
Copyright bei den jeweiligen Autoren
Titel der englischen Originalausgabe: »The Affair«
Published by Arrangement with Virgin Books Ltd.,
London, England
Dieses Werk wurde vermittelt durch die
Literarische Agentur Thomas Schlück GmbH; 30827 Garbsen

Für die deutschsprachige Ausgabe:
Copyright © 2010 by BASTEI-LÜBBE GmbH & Co. KG, Köln
Titelillustration: © panthermedia.net/Anja Roesnick/
© shutterstock/debra hughes
Umschlaggestaltung: Kirstin Osenau
Satz: Urban SatzKonzept, Düsseldorf
Gesetzt aus der Palatino
Druck und Verarbeitung: CPI – Ebner & Spiegel, Ulm
Printed in Germany
ISBN 978-3-404-16492-9

Sie finden uns im Internet unter
www.luebbe.de
Bitte beachten Sie auch: www.lesejury.de

Der Preis dieses Bandes versteht sich einschließlich
der gesetzlichen Mehrwertsteuer.

Inhalt

Er macht es einfach

Charlotte Stein

Vaughn sagt, dass Brendon heute Abend vorbeischaut, und ich denke mir nichts dabei. Er lädt immer weiß Gott wen auf den letzten Drücker ein, und gewöhnlich sind sie so ärgerlich und abgefackt, dass ich schon vor den Nachrichten eingeschlafen bin.

Dann ziehen sie hinaus auf die Veranda und trinken und trinken, bis sie so was Hirnrissiges tun wie sich rot anzustreichen und dann über die Main Street stromern. Oder Schlimmeres. Manchmal erzählt mir Vaughn von diesen schlimmeren Dingen, während er mit einer Hand in mein Höschen greift.

Ich habe nichts dagegen.

Einmal brachte er ein Mädchen mit, ein hübsches, unanständiges kleines Mädchen mit prallen Brüsten und einem flacheren Bauch als meiner, und er zwang mich zuzusehen, während sie ihm einen klebrigen Blowjob verpasste. Aber in Wirklichkeit hat er mich zu nichts gezwungen. Ich blieb einfach, weil ich wollte. Ich kann nicht abstreiten, dass ich es faszinierend fand, den Schwanz meines Freundes in einem anderen Mund ein und aus fahren zu sehen.

Ich habe mich auch nicht gewehrt, als er mir gesagt hat, ich sollte ihre Pussy lecken. Ich hatte mir schon lange gewünscht, es mal mit einem Mädchen zu versuchen, und obwohl er mich mit seinen Händen abgriff, während ich ihr einen abknusperte, war es nicht so schlecht. Nachdem er eingeschlafen war, leckte sie meine Pussy. Sie war ganz in Ordnung, ein nettes Mädchen eben.

Und die Sache brachte mir den Zugriff auf unheimlich viel Stoff – noch Wochen später.

Aber jetzt geht es nicht mehr um Wochen, sondern um Monate, deshalb kann es nicht überraschen, dass ich mich frage, was mich heute Abend erwartet.

Dann taucht Brendon auf, und er ist weniger, als ich erwartet hatte. Ich erwartete einen eher schäbigen Typen, irgendwie jemand mit Hundehalsband und Schwanzringen und anderen Dingen, von denen ich kaum was verstehe. Aber so einer ist er nicht.

Er ist enorm. Große breite Schultern und dicke Schenkel in engen Jeans. Hände wie Schaufeln. Aber er ist auch ein bisschen tölpelhaft. Er trägt einen College-Pulli, obwohl er zu alt ist fürs College, und seine Hände stecken in den Taschen seiner zu engen Jeans, und seine Oberlippe verschwindet immer wieder mal über den Zähnen.

Er schwitzt wie verrückt. Er sieht ganz gut aus. Seine Augen sind wie dunkle Höhlen, und seine Haare sind dicht und struppig. Sein Kinn sieht so aus, als wäre es mit einem Lineal gezogen worden.

Ich glaube, ich weiß, unter welchem Motto dieser Abend stehen soll, auch wenn Vaughn mir nicht gesagt hätte, ich sollte dieses knappe Kleidchen anziehen. Auch wenn Brendon nicht interessiert wäre – und ich weiß, dass er interessiert ist, denn er redet über Dinge, von denen Vaughn weiß, dass sie mir gefallen, zum Beispiel Ray Bradbury und blutrünstige Horrorfilme –, würde ich es wissen.

Brendon sagt kein Wort, und ich sage auch nichts, denn ich kann mich beherrschen und will keine Spielverderberin sein. Wir sitzen also in schwülem Schweigen da und schauen zu, wie Vaughn zwei Puppen auf dem Bildschirm vögelt.

Die erste ist eine große verwöhnte Blondine, die ihm zurief, er sollte es ihr besorgen. Als er nicht sofort reagierte und weiter das zierliche asiatische Mädchen mit den drahtigen Haaren bediente, schmollte die Blondine und befriedigte sich selbst.

Ich kenne das. Ich habe das Band tausendmal gesehen. Vaughn liebt es, weil es belegt, dass sie sich um ihn reißen. Als er schließlich nachgibt und anfängt, die Blonde zu furchen, schmiegt sich die Asiatin mit den spitzen Haaren zwischen sie und leckt die Klitoris der Rivalin – nicht, um der Blonden zusätzliche Lust zu verschaffen, sondern um Vaughn zu verführen, seinen Penis in den asiatischen Mund zu stoßen statt ausschließlich in die blonde Pussy.

Der Höhepunkt des Films ist sein Höhepunkt, der von beiden Frauen genüsslich gefeiert und mit gierigen Mündern aufgefangen wird.

»Oh, Vaughn«, seufzen sie. Es ist der krönende Abschluss.

Als er seine Hand unter meinen Rock steckt, während der Film weiterläuft und Brendon am anderen Ende der Couch herumrutscht, protestiere ich nicht. Hauptsächlich, weil der Film mich scharf macht, und außerdem bin ich sicher, dass Brendon kaum etwas sehen kann. Ich drücke meine Klitoris härter gegen Vaughns Finger, und er stimmt sie, bis sie glitschig ist, dann arbeitet sich seine Hand im Höschen bis zum nassen Eingang vor.

Eigentlich habe ich nichts dagegen. Ich muss an Brendons gut geschnittenes Gesicht und an seine großen Schaufelhände denken, und ich muss zugeben, dass es in seiner Gegenwart noch geiler ist, auch wenn er sich seltsam scheu gibt.

Ich lasse den Kopf gegen den Sofarücken fallen. Meine Wangen glühen heiß, und meine Hüften rucken vor und zurück, während der Dreier auf dem Bildschirm weitergeht. Im Augenblick besorgt es sich die Blondine selbst; dazu benutzt sie einen summenden blauen Vibrator, während die Kleine mit den drahtigen Haaren auf allen Vieren hockt, ihre Brüste zwickt und näher an seinen Prügel rutscht.

Als die Blonde den Rücken krümmt und offenbar um das glitschige blaue Ding herum zuckt, stöhne ich. Brendon stöhnt auch. Für mich ist klar, dass Vaughn sich für diesen Abend so eine Szene wie im Film vorstellt, nur mit einer neuen Aufteilung der Geschlechter.

Aber er wird sich wundern, ehrlich. Ich habe nichts dagegen, dass er mich so reibt wie jetzt, und ich habe auch nichts dagegen, wenn Brendon sich dabei einen runterholen will, aber ich lasse die beiden nicht zusammen an mich ran.

Trotzdem spreize ich meine Beine noch ein wenig mehr. Sie sind jetzt schön weit auseinander, und er stößt seine Finger in meine quatschende Pussy, während er die Klitoris malträtiert, und ich kann nicht widerstehen und schiebe eine Hand in mein dünnes Kleid, um meine Nippel zu streicheln und zu reiben. Auf eine Weise ist es angenehm, dass ich nicht viele Klamotten trage, denn dadurch erreicht man mühelos die interessanten Regionen.

»Willst du kommen?«, keucht er mir ins Ohr. »Willst du kommen?«

Und ich stöhne zurück: *Yeahhh, oooh, yeah.* Denn das will ich unbedingt. Meine Klit fühlt sich an, als würde sie jeden Moment platzen, und ich versaue mein Höschen und seine Hand. Ich habe jetzt beide Hände unterm Kleid und zwicke und quetsche meine Nippel. Ich verbreite die glühende Wärme, die sich in Bauch und Schoß aufbaut.

Aber er zieht seine Hand zurück, und er lässt mich hängen. Ich schiebe meine eigene Hand nach unten, aber er hält sie zurück und sagt, dass ich kommen kann – aber nur, während er seinen Pflug durch meine Furche zieht.

Ich sage: »Nicht hier«, aber ich lasse zu, dass er mich aus meinem Höschen windet. So ist das immer. Ich fange mit besten Absichten an und versuche, nicht in seine Fallen zu tapsen, aber der größte Teil von mir mag seine Fallen. Ich werde viel zu geil, um sie nicht zu mögen.

Ich weiß ganz genau, worauf das hinausläuft. Vaughn wird es mir besorgen, bis ich dampfe und klatschnass bin und mir alles wehtut, und dann ist mir egal, was ich im Mund habe. Ich sauge begierig, ohne auch nur eine Sekunde darüber nachzudenken. Und wenn es mir bewusst wird, komme ich.

Der Gedanke an Brendons Schwanz ist nicht abtörnend. Zum Glück hat Vaughn mir etwas Hübsches und Rücksichtsvolles mitgebracht und nichts Brutales und Hässliches.

»Schau mal, wie nass sie ist«, sagt er zu Brendon, aber Brendon sieht nur erregt und verdutzt aus. Seine Hand reibt rastlos im Schoß hin und her. Ich kann sehen, wie dick seine Erektion in den Jeans wirkt, und gegen meinen Willen zuckt und spannt meine Pussy.

So dick ist Vaughn nicht. Aber er genügt.

Er nimmt seinen harten gespannten Schatz heraus und spreizt meine Beine. Der Kopf reibt sanft durch meine cremige Schnitte. Ich stöhne und krümme meinen Rücken, weil ich die weiche Berührung meiner Klitoris beibehalten möchte, aber er lacht nur und gleitet in mich hinein.

Es fühlt sich gut an. Ich bin so empfindlich, dass ich glaube, ich könnte nur von diesen Rein-raus-Bewegungen kommen, aber leider sind sie zu schnell vorbei. Er grunzt und stößt in mich hinein, er schwillt in mir an, und dann kommt er viel zu früh, viel zu aufgeregt, weil ich zugelassen habe, dass er es mir in Anwesenheit seines Freundes gibt.

Aber mir fällt auf, dass er bei den beiden Frauen viel länger durchgehalten hat.

Er steigt ab und stolpert von mir runter, wodurch er Brendon einen ungehinderten Blick auf meine vom Saft beschmierte Pussy und auf meine steife Klit bietet. Brendons Scheu erstreckt sich nicht aufs Gucken. Er reibt sich durch die Jeans, während er seufzend und murmelnd auf meine Spalte starrt.

»Weißt du, er ist noch Jungfrau«, sagt Vaughn, und ich erinnere mich an eine Unterhaltung, die wir erst vor kurzem auf einer Geisterbahn hatten. Später, als wir Zuckerwatte schleckten, und noch später, als wir fast ineinander krochen, so scharf waren wir aufeinander. Wir hörten nicht auf, uns zu küssen, und ich war viel zu aufgeregt, um nicht alles zu tun, was er wollte.

Ich hätte ihm nie sagen sollen, was ich von männlichen Jungfrauen halte. Von Unerfahrenheit und Übereifer. Ich hätte wissen sollen, dass er es mal gegen mich verwendet – und dann auch noch auf eine so spektakuläre Art und Weise. Wo hat er Brendon überhaupt gefunden? Wie hat er so ein Detail über ihn erfahren?

Ich bin sicher, dass er lügt, aber auf der anderen Seite sieht Brendon verlegen und erregt und nervös aus, alles gleichzeitig. Ich meine, das kann auch daran liegen, dass ich auf dem Sofa liege, Beine gespreizt und Brüste entblößt, doch seine Reaktion ist nicht typisch für Vaughns andere Freunde, wenn sie mich in einer solchen Pose sehen.

Einmal haben sie sich zu dritt angestellt. Von Zögern keine Spur.

Aber Brendon scheint zu zögern. Er wirft Vaughn einen Blick zu, aber Vaughn grinst nur und steigt in seine Jeans. Er zündet sich eine Zigarette an und setzt sich wartend an den Tisch im Esszimmer.

Ich denke, dass er vielleicht ewig warten kann. Entweder ist Brendon ein guter Schauspieler, oder er ist genau das, was Vaughn sagt, denn Brendon scheint sich nicht regen zu wollen, ohne dass er dazu aufgefordert wird. Auf dem Bildschirm sieht man, wie die Blonde den Vibrator bei dem Mädchen mit den stacheligen Haaren einsetzt – die Pussy extrem gespreizt und offenbar sehr nass. Dabei tun sie es doch nur für die Kamera. Die Asiatin mit den Stacheln saugt Vaughn, aber das reicht nicht, um Brendon zur *action* zu überreden.

Er schaut nur zu, blickt auf meine Pussy und schaut zu.

Vaughns Rauch wölkt uns ein. Der Tabak legt sich über den Geruch von Sex.

»Sie ist noch nicht gekommen, Brendon«, sagt Vaughn nach einer Weile. Ich schaue hinüber zu ihm, aber durch den Qualm kann ich sein Gesicht kaum sehen. »Vielleicht kannst du das für mich erledigen.«

Bei diesen Worten geht ein Schmerz durch mich hindurch. Ich will das nicht, aber es ist so. Ich habe eine Schwäche für Vaughn und eine Schwäche für dieses Spiel. Er hat mich wieder in die Falle gelockt, aber er weiß nicht, dass ich meinen Spaß daran habe. Vaughn geht es in erster Linie darum, einen jungen Kerl verlegen zwischen meinen Beinen zu sehen. Und wenn der scheue Kerl nicht kann, steht Vaughn bereit und zeigt ihm, wie es gemacht wird.

Ich sage nichts über die erste Runde, die Vaughn schon hinter sich hat, und deshalb kann er den großen Mann im Bett spielen. Brendon sagt auch nichts, dafür ist er ein viel zu lieber Kerl. Er ist nur gespannt auf das, was kommt.

Außerdem sieht er aus, als ob sein Weizen blüht. Er scheint sein Glück kaum glauben zu können, und das freut mich. Ich bin sein Weizen. Ich bin das, wonach er lechzt; ich bin das Geschenk, mit dem er nie gerechnet hat.

Mir gefällt, dass ich Brendons Geschenk bin.

Der Gedanke verblüfft mich, aber ich lasse ihn zu. Ich erschauere dabei, und während er starrt – den Bildschirm hat er längst aus seinem Blickfeld verbannt –, lasse ich den dünnen Träger meines Kleids von einer Schulter rutschen. Meine

Brüste sind viel größer als die der Mädchen im Film, aber das scheint ihn nicht zu stören. Im Gegenteil. Seine Augen werden immer runder, sie öffnen sich wie Monde. Und sie werden noch etwas größer, als ich über einen Finger lecke und damit um meinen festen kleinen Nippel streiche.

Er schluckt sichtlich, deshalb enthülle ich auch noch die andere Brust. Ich zwicke und quetsche meine Nippel, und Lustpfeile schießen direkt zu meiner Klit, aber er unternimmt nichts, bis Vaughn ihm die Erlaubnis gibt.

»Leck ihre Pussy zuerst«, sagt er. »Nun mach schon, sie lechzt doch danach.«

Ich schätze, dass er damit Recht hat, denn es stört mich nicht einmal, dass es Vaughns Aufforderung bedurfte, damit Brendon in die Gänge kommt.

Er bewegt sich langsam, sehr langsam, und dann spüre ich seinen Atem auf der bloßen Haut meiner Pussy, bevor er mich richtig berührt. Ich verspanne mich vor Aufregung, aber ich tue nichts, um ihn zu ermutigen.

Wenn ich die Initiative ergreife, könnte er wieder nervös werden und zurückzucken, und das will ich in jedem Fall verhindern. Ich kann es kaum ertragen, auf seine langsamen Reaktionen zu warten, und jeder meiner Gedanken scheint darauf abzuzielen, mich in helle Aufregung zu versetzen.

Er birgt sein Gesicht in unsere vereinten Säfte, aber das schreckt ihn nicht.

Die Dinge sind leicht, wenn man sich so heiß gemacht hat.

Ich schaue auf seine langen Beine, die er von der Couch baumeln lässt. Auf seine dunklen Haare zwischen meinen blassen Schenkeln. Er stöhnt, bevor er irgendwas beginnt, und das Stöhnen vibriert durch mein nasses Fleisch; es elektrisiert mich so sehr, dass ich die Augen schließe und mir die Dinge vorstelle, die ich mit dem großen bäurischen Brendon erleben will.

Es kommt mir nicht fair vor, dass Vaughn noch da ist. Ich will die ganze Nacht mit seinem Freund haben, ich will mein eigenes Videoband mit ihm. Er stöhnt wieder, und es ist ein liebliches Geräusch, ein raues gedämpftes Uh, Ah, voll von Gier und Verlangen, und beinahe hätte mich das schon zum Orgasmus gebracht.

Ich stelle mir vor, wie Brendon mich von hinten hart reitet, und ich höre nichts außer diesem gedämpften Stöhnen.

»Hör auf, mit ihr herumzuspielen und leck sie gut«, blafft Vaughn, und Brendon gehorcht. Er streckt die Zunge heraus und leckt den ganzen Schlitz entlang, von der brodelnden Vulva bis zur steifen Klitoris.

Ich schreie auf, und er wiederholt den Vorgang, und diesmal ist es ein Zeichen von mir, das ihn aktiv werden lässt. Jedes Mal, wenn er mit der Breite der Zunge über die Klitoris streift, lasse ich ihn wissen, wie gut mir das tut. Oh, Mann, ja, so gut.

Ich bäume mich auf und winde mich auf der Couch, bis er seine großen Hände einsetzt, um mich ruhig zu halten – er legt sie auf die empfindlichen Innenseiten meiner Schenkel, was meine Situation noch verschlimmert. Er fletscht die Zunge nicht so neckend wie Vaughn, sondern presst sie fest und flach gegen den Kitzler und fängt dann von vorn an, bis ich glaube, bald verrückt zu werden.

Vaughn weiß offenbar, dass ich bald verrückt werde, denn er sagt knurrig: »Lass sie hängen. Sie liebt es, wenn du sie hängen lässt. Stoß in sie hinein, denn das braucht sie jetzt.«

Aber Brendon gehorcht nicht. Ich habe keine Ahnung warum nicht. Ich glaube, er hört mich gern keuchen und fühlt gern meine ruckenden Hüften unter seinen Händen, und wenn ich stöhne: *Ohh, ja, ohh, Mann, ich bin da, ich bin da*, dann stöhnt er zurück in mein glitschiges Fleisch.

Himmel, wie der Orgasmus mich zerfetzt. Ich wölbe mich

gegen ihn, aber nichts kann ihn halten oder schwächen. Mein ganzer Körper wird geschüttelt, ich spende ihm einen Schub frischer Sahne, und ich kann mich nicht erinnern, wann es sich so gut angefühlt hat.

Es fühlt sich so gut an, dass ich nicht einmal aus der Schwebe herunterkomme, als Vaughn sagt: »Ich glaube, man muss ihr zeigen, wer der Boss ist, Brendon. Sie hat nicht gehört, was ich gesagt habe.«

Ich lasse mich auf einem Dunstschleier des Glücklichseins treiben, deshalb fühle ich auch keine Notwendigkeit, ihm zu sagen, dass er Brendon aufgetragen hat, etwas zu tun, mir aber nicht. Und er hat auch nie gesagt, dass ich nicht kommen sollte. Er hatte nur gesagt, dass Brendon meinen Orgasmus nicht zulassen sollte; er sollte mich hängen lassen.

Brendon ist einfach zu nett, um Vaughn zu gehorchen, hoffe ich jedenfalls.

Es ist gar nicht so falsch, jemanden hängen zu lassen. Manchmal liebe ich es. Es kann wirklich großartig sein. Ich kann mir zum Beispiel vorstellen, dass Brendon mich fesselt und mich stundenlang mit seinem dicken Gerät neckt. Stunde um Stunde um Stunde, bis ich verrückt werde. Er reibt mich mit Öl ein und leckt mich und saugt und lässt mich zappeln. Ich sehne mich nach ihm und –

Ich gehe auf dem Teppich auf alle Viere, weil Vaughn mir das aufträgt. Ich glaube, er will sich einen Witz auf Brendons Kosten erlauben, aber ich glaube nicht, dass Vaughn was von Witzen versteht.

Denn als er Brendon befiehlt, mir ein Spanking zu verpassen, quietsche ich wie gewöhnlich herum und ziere mich und sage nein, aber innerlich denke ich: Ja, warum nicht.

Zum ersten Mal denke ich: Oh, ja. Gib mir eine Tracht Prügel, Brendon. Ich will deine geilen großen Hände auf meinem Arsch spüren.

Ich raffe mein Kleid zusammen und ziehe es hastig über den Kopf. Ich bin sicher, dass ich wie immer aussehe, wenn Vaughn mir den Arsch versohlen will. Nervös und zögerlich. Aber die Wirklichkeit sieht anders aus – ich bin geiler als je zuvor in meinem Leben. Als ich mich auf alle Viere auf den Teppich knie, pudelnackt, lechze ich nach dem nächsten Orgasmus, als hätte ich nicht eben erst einen gewaltigen Höhepunkt erlebt. Ich weiß nicht, warum ich so gierig bin. Ich kenne Brendon kaum, und er ist nicht so viel anders als Vaughn.

Aber er ist eben doch anders. Ich wette, er ist genauso verdorben, und doch . . . oh, ja, ich bin sicher, dass er mich haben will. Er will mich so sehr, dass er alles tun würde, um mich durchziehen zu können. Er würde alles tun, was ich möchte – und alles, was Vaughn von ihm verlangt.

»Klatsch mir auf den frechen Arsch«, sage ich ihm, und erst jetzt höre ich ihn »Ja, okay« stottern.

Er kniet hinter mir auf dem Teppich, und bevor ich seine Hand auf meinem Po spüre, höre ich, wie er den Reißverschluss seiner Jeans aufzieht.

Vaughn gluckst, gibt aber keine neue Anweisungen, und als Brendon mich noch unsicher auf die Backen klatscht, fühle ich, wie er seinen Schaft lang zieht.

»Härter«, sagt Vaughn, und Brendon zögert ein bisschen, deshalb komme ich ihm zu Hilfe. Ich schwenke meinen Po und sporne ihn an, kräftiger zuzuschlagen.

»Ja, ja, bestrafe mich«, keuche ich und bettle um mehr. Er klatscht seine flache Hand auf meinen Hintern, und es fängt an zu brennen.

Ich rucke nach vorn, reibe die Nippel über den Teppich und recke den Po noch ein bisschen höher. Er schlägt wieder zu, bevor ich mich darauf vorbereiten konnte. Tröpfchen rinnen die Innenseiten meiner Schenkel hinunter, und ich denke an das Bild, das ich ihm biete.

Es würde mich nicht überraschen, wenn er sich reibt und sich auf meinem nackten Po erleichtert. Dann stelle ich mir vor, dass er in mich eindringt und mich benutzt, um schneller fertig zu werden.

Ich denke an all diese Sachen, und dann klatscht er mich wieder.

Auf dem Bildschirm ergießt sich Vaughn gerade über die Gesichter seiner beiden Gespielinnen.

»Besorg's mir«, sage ich zu Brendon. »Besorg's mir richtig hart.«

Vaughn ist großzügig. Er hält mich nicht zurück, und er verlangt auch nicht, dass Brendon nicht liefert, was ich bestellt habe. Stattdessen sagt er: »Na, mach schon. Gib's ihrer Pussy. Sieh doch, wie sie danach schmachtet, die Schlampe.«

Und doch kommt es als Überraschung, als Brendon sich in mich versenkt. Ich fühle, wie er mich öffnet und gegen die Rückseiten meiner Schenkel zittert. Himmel, wie stark sich seine Hände auf meinen Hüften anfühlen.

»Komm schon, zieh sie durch«, muntert Vaughn ihn auf. »Sie mag es, wenn du es ihr hart gibst.«

Es gefällt mir tatsächlich, wenn Brendon mich hart vornimmt. Seine Hüften und Oberschenkel prallen gegen meine nackten, wunden Backen. Er ist nicht so ein ungeduldiger Haurucker, wie ich vermutet hatte. Ich kann seine Nervosität spüren und seine Erregung. Er ist so geschwollen in mir, dass ich glaube, den Pulsschlag in seinem Schaft wahrnehmen zu können. Die Hände, die meine Hüften halten, sind glitschig vom Schweiß.

Seine Stöhnlaute sind zittrige kleine Biester, fast wie bei einem Mädchen. Fast wie ich mich anhören sollte statt all der männlichen Grunzlaute, die mir entweichen.

»Oh, du bist ja so heiß«, wimmert er. Ich sollte ihm nicht

wirklich glauben, aber er hört sich so aufgeregt an, dass es mir schwerfällt, ihm nicht zu glauben. »Ich kann nicht lange durchhalten.«

»Mach dir keine Sorgen«, sagt Vaughn. »Füll ihre Pussy, dann bist du fertig.«

Ich stöhne bald, halb glücklich, halb verzweifelt, während ich Vaughns schicke Schuhe über den Teppich gehen sehe. Ich weiß, er wird mich dazu bringen, ihn zu blasen, während ein anderer Mann mich vögelt, und obwohl ein Teil von mir diese Vorstellung liebt, möchte ich doch, dass Brendon zunächst fertig wird. Brendon, der mir das Gefühl gibt, ein heißer Feger zu sein. Eine sexy Sahneschnitte. Brendon, der mir sagt, er kann mir nicht widerstehen und will mich immer wieder vögeln, wie er es gerade tut.

Aber Vaughn kniet sich nicht vor mich. Stattdessen höre ich ein Geräusch, wie Plastik gedreht wird – er wechselt ein Band gegen ein anderes aus. Im nächsten Moment zeigt sich mein volles Gesicht auf dem Schirm, wie ich ihn sauge.

Ich weiß genau, welches Band das ist. Meine krausen Haare sind fast glatt geworden von all dem Schweiß und der Luftfeuchtigkeit; es ist seine Lieblingsszene auf diesem Band; wir sind alle erschöpft von dem Sexmarathon, und zum Schluss erstickt er mich mit seinem Stab. Trotz der langen Session war es mir noch nicht gekommen, und nachdem er meinen Mund eine Weile geplündert hat, muss ich mich herumdrehen, damit die Videokamera meine geschwollene, saftige Muschi aufnehmen kann.

»Schau mal, wie geil sie ist«, sagt Vaughn, und ich weiß, dass er auf den Bildschirm schaut und nicht auf die echte Person, als er das sagt.

Brendon stöhnt nur ein paar helle Uhs und Ehs heraus, an denen ich mich erfreuen kann, und treibt härter in mich hinein. Ich glaube nicht, dass er mich so viele Dinge tun ließe, ohne dass er mich zum Orgasmus bringt. Ich glaube, ich könnte sogar kommen, wenn ich ihn in einer gut besuchten Bar nur anschauen würde. Ich glaube, ich könnte kommen, wenn ich ihm beim Onanieren zusehen würde, wie er vom Schweiß glänzt und wie er sich vor mir windet.

Ich glaube, ich kann jetzt kommen, denn er steckt in mir, und ich höre sein Stöhnen und spüre seine reibenden Hände, die meine wunden Backen lindern. Dann brauche ich nicht mehr zu denken, denn er keucht und greift an meine Klitoris und reibt, während er ein und aus fährt.

Es dauert nur eine Sekunde. Ich krümme den Rücken, und sein Schaft dringt noch tiefer ein. Auf dem Bildschirm sehe ich Vaughn kichern, während er mir sagt, dass ich mich selbst zum Orgasmus bringen soll.

Ich starre mich auf dem Schirm an, wie ich glücklich und gequält aussehe, und dabei quetschen meine Muskeln Brendons Gerät, und er schießt in mir ab.

»Oh, Mann, oh Mann«, schreit er, »ich kann nicht glauben, wie gut sich das anfühlt!«

Und das sage ich auch zu ihm, aber nur in Gedanken: Ich kann es auch nicht glauben.

Wie ich mir denken konnte – Vaughn macht es mir noch einmal, als Brendon fertig ist. Brendon scheint nicht mehr so glücklich beim Zuschauen wie noch vorhin zu sein. Er sitzt auf der Couch, und seine dunklen Augen brennen, während er Vaughn zuschaut, *der ihm zeigt, wie es geht.*

Es ist eher pathetisch, muss ich sagen, besonders nach dem, was ich eben erlebt habe. Ich meine, ich habe schon einige bessere Typen gehabt als Vaughn – sein Freund Greg war sehr gut. Aber dies hier fühlt sich anders an, und ich will es auch gar nicht vergleichen.

Sagen wir mal, Vaughn ist so attraktiv wie Brendon, und viele der Spielchen, die Vaughn treibt, gefallen mir.

Aber jetzt liege ich noch auf dem Boden, Vaughn zwischen meinen Beinen, und ich erwidere Brendons Blicke.

Natürlich schüttle ich die Gefühle ab. Brendon ist nur ein Junge, auch wenn er nicht mehr wie ein Junge aussieht. Er hat mir eine gute Nummer verpasst, obwohl ich glaube, dass ich die Erregung aus der Vorstellung bezog, dass er eine männliche Jungfrau war.

Ich frage mich immer noch, ob das der Wahrheit entsprach, oder ob Vaughn mir wieder eine Falle gestellt hatte.

Ja, Brendon war eifrig und aufgeregt, als hätte er noch nie eine nackte Frau gesehen, aber er wusste auch Bescheid. Er wusste, wie er mir Lust bringen konnte, wie er mich streicheln, lecken und nehmen sollte. Seine Poklatscher waren nicht zu kräftig, genau richtig, um mich anzumachen, und er fand auch die passenden Worte.

Solche Dinge muss man doch erst lernen, oder? Die meisten Männer können sie nicht.

Ich weiß es nicht. Ich schüttle es ab. Ich liege nicht wach neben einem schnarchenden Vaughn und denke auch nicht an Brendon, der unten auf seinem Klappbett liegt.

Was würde er tun, wenn ich jetzt zu ihm nach unten ginge? Was würde Vaughn tun? Obwohl – eigentlich braucht Vaughn es nicht zu wissen. Ich bin sicher, dass er viele Frauen flachlegt, von denen er mir nichts erzählt. Aber meistens erzählt er mir gern von seinen Eroberungen. Er filmt sie gern und zeigt sie mir dann. Welchen Spaß soll es bringen, wenn ich von seinen Affären nie was erfahre?

Aber mir würde es auch Spaß machen, Vaughn kein Wort zu sagen.

Ich steige ganz langsam aus dem Bett und tappe über den Schlafzimmerboden. Die Anstrengung, völlig geräuschlos zu bleiben, versetzt mir schon einen Kick, und trotz der Exzesse der letzten Stunden spüre ich, wie ich langsam warm werde, warm und nass. Vaughn wälzt sich herum und grunzt, und ich erstarre zu Eis, aber dann klingt sein Schnarchen wieder gleichmäßig.

Ich riskiere es.

Ich ziehe die Tür behutsam hinter mir zu und hoffe, dass ich es höre, wenn Vaughn aufsteht, um in der Nacht einen Schluck Wasser zu trinken. Aber irgendwie glaube ich nicht daran – nach einer langen Sexsession kann Vaughn schlafen, als ginge es um England.

Ich hoffe, er schläft tief und lange. Dann könnte ich –

Aber als ich unten bin, ist das Klappbett leer, und die Decken liegen herum. Mir war nicht klar, wie viel Zeit vergangen war. Blaues Dämmerlicht kriecht schon durch die Vorhänge, und Brendon ist wahrscheinlich längst gegangen. Er hat sich verdrückt, sobald wir die Treppe hinaufgegangen sind. Schließlich wird ihm das Erlebnis im Nachhinein peinlich sein. Er hatte es mit der Freundin eines Freundes getrieben und musste sich dann anhören, dass er noch eine Menge zu lernen hatte.

Er konnte nicht wissen, wie ich das Geschehen des gestrigen Abend bewertete, deshalb habe ich Verständnis für seine Flucht. Ich bin nicht der Mensch, der Dinge bedauert, die nicht zu ändern sind.

Ich mag alles, was echt ist. Ich mag Mumm. Ich mag Lust.

Ich mag Vaughn.

Aber jetzt sitze ich auf dem Rand des Klappbetts und frage mich, was für ein Leben Brendon führt. Geht er wirklich zum College, und würde er sich mit seiner Freundin im Rialto eine Doppelvorführung anschauen? Und wenn er eine Jungfrau war – wieso denn? Was war bisher schiefgelaufen?

Ich frage mich, ob Vaughn ihn bezahlt hat. Möglich wäre es, und zuzutrauen ist es ihm auch. Solche Dinge hat er schon in der Vergangenheit gemacht.

Und dann höre ich das Prasseln der Dusche im Erdgeschoss, und ich wäre vor Schreck fast vom Bett gefallen.

Ich weiß nicht, warum ich so heftig zusammengezuckt bin. Aber warum sollte Vaughn die Dusche unten benutzen? Und selbst wenn, wäre doch nichts dabei, dass ich auf einem leeren Klappbett sitze. Warum habe ich solche Angst? Warum habe ich solche Angst, wenn Vaughn und ich so eine perfekte offene sexuelle Beziehung führen?

Ich weiß es nicht. Ich weiß es nicht. Ich weiß, dass ich über den Flur ins untere Bad gehe. Das Licht brennt nicht, aber ich kann das Wasser gegen die Fliesen prasseln hören, die Vaughn viel zu teuer bezahlt hat. Er hat für das ganze Bad zu viel gezahlt, und auch für sein Arbeitszimmer auf der anderen Flurseite.

Er zahlt für viele Dinge zu viel. Ich glaube, er hat auch für den heutigen Abend zu viel gezahlt.

Ich klopfe nicht an die Tür. Wäre doch wirklich verrückt, wenn ich anklopfen würde, wo ich doch schon so viel von ihm gesehen und befühlt habe. Und doch fühle ich mich scheu; mir fehlt Vaughns Stimme im Rücken, die mir sagt, was ich tun soll. Geh ins Bad. Öffne die Tür zur Dusche. Leck ihn vom Kopf bis zu den Zehen.

Aus mir heraus kann ich das kaum bringen. Ich betrete das dunstigblaue Bad und stehe vor der Duschtür, starre durch das Milchglas und in den quellenden Dampf hinein. Ich kann durch all die Dunstwolken nur seine Umrisse sehen. Ich esse ihn mit den Augen auf.

Vielleicht braucht er nie zu wissen, dass ich hier unten war – Brendon, meine ich. Dann muss er mich auch nicht zurückweisen, und ich werde nie erfahren, dass sich das alles nur in meinem Kopf abgespielt hat – irgendeine winzige Verbindung zu ihm. Ich wusste nicht mal, dass ich so eine Verbindung haben will.

Verbindungen sind alberne Späße. Törichte Produkte des New Age. Sie sind was für Leute, die in Kaftanen herumlaufen und Linsen essen. Verbindungen sind nicht rau und real wie das, was Vaughn und ich haben.

Aber ich lege meine Hand gegen das Glas und fühle von dieser rauen Realität mehr, als ich seit Jahren gespürt habe, trotz all der sexuellen Ekstase mit Vaughn. Ich fühle mehr Verlangen in mir als seit hundert Jahren, und es blüht so stark auf in mir, dass ich fürchte, ich muss mich übergeben. Es ist wie eine Faust, die sich in mir erhebt.

Er sagt nichts, als ich die Duschtür öffne und hineingehe. Er sagt auch nichts zu dem kleinen Slip, den ich noch trage. Das Wasser prasselt sofort über mich, und der Stoff saugt sich voll, aber für ihn ist das nichts Ungewöhnliches. Er starrt auf mich mit so etwas wie Hitze hinunter, und dann sehe ich auch noch Mitleid in seinen Augen. Aber ich schäme mich nicht.

Angesichts seines Mitleids komme ich mir auch nicht klein vor. Ich schließe die Tür hinter mir und lasse die Strahlen auf mich prasseln.

»Küss mich«, sage ich, und er tut es. Ich glaube, ich brauche es ihm nicht mal zu sagen; nach einem weiteren Moment hätte er es von sich aus getan.

So einer ist Brendon nämlich. Einer, der es einfach macht, bei dem man nicht betteln und flehen und sich erniedrigen muss. Er macht es einfach.

Wenn es darum geht, solche Spiele zu spielen, ist einer wie Brendon nicht schlecht.

Er drückt seine Finger in meine nassen Haare und massiert meinen Schädel, reibt vor und zurück. Als sein Mund sich auf meinen drückt, wackeln meine Knie schon, aber er hält mich fest und aufrecht. Er legt einen Arm um meine Schultern und drückt mich an sich.

Die Hitze entwickelt sich schnell in diesem engen Raum, aber ich glaube, dass die Hitze in mir noch stärker ist, auch wenn ich sie zunächst kaum registriere.

Ich lege meine Hände auf seine wuchtigen Hüften, dann streichle ich über seinen Bauch – Vaughns Bauch ist härter, aber mir fällt nur ein, wie stolz er auf seinen gespannten Bauch ist. Brendon ahnt meinen Vergleich und hält die Luft an, aber ich klatsche gegen seinen Bauch und küsse ihn.

Vor mir braucht er nichts zu verstecken, am wenigsten seinen wunderschönen Körper.

Es ist der Körper eines Menschen, der gern schwimmt. Der Körper eines Menschen, der nicht jeden Morgen Posen vor dem Spiegel übt. Ich mag seinen Körper, der gegen meinen drückt. Wir passen gut zusammen, teils hart und teils weich.

Er flüstert an meiner Wange: »Weiß Vaughn eigentlich, dass du hier bist?«

Als ich nein sage, sieht er nicht verängstigt drein. Er grinst breit, aber nicht überlegen.

»Ich wusste es«, sagt er. »Ich wusste es.«

Und auch wenn er nicht sagt, was er wusste, weiß ich es: Ich will etwas haben, das nur zwischen ihm und mir geschieht, das wir beide für uns haben.

»Ich verspreche, ich sage nichts«, murmelt er.

»Wie oft, glaubst du, kannst du nichts sagen?«, frage ich, und sein Grinsen wird noch breiter.

»Wenn du ihn verlässt, ist es doch egal, ob ich was sage oder nicht.«

Mein Herz pocht in meinem Kopf, im Bauch und in den Beinen. In jedem Teil von mir, nur nicht in der Brust. Ich glaube, es hat meine Brust verlassen.

»Fangen wir hier damit an«, sage ich und ziehe seinen Mund hinunter auf meine gierigen Lippen.

Ich esse ihn auf bei lebendigem Leib. Ich esse sein Gesicht, den Hals und die Schultern, den Haarbusch unterhalb seines Nabels und jeden einzelnen seiner Finger. Seine zitternden Schenkel und die weiche empfindliche Stelle hinter den Knien. Seine kleinen sensiblen Nippel und die Kurve seines knackigen Arschs. Ich beiße hart ins Fleisch, und er ruft heiser meinen Namen, bevor er sich umdreht und darauf besteht, dass ich nun auch eine solche Behandlung erfahre.

Seine Zähne kratzen über meinen Bauch und über meinen Rücken, während das heiße Wasser wegfließt und die Zeit vergeht. Vaughn kann uns jede Sekunde erwischen. Brendons Zunge dringt in meine Kerbe vor, spielt mit meinem Nacken und taucht in Höhlen und Dellen ein, von denen ich gar nicht wusste, dass ich sie habe.

Ich zittere, als er mich gegen die Duschwand hebt. Während ich meine Beine um seine Taille schlinge und seine glatten glitschigen Haare flachstreiche, frage ich ihn, ob er wirklich eine Jungfrau war. Seine Antwort ist süßer als Schokolade, die mir auf der Zunge schmilzt.

»Ich bin froh, dass ich mich nicht wie eine angestellt habe.«

Ich stöhne, als er mit seinem Stab durch meine Falten dringt und dann hineinstößt. Ich schreie auf, als er härter eindringt. So will ich es haben.

»Sobald ich fertig war, wollte ich wieder von vorn anfangen«, ächzt er, und ich denke: *Oh, Mann, ja, ich auch.*

Aber das sage ich ihm nicht. Ich lasse ihn arbeiten. Ich will diejenige sein, die begehrt ist – endlich einmal, und er begehrt mich so sehr, dass es ihm egal ist, wie laut er ist – dass Vaughn ihn hören, erwischen und töten könnte. Rau stößt er immer wieder zu, immer schneller, und er packt meine

Backen, treibt seine Finger in mein Fleisch und ruft meinen Namen, sein Gesicht an meiner Schulter.

Er sagt mir, wie heiß und nass ich bin, wie er nicht genug davon kriegen kann, meine enge kleine Pussy zu vögeln. Er nennt sie nicht Ritze oder Grotte, und er sagt mir auch nicht, ich soll seine Stöße nehmen wie das geile Luder, das ich bin. Stattdessen keucht er: »Komm für mich, komm auf meinem Schwanz«, und als ich nicht sofort gehorche, ändert er den Winkel, in dem er mich stößt, und sein Mund beugt sich über meine Brüste. Er saugt an den Nippeln und schiebt eine streichelnde Hand zwischen meine Beine.

Seine Finger zwicken meine Klitoris, und er stülpt seinen Mund über einen Nippel und saugt hart daran, und oh, Himmel, wie gut sich das anfühlt. Wahnsinnig gut. Ich fühle, wie meine Pussy um seinen Schaft herum klammert und quetscht, und er murmelt an meiner Brust, wie nass ich bin.

Er birgt sein Gesicht in meiner Halsbeuge und keucht, und dabei fragt er, ob es mir gefällt, ob ich es so mag und ob es so gut ist. Ich wundere mich, dass er es nicht weiß. Wie kann er nicht wissen, dass es mir gefällt?

Aber oh, Mann, es ist schön, gefragt zu werden. So schön, dass ich glaube, ich könnte nur vom Hören der Frage kommen, und dann winde ich mich auf seinem Schwanz und fahre an ihm rauf und runter.

Er packt mich bei den Haaren und presst seinen Mund auf meinen. Wenn er jetzt kommt, kann er seine Lust direkt in mich hinein schreien.

Ich schreie sofort zurück. Ich schreie mir die Lunge aus dem Leib, so dankbar bin ich, dass es jemanden gibt, der mich spüren und hören lässt.

Es ist nicht so, dass Vaughn schrecklich ist. Nein, in vielen Dingen ist er es nicht. Er hat mich in all den Jahren geliebt und für mich gesorgt, er hat meinen Horizont erweitert und zu dem Menschen gemacht, der ich heute bin.

Aber er ist nicht Brendon. Das wird er nie sein können. Er ist nur Einbahn und kennt nichts anderes. Im Gegensatz zu Brendon. Er fragt: »Was willst du als Nächstes tun?«, und ich weiß, dass es für ihn kein Limit gibt. Er ist offen, er fragt und sagt, was er denkt. Und nicht zu vergessen: Er macht es einfach.

Charlotte Stein ist die Autorin einer Storysammlung, die bei Black Lace erschienen ist, und in vielen Anthologien ist sie mit ihren Geschichten vertreten.

Das Wochenende des gefährlichen Lebens

Elizabeth Coldwell

Drew gab mir im Flur einen letzten Kuss. Seine Hand schob sich unter meinen Mantel und fasste mir an die nackte Pussy, die er vor so kurzer Zeit erst mit seinem Saft gefüllt hatte. Ich wand mich unter seiner Berührung und wusste, wie leicht es sein würde, die Leidenschaft wieder zu entfachen, die wir seit zwei Tagen geteilt hatten, aber natürlich war mir bewusst, dass ich gehen musste. Mein Handy vibrierte in meiner Tasche; ich brauchte es nicht herauszuholen, um zu wissen, dass das Taxiunternehmen mir textete – das Taxi wartete vor der Tür.

Widerwillig entzog ich mich Drews Umarmung. »Pass gut auf dich auf, ja?«, murmelte er.

»Keine Sorge, wir sehen uns bald wieder«, antwortete ich. In etwas mehr als neun Stunden, um genau zu sein, aber dann würden wir wieder Bürokollegen sein und nicht das Liebespaar, das wir an diesem Wochenende waren. Aber ich konnte nicht darüber klagen, dass ich ihn jetzt verlassen musste, denn von seiner Wohnung ging ich direkt zurück zu meinem wunderbaren Mann.

Ich schlüpfte erst unten im Hausflur in meine Schuhe, dann schloss ich die Haustür so leise es ging. Kurz vor Mitternacht an einem Sonntagabend würden die meisten Bewohner dieses umgebauten viktorianischen Hauses schon im Bett sein und von der Arbeit der nächsten Woche träumen. Ich wollte sie nicht wecken und auch keine Aufmerksamkeit auf mich lenken. Ich wusste genau, wie abgefackt ich aussah,

29

und der Ausdruck im Gesicht des Taxifahrers sagte mir deutlich, wie ich auf andere Leute wirkte.

Es war zwar nicht auf den ersten Blick klar, dass ich nur den Mantel trug und darunter Strümpfe, aber man würde leicht erkennen, wie zerrissen die Strümpfe waren, zerrissen und voller Laufmaschen. Meine Haare waren zerzaust und klebrig vom Schweiß und von Gleitmitteln, obwohl ich mich bemüht hatte, alles auszukämmen. Ich hatte mich auch üppig mit Parfum eingesprüht, bevor ich Drews Wohnung verließ, aber unter den Düften von Vanille und Ylang Ylang stank ich immer noch nach Sex. Dunkle Augen trafen im Rückspiegel auf meine, als das Taxi auf die Straße bog. »Sie sehen so aus, als hätten Sie eine gute Zeit erlebt.«

Ich konnte das Lächeln in meinem Gesicht nicht eliminieren, als ich sagte: »Oh, es war besser als gut.«

»Warum erzählen Sie es mir nicht?«

Es war eigentlich nicht die Geschichte, die ich auf der Rückbank eines Taxis erzählen würde, aber ich befand mich immer noch in einem Hoch und war in Stimmung, meine Story mit ihm zu teilen. »Ja, gut ...«

Und während das Taxi durch die dunklen Straßen von Crouch End huschte, das Radio weichen Jazz spielte und ein leichter Regen fiel, dachte ich an die zurückliegenden Ereignisse, die zu diesem unglaublichen Wochenende geführt hatten, und wie alles mit einem Foto begonnen hatte.

»Du siehst so aus, als hättest du eine gute Zeit gehabt.« Drew legte die Zeitschrift vor mir auf meinen Schreibtisch. Ich warf einen Blick drauf und erkannte sie als eine der monatlichen Fachpublikationen, die wir abonniert hatten. Drew stürzt sich immer sofort darauf, stets auf der Suche nach neuen Einnahmequellen.

Zuerst sah ich nicht, warum er mir den Artikel über das Galadinner der Zeitschrift zeigte, aber dann sah ich das Foto der Party an Tisch 17. Neben einem kahlköpfigen Mann in einem Frack, die blonde Strähne einer Frau in den Fingern, die mir unglaublich ähnlich sah. Wenn ich nicht wüsste, dass ich kein trägerloses blaues Abendkleid besaß und bei dem Galadinner nicht dabei war, hätte ich angenommen, dass ich auf dem Foto zu sehen war.

»Unwahrscheinliche Ähnlichkeit, nicht wahr?«, sagte er. »Ich würde gern wissen, wer sie ist.«

»Ich habe keine Ahnung«, sagte ich, »und um ehrlich zu sein, ich will es auch gar nicht wissen.«

»Warum denn nicht?« Er ließ sich mit einer Pobacke auf einer Ecke meines Schreibtischs nieder und bereitete sich auf ein längeres Gespräch vor. Nick, sein direkter Vorgesetzter, starrte hinüber zu uns, was immer geschah, wenn Drew lieber mit mir plauderte statt seiner Arbeit nachzugehen. Wenn Drew ihn bemerkt hatte, konnte man nicht den Eindruck haben, dass es ihm etwas ausmachte.

»Nun, man sollte sich nie mit seinem Doppelgänger treffen«, sagte ich. »Es kann dir passieren, dass du aus deinem Leben herausgeholt wirst.«

»Davon habe ich immer geträumt«, meinte Drew. Er schaute wieder auf das Foto in der Zeitschrift. »Aber eins will ich dir sagen. Egal, wer sie ist, sie hat offenbar ein besseres Leben als du.«

»Glaubst du?«

»Nun, wer nimmt an einem festlichen Essen in einem sexy Kleid teil? Ich meine, hast du dich nicht darüber beklagt, dass Richie dir nie eine Gelegenheit bietet, dich mal groß in Schale zu werfen – oder deine Wäsche vor ihm zu entblättern?«

Ich errötete. Vor ein paar Wochen fand ich mich auf dem

monatlichen Besäufnis der Firma in einer Ecke mit Drew wieder und kippte einen Gin Tonic nach dem nächsten, als würden sie morgen aus der Mode sein, und bei dieser Gelegenheit habe ich mich darüber beklagt, dass ich nicht oft genug Sex hatte.

Es war nicht so, dass Richie und ich Probleme in unserer Ehe hatten – ganz im Gegenteil. Aber mein Mann arbeitete viele Stunden und oft bis in den späten Abend hinein, und in letzter Zeit hatten wir uns so selten gesehen, dass Sex immer mehr in den Hintergrund rutschte – mehr jedenfalls, als wir beide uns wünschten.

Es war nicht das einzige ehrliche Gespräch, das ich mit Drew führte. Vom ersten Tag an, als er in unsere Firma kam, hatte ich das Gefühl, ihm alles erzählen zu können. Er war einer jener Männer, die sich gern in der Gesellschaft von Frauen aufhalten, statt sie zu beobachten und zu versuchen, ihnen das Höschen ausziehen zu können.

Er war ein guter Zuhörer, was wichtig war, wenn ich meinen Ärger über irgendeine Abteilungsintrige irgendwo abladen wollte. Der Haken war nur, dass ich eine Idee zu gern Zeit mit Drew verbrachte. Vom Körperlichen unterschied er sich kaum von Richie – dunkelhaarig und schlank mit einem köstlich festen Arsch, und die Chemie zwischen uns war manchmal ein bisschen überwältigend.

Er scherzte oft, dass ich seine ›Bürofrau‹ war, und wenn ich ein Single gewesen wäre, hätten wir uns schon viel länger in dem einen oder anderen Bett getroffen. Es gab jedenfalls eine Menge Momente, in denen ich in Versuchung geführt wurde.

»Es gibt Dinge, die ich dir erzähle, die ich nicht in allen Büros verbreiten möchte«, sagte ich und hörte mich zorniger an, als ich mich fühlte.

»Jetzt hör aber auf, Dale. Du kennst mich besser als das. Ich bin gut im Bewahren von Geheimnissen. Und überlege dir doch mal, wie viel Spaß du damit haben könntest. Ich meine, du kannst ein Wochenende mit ihr tauschen. Sie könnte zu Richie gehen und überprüfen, wie lange er braucht, bis ihm der Unterschied auffällt.«

»Okay, und was würde ich tun?«

»Was sie sonst an den Wochenenden macht. Ich gebe zu, das würde nicht viel bringen, wenn dieser alte Knacker auf dem Bild ihr Mann ist. Aber denk doch mal nach – in Wirklichkeit könntest du alles anstellen, was dir in den Kopf kommt. Dies ist deine Chance, über die Stränge zu schlagen. Du könntest einen Mann in einer Bar aufgabeln und ein wildes, versautes Wochenende mit ihm verbringen.«

Ich konnte mir nicht helfen, aber ich hatte das Gefühl, dass Drew schon einen ganz bestimmten Mann im Visier hatte – sich selbst. »Aber was würde Richie sagen, wenn er erfährt, dass ich ihn gelinkt habe?«, fragte ich.

»Nun, das weiß ich nicht, aber wenn ich dein Ehemann wäre und du so eine Nummer abgezogen hättest, würde ich dir gründlich den Arsch versohlen.«

Ein Bild schoss mir in den Kopf: Ich sah mich mit dem Gesicht nach unten auf Drews Schoß liegen, den Po hochgereckt und nackt, das Höschen um die Knie. Drew hatte die große kräftige Hand erhoben, bereit, voller Wucht auf meine ungeschützten Backen zu klatschen, bis sie tiefrot zu leuchten begannen, während ich um mich trat und schrie und tränenreich versprach, nie wieder ungezogen zu sein. Und nachdem er eine Tracht Prügel verabreicht hatte, würde er seine Erektion herausholen und mir befehlen, sie zu saugen. Die Vorstellung allein schickte Lustschauer durch meinen Körper. Dann klingelte das Telefon und lieferte mir einen Vorwand, das Gespräch zu beenden, bevor ich damit herausplatzte, wie ansprechend und scharf ich Drews Vorschlag fand.

Er ließ die Zeitschrift auf meinem Schreibtisch liegen, als er ging. »Denk darüber nach«, formte er mit den Lippen und winkte mir zu.

Ich dachte fast den ganzen restlichen Tag daran, und als ich an diesem Abend nach Hause ging, nahm ich die Zeitschrift mit. Es war einer der wenigen Abende, an denen Richie früh zu Hause war, und nachdem wir gegessen hatten, bereitete ich Irish Coffee zu, sein Lieblingsgetränk, und brachte die beiden Tassen in den Salon. Richie breitete sich auf dem Sofa aus und schaute Fußball im Fernsehen. Er bedachte mich mit einem müden Lächeln, als ich ihm die Tasse in die Hand drückte.

»Was soll das denn?«, fragte er, nippte daran und nahm sofort den scharfen Biss des Whiskys wahr. »Sage bloß, ich habe den Hochzeitstag vergessen! Tut mir leid, Dale, aber ...«

»Nein, nein. Aber rutsch mal ein bisschen, ich will dir was zeigen.« Ich räkelte mich neben ihn und schmiegte mich in seine Umarmung. »Was hältst du davon?«, fragte ich und hielt ihm die Zeitschrift unter die Nase.

Es dauerte einen Moment, bis der Penny fiel, genau wie bei mir am Morgen, und dann fing er an zu lachen. »Das ist ja phantastisch! Woher hast du das?«

»Drew, mein Kollege, hat es mir gegeben. Er hält sie für meinen bösen Zwilling.«

»Wirklich?« Richie kniff mich. »Dann kennt er dich doch nicht so gut. Du kannst nämlich böse genug sein, wenn du willst. Dafür brauchst du keinen Zwilling.«

»Er meinte, wir könnten mal tauschen«, fuhr ich fort. »Sie sollte ein Wochenende mit dir verbringen, und ich mit ...« – beinahe wäre mir »mit ihm« herausgerutscht, aber dann verbesserte ich mich gleich – »... mit ihrem Mann, und es wäre spannend zu sehen, ob es dir auffällt. Aber ich habe Drew gesagt, ich könnte dich niemals so hintergehen.«

Dann sagte Richie einen Satz, der mich fast flachlegte. »Vielleicht solltest du das tun.«

»Wie bitte?«

»Vielleicht solltest du das Wochenende mit einem anderen Mann verbringen. Du weißt, dass ich nichts dagegen hätte.« Ich starrte ihn offenen Mundes an, sprachlos. Auf dem Bildschirm war eine Gruppe von Spielern zu sehen, die den Schiedsrichter umringte. Es gab eine hitzige Diskussion, weil der Referee einen der ihren vom Platz gestellt hatte. Der Fußballer, der die rote Karte gesehen hatte, trottete vom Feld, völlige Verblüffung im Gesicht. Er hätte sofort verstanden, wie ich mich in diesem Moment fühlte; unfähig zu glauben, wie sich die Szene entwickelt hatte.

»Das kannst du nicht ernst meinen«, sagte ich nach einer Weile.

»Ich war nie ernster«, antwortete Richie. Er nahm einen Schluck Kaffee und fuhr fort: »Dale, ich kann dir gar nicht sagen, wie sehr es mich antörnt, mir vorzustellen, dass du Sex mit einem anderen Mann hast. Frage mich nicht warum. Ich weiß nur, dass ich gern dabei zusehen würde, wie du von einem anderen Mann gevögelt wirst, aber wenn sich das nicht realisieren lässt, möchte ich, dass du es tust und mir hinterher davon erzählst, alle Einzelheiten.«

Während er sprach, glitt seine Hand unter mein Top und streichelte meine Brüste durch den BH. Seine Finger umkreisten die Nippel. Das war eine seiner Maschen, die mich direkt anmachten, und mein Körper gab sich dem Streicheln hin, während meine Gedanken noch versuchten, aus dem einen Sinn zu finden, was er mir gesagt hatte. Seit wann fühlte er schon so? Und warum hatte er bisher nichts davon gesagt?

»Das bedeutet nicht, dass wir beide uns nicht mehr lieben«, fuhr Richie fort, »denn es gibt niemanden, mit dem ich lieber zusammen bin als mit dir. Ich weiß, dass du nachher zu mir zurückkommen würdest. Aber ich werde einfach blutgeil, wenn ich daran denke, dass du einem anderen Mann einen bläst oder dass er es dir von hinten besorgt.«

Ich musste überlegen, wie lange es her war, dass Richie das letzte Mal schmutzige Reden geführt hatte. Jetzt wurde mir bewusst, wie sehr ich sie vermisst hatte. Ich legte meine Hand auf seinen Schritt und fühlte die geschwollene Beule da. Er hatte ganz sicher nicht gelogen, als er sagte, die Vorstellung, dass ein anderer Mann es mir besorgte, wäre eine starke Anmache für ihn. Ich zog den Reißverschluss auf und streichelte ihn sanft durch seine Boxershorts.

»Du würdest mir also die Erlaubnis geben, einen anderen Mann zu ficken?«, fragte ich.

Ich spürte, wie er sich gegen meine Fingerspitzen versteifte. »Nun, es ist schließlich nicht so, als hättest du dir noch keinen ausgesucht«, antwortete Richie.

Ich hörte auf, was ich bis gerade getan hatte, und setzte mich auf. »Wie kannst du denn so was sagen?«

»Komm schon, Dale. Ich bin nicht naiv. Dieser Drew, der dir die Zeitschrift gegeben hat. Ist dir schon mal aufgefallen, wie oft du über ihn sprichst? Glaubst du, es wäre mir nicht aufgefallen, wie scharf du auf ihn bist?«

Ich konnte nicht so tun, als wüsste ich nicht, wovon er redete. Ein paar meiner Freundinnen hatten Affären, und der erste Anhaltspunkt war immer, welcher Name in ihren Gesprächen am häufigsten vorkam. Da fiel mir ein, wann immer ich Richie über meine Arbeit erzählte, schien Drew eine herausragende Gestalt zu sein.

»Nun, wenn du die Wahrheit hören willst«, begann ich, »als Drew vorschlug, ich könnte mit einem anderen Mann schlafen, hatte ich den Eindruck, dass er sich für den anderen Mann hielt.« Meine Hand schloss sich wieder um Richies

Schaft. Wenn wir Phantasien besprachen, dann musste ich auch ehrlich über meine eigenen sein. »Und er sagte auch, wenn ich seine Frau wäre und mein Wochenende mit einem anderen verbrächte, würde er mir bei meiner Rückkehr den Arsch versohlen. Ich dachte, das hörte sich wahnsinnig sexy an.«

»Weißt du«, sagte Richie einen Moment, bevor sein Mund sich auf meinen presste und er mir einen Kuss gab, den ich bis in die Pussy spürte, »ich glaube, wir sind uns einig.«

Und so wurde ich mit der Aufgabe betraut, Drew wissen zu lassen, wenn er mich wollte, wäre ich sein übers Wochenende. Er konnte alles mit mir tun, was er wollte, und ich würde nach Hause gehen und meinem Mann alles erzählen. Es war nicht das leichteste Gespräch, das ich je geführt habe, und es brauchte ein paar Glas Wein, bevor ich den Eindruck hatte, entspannt genug zu sein, um das Angebot vor Drew auszubreiten. Aber sobald ich erklärte, was Richie wollte, fing Drew an zu grinsen und hörte gar nicht mehr auf.

»Ich habe deinen Mann noch nie gesehen, aber er ist ein feiner, ehrenwerter Mann«, sagte er.

»Es gibt ein paar Grundregeln«, sagte ich ihm. »Richie sagt, ich muss bei dir in einem Mantel und meiner Wäsche ankommen, sonst nichts. Damit soll vermieden werden, dass du mich an irgendeinen anderen Ort bringst. Und wir müssen das ganze Wochenende im Bett verbringen. Er kauft mir ein paar Spielsachen, die du an mir ausprobieren sollst.«

»Er hat sich in die Situation reingesteigert, nicht wahr?«, meinte Drew.

Mehr, als du ahnen kannst, dachte ich. »Wichtig ist auch, dass es schnell geschehen soll. So schnell wie möglich.«

So schnell wie möglich, so stellte sich heraus, könnte das folgende Wochenende sein. Drew behauptete, keine anderen

Pläne zu haben, aber ich hatte den Eindruck, dass er gern jeden anderen Termin abgesagt hätte, damit dieser zustande kam. Am Freitagabend begann Richie ein paar Stunden später zu arbeiten, damit er mir helfen konnte, mich in allem Luxus auf Drew vorzubereiten.

Als ich nach Hause kam, wartete das Bad auf mich; die Wanne war bis fast unter den Rand mit schäumendem, duftendem Wasser gefüllt.

»Ich könnte mich an diesen Service gewöhnen«, sagte ich, als Richie mir ein Glas Wein in der Wanne reichte.

»Ja, vielleicht sollte ich dich öfter auf diese Weise verwöhnen«, sagte er, mehr zu sich selbst. »Wenn du fertig bist – deine Kleider liegen ausgebreitet auf dem Bett.«

›Kleider‹, das war ein übertriebener Begriff, dachte ich, als ich ins Schlafzimmer trat, eingehüllt in ein warmes, flauschiges Badetuch.

Ich hatte mit Höschen und passendem BH gerechnet, wie es sich gehört. Stattdessen lag nur ein schwarzer Strumpfhalter aus Satin auf dem Oberbett, und die Strapse waren besonders breit. Die Metallklammern glitzerten. Daneben lagen schwarze Nylonstrümpfe mit einer Naht und einer verstärkten Ferse. Klassisch und trotzdem ein bisschen verrucht.

Als ich meine minimale Wäsche angezogen hatte, den Lidschatten aufgelegt und scharlachfarbenen Lippenstift aufgetragen hatte, stand ich da und bewunderte mich im Spiegel. Die Strapse lenkten die Aufmerksamkeit auf das Haardreieck meines Schoßes, das zur Feier des Tages nur wenige Millimeter stehen geblieben war.

Wenn Drew schon hart geworden war, als er sich überlegte, was es heißen konnte, dass ich mich ›angemessen zum Sex‹ anziehen würde, und unruhig auf seinem Sitz hin und her gerutscht war, wie würde er dann reagieren, wenn er mich so sah?

Ich dachte immer noch über seine Reaktion nach, als Richie ins Schlafzimmer trat. Er stand hinter mir und drückte seinen Schoß gegen meine nackten Pobacken. Ich konnte seine Erektion durch die Lagen seiner Kleidung spüren.

»Ich bin fast versucht, deinem Freund Drew abzusagen und dich selbst flachzulegen«, sagte er. Seine Stimme klang wie ein wildes tierisches Knurren an meinem Ohr. »Aber ein Versprechen ist ein Versprechen. Komm jetzt, ich bringe dich hin.«

Als der Motor vor Drews Wohnung sanft schnurrte, und ich nach oben schaute, wo ich glaubte, ihn hinter einem Fenster im zweiten Stock gesehen zu haben, begann ich mich auch zu fragen, ob es nicht besser wäre, das zu tun, was Richie eben vorgeschlagen hatte. Wir brauchten Drew nur zu sagen, dass wir es uns anders überlegt hatten. Richie war der Mann, den ich kannte und liebte. Bei Richie war ich mir sicher.

Aber war das nicht genau der Grund, warum wir hier saßen? Wir hatten beide erkannt, dass wir aus unserer Sicherheitszone ausbrechen mussten, um zu sehen, was sich ergab, wenn wir nur dieses eine Mal auf der wilden, gefährlichen Seite des Lebens wandelten.

Ich küsste Richie, bevor ich ausstieg. »Wir sehen uns am Sonntagabend«, sagte ich. »Wünsch mir Glück.«

»Ich denke an dich«, antwortete er.

Mein Herz schlug in meinem Mund, als ich gegen Drews Tür klopfte. Ich fühlte mich wahnsinnig unsicher, auch wenn ich nach außen in meinem knielangen Mantel ganz normal aussah. Als er zur Begrüßung herauskam, wurde mir bewusst, dass ich ihn noch nie ohne Anzug gesehen hatte. Jetzt trug er verwaschene Jeans und ein schwarzes Polohemd. Der Beginn eines Fünf-Uhr-Schattens auf dem Kinn stand ihm gut.

»Hallo, Dale, wie schön, dich zu sehen«, sagte er und zog

mich mit einem Kuss auf die Wange in die Wohnung. »Ich nehme dir den Mantel ab.«

Ich zögerte einen langen Moment, bevor ich ihn zu öffnen begann, denn ich wusste ja, dass ich dann so gut wie nackt war – Sekunden nach dem Betreten seiner Wohnung. Aber das war es, was Richie gewollt hatte. Also atmete ich tief durch, knöpfte auf und ließ Drew sehen, wie wenig ich darunter anhatte.

Er stand da und verschlang mich mit den Augen. Schließlich murmelte er: »Dein Mann ist viel zu gut zu mir. Ich glaube, du hast ein Glas Champagner verdient.«

Ich setzte mich auf sein Sofa, während er sich in der Küche zu schaffen machte und ein paar Minuten später mit einem Tablett herauskam, auf dem zwei Gläser mit Champagner standen sowie ein Teller mit Cocktailblinis, bestrichen mit saurer Sahne und Kaviar. Er reichte mir ein Glas, dann stießen wir an. »Auf das gefährliche Leben«, sagte er.

»Ich habe noch etwas anderes, das ich dir geben soll«, sagte ich, als ich mein Glas abgestellt hatte. Ich fischte das Päckchen aus meiner Tasche und reichte es ihm.

Er lachte. »Ist das ein Spielzeug?«

Ich nickte. »Aber ich habe absolut keine Ahnung, welches es ist.«

Drew riss das Geschenkpapier auf und holte ein Paar Handschellen aus dem Päckchen, dazu eine Kette aus Analperlen, die fett und pink leuchteten, sowie eine kleine Flasche mit einem Gleitmittel, das nach Pfirsich duftete, und schließlich gab es noch einen Vorrat an Kondomen.

Ich starrte auf die Gegenstände und fand, dass ich mehr über Richie erfuhr, als ich für möglich gehalten hatte. Er hatte bisher nie Interesse an meinem Po gezeigt.

»Und ich muss diese Dinge alle an dir ausprobieren?«, fragte Drew spöttisch und stieß einen Seufzer aus.

Als wir da saßen, Champagner schlürften und an den Blinis knabberten, schien es fast möglich zu sein, meinen Zustand zu vergessen – dass ich nur meine Strümpfe trug und meine Brüste, mein Po und meine Pussy wie im Schaufenster ausgestellt waren, während Drew neben mir völlig angezogen war.

Ich sagte, es schien fast möglich zu sein, aber nicht ganz: Die verräterische Nässe und prickelnde Hitze zwischen meinen Beinen ließen sich nicht ignorieren, vor allem dann nicht, als er mich aufforderte, die saure Sahne und die salzigen Fischeier von seinen Fingern zu lecken.

Als ich ihn das erste Mal schmeckte, glitt mein Blick immer wieder mal zurück zu dem Spielzeug, das Richie mir mitgegeben hatte. Es wäre nicht das erste Mal, dass ich beim Sex gefesselt sein würde – Richie liebte es, mich mit seinen Krawatten ans Bettgestell zu binden, dann ging er an mir hinunter, und er labte sich an meiner Hilflosigkeit. Aber die Analperlen waren etwas Neues, und natürlich hätte ich gern gewusst, wie sie sich in mir anfühlen würden.

Drew schien meine Gedanken zu ahnen, denn er legte seine Arme um mich und zog mich an sich. »Ich frage mich die ganze Zeit, welches Bild du abgibst, wenn ich dich ans Bett fessele.« Er küsste meinen Hals, nagte mit den Zähnen an der Haut, und zum ersten Mal registrierte ich den Unterschied unserer Körper. In seiner Freizeitkluft kam sein muskulöser Körperbau besser zur Geltung. Er würde schwer auf mir liegen, genau wie Richie, und er würde mich dominieren und verlangen, was ich zu tun hatte. Die Vorstellung war unleugbar erregend, und ich erschauerte unter seinen Berührungen.

Drews große Hände legten sich um meine Brüste, und die Daumen rieben über die Nippel. In diesem Moment wollte ich nur, dass er seinen Hosenstall öffnete und seinen Schaft in mich hinein schob. Ohne Firlefanz, ohne Vorspiel. Nur ein derber Fick, der Richie dazu bringen würde, sich einen runterzuholen, wenn ich ihm davon erzählte.

Aber Drew hatte andere Ideen. Er schob mich zurück, sodass ich auf der Couch lag, dann hockte er sich zwischen meine Schenkel. »Hier geht es nicht nur darum, deinen Mann zu befriedigen«, sagte er, während seine Hände sanft über meine Beine strichen.

Meine Antwort bestand aus einem Stöhnen, als er den Mund auf meine Pussy drückte, und er wühlte sich durch die weichen Falten meines Fleisches, bis er das Zentrum meiner Lust gefunden hatte. Er wusste genau, was er tat, er wechselte von langen leckenden Strichen der Zunge zu harten, kurzen Attacken auf die Klitoris.

Die Stoppeln seiner Wangen kitzelten die sanfte Haut meiner Schenkel. Einen Moment lang stellte ich mir ihn nackt vor, die Hände auf dem Rücken gefesselt, während ich ihm befahl, mich so lange zu lecken, bis ich nicht mehr kommen konnte. Als er sich zurückzog, gerade als ich ihm meine Hüften ins Gesicht ruckte, wünschte ich fast, ich hätte meine Phantasie in die Tat umsetzen können.

»Noch nicht.« Er lächelte, als er mein enttäuschtes Schmollen sah. Meine Säfte glänzten auf seinen Lippen. »Du hast es dir noch nicht verdient.«

»Und was muss ich tun, um es zu verdienen?«

»Du kannst schon mal damit anfangen, mir zu zeigen, wie gut du mit deinem Mund bist«, sagte er. Ich langte gleich an den Gürtel seiner Jeans, aber er gab mir einen Klaps auf die Hand. »Mit deinem Mund, habe ich gesagt.« Während ich noch überlegte, ob er erwartete, dass ich ihn mit den Zähnen auszog, griff er nach den Handschellen und schlang sie auf dem Rücken um meine Gelenke.

Ich schaute zu ihm hoch, als er sich auszog und dann nur noch ein schwarzes Höschen anbehielt, das sich verlockend um Schaft und Hoden schmiegte. Ungeduldig wartete ich darauf, dass er das Höschen auch noch auszog, aber Drew schob den Moment hinaus, füllte sein Glas und nahm einen kräftigen Schluck, bevor er das Glas an meine plötzlich trockenen Lippen hielt, damit ich auch nippen konnte.

Schließlich streifte er das letzte Kleidungsstück ab und enthüllte sich in all seiner Pracht. Der Penis passte zu seiner Eins-achtzig-Gestalt und hob sich hart in die Höhe, bereit zur Tat.

Ich rutschte auf der Couch näher an ihn heran, während er sich meinem Mund präsentierte. In meiner gefesselten Lage war es ein bisschen schwierig, ihn zu schlucken, aber es war ein Gefühl, wie nach Hause zu kommen. Ich atmete seinen salzigen, eindeutig männlichen Geruch ein. Ich begann ihn zu saugen und setzte all die kleinen Tricks ein, die ich kannte.

Er seufzte vor Lust und sagte mir, wie phantastisch er sich in meinem heißen sexy Mund fühlte. Ein Teil von mir überlegte schon, wie ich später den Bericht für Ritchie darüber formulierte, wie ich Drews ungeduldiges Grunzen beschrieb, wie er in meine Haare griff und meinen Kopf noch tiefer auf seinen zuckenden Schaft zog.

Und wie konnte ich die plötzliche Erregung beschreiben, dass ich auf diese Weise benutzt wurde?

Genauso schnell, wie er mich an den Rand eines Orgasmus gebracht hatte, wollte ich es auch bei ihm machen, aber wie schon zuvor legte er einen abrupten Halt ein, und ich konnte ihn nicht zum Kommen bringen.

Ich dachte, Drew würde mich von den Handschellen befreien, aber zu meiner Überraschung hievte er mich über seine Schulter und trug mich in sein Schlafzimmer. Er hatte irgendwelche Räucherstäbchen abgebrannt, denn ich sog das moschusartige Aroma ein, das mir zu Kopf stieg.

Die Laken waren schon zurückgeschlagen, was keinen Zweifel daran ließ, dass dieses Bett für Sex gedacht war und nicht für den Schlaf.

Drew hatte die Kondome, an die Richie so umsichtig gedacht hatte, mit ins Schlafzimmer gebracht. Er rollte eins auf und legte sich auf den Rücken; eine unausgesprochene Einladung, über ihn zu grätschen. Ich warf einen wehmütigen Blick auf meinen Rücken und hoffte, dass Drew es mir einfacher machen würde, aber er hatte längst die Kontrolle übernommen, und ich konnte nicht leugnen, dass ich meinen Spaß daran hatte.

Nach einer Weile hatte er Mitleid mit mir, hielt den Penis gerade, und ich rutschte in Position. Langsam ließ ich mich auf ihn nieder. Seine Dicke öffnete mich auf köstliche Weise. Drew lehnte sich zurück; man sah ihm an, dass er einen langen Ritt genießen wollte, aber der fast selbstgefällige Blick auf seinem Gesicht zerfiel bald, als ich auf seinem Pfahl auf und ab mahlte. Ich setzte meine Muskeln ein und quetschte ihn auf eine Art, mit der er offenbar nicht gerechnet hatte.

»Wer hat denn jetzt die Kontrolle?«, wollte ich ihn fragen, bis er darauf reagierte, indem er über meine Klitoris zu streicheln begann, die neugierig aus den klaffenden Lippen hervorlugte. Jetzt wollten wir beide unseren Willen durchsetzen, und wir versuchten, den anderen zum Orgasmus zu bringen, ohne selbst schon fertig zu werden.

Drew befand sich im Vorteil; ich konnte ihn nur reiten und nicht mit seinen schweren Nüssen spielen. So war es unvermeidlich, dass ich zuerst den Höhepunkt erreichte, benommen von der Intensität der Gefühle, die mich durchzuckten.

Aber Drew war nur Sekunden hinter mir, gequält von meiner quetschenden Pussy. Ich sackte auf seinen Brustkorb und fühlte sein Herz schlagen, während er mir über die Haare strich und mir seinen Dank ins Ohr murmelte.

Diese erste Begegnung setzte den Trend für den Rest des Wochenendes. Wann immer einen von uns die Lust überkam, begann er den anderen zu küssen und zu berühren, bis die Leidenschaft wieder geweckt war (wir ließen ihr kaum eine Chance zum Einschlafen).

Wir haben es in jedem Zimmer von Drews Wohnung getrieben, selbst auf den kalten Fliesen des Küchenbodens. Wie Drew vorher schon versprochen hatte, fesselte er mich ans Bett, mit dem Gesicht nach unten und mit ein paar Kissen unter meinem Bauch, damit er von hinten in mich eindringen konnte.

Wir aßen wenig; niemand von uns hatte Appetit auf etwas anderes als Sex. Richie und ich hatten nicht darüber gesprochen, ob dieses Wochenende einmalig sein würde oder nicht, aber falls doch, wollte ich keine Minute missen. Drew schien meine Stimmung einzufangen; seine Hände waren ständig auf meinem Körper. Er ermutigte mich, ihm all die Dinge zu nennen, die wir noch tun könnten, wenn wir mehr als nur zwei Tage zur Verfügung hätten.

Er würde mich gern zu einem exklusiven Restaurant einladen, oder noch besser zu einem dieser preisgekrönten Dinner. Ich würde nackt unter meinem Rock sein, damit er den ganzen Abend mit mir spielen konnte. Er liebte die Vorstellung, mich zum Orgasmus zu bringen, während der steife Vorsitzende des Komitees seine Rede hielt.

Ich dagegen erzählte ihm von meiner Phantasie, dass er mein nackter Sklave wäre, der gezwungen war, mir Lust zu verschaffen, wann immer ich es von ihm verlangte. Es war nicht zu übersehen, dass Drew die Geschichte gefiel, denn sein Penis in meiner Hand zuckte, als ich die Szene beschrieb.

Aber was mich mehr als alles andere antörnte, sagte ich ihm, wäre eine gemeinsame Nacht mit ihm und Richie – zwei

Paar Hände, zwei Münder und zwei harte schöne Schwänze, und jeder hatte sich der Aufgabe verschrieben, mich von einem Höhepunkt zum nächsten zu bringen – das war meine Vorstellung vom Paradies.

Richie hatte Drew und mir zusehen wollen; ich wäre erst richtig glücklich, wenn er entschied mitzumachen.

Vielleicht war es das, was Drew zu dem inspirierte, was am Sonntagabend ablief. Wir waren spät aufgewacht, nachdem wir bis in die frühen Morgenstunden Liebe gemacht hatten. Ich hatte mich unter die Dusche gestellt, aber kaum prasselten die ersten Strahlen, da trat Drew schon zu mir unter die Dusche, und wieder spürte ich, wie er sich wieder erhob.

Liebevoll schäumte Drew jeden Zentimeter meines Körpers ein. Ich dachte schon, er wollte mich in der beschränkten Enge der Kabine nehmen, aber er hatte andere Pläne. Richie hatte gebeten, bevor ich nach Hause käme, sollte ich Drew noch einmal zur Tat auffordern, damit er zu Hause die Gelegenheit hätte, mich mit der Zunge sauberzulecken. Deshalb fand Drew großen Spaß dabei, mich den ganzen Tag zu necken, er reizte mich, er quälte mich, aber er versagte mir seinen Schaft.

Erst als wir zurück im Schlafzimmer waren und uns bewusst wurde, dass uns nur noch wenige Stunden blieben, bis ich gehen musste, fiel mir ein, dass wir noch nicht mit den neuen Analperlen gespielt hatten. Ich hätte wissen müssen, dass Drew genau sie im Sinn hatte, als wir verschlungen im Bett lagen und er mit einem Finger mit mir spielte, aber nicht mit der Pussy, was er an diesem Wochenende reichlich geprobt hatte, sondern mit dem Anus, den er mit federleichten Berührungen streichelte.

»Gefällt dir das?«, fragte er zwischen sanften Küssen.

»Mmm«, war alles, was ich sagen konnte, benommen vor Lust. Wenn ich wachsamer gewesen wäre, hätte ich gesehen, dass er das Pfirsichöl benutzt hatte, um die einzelnen Perlen gründlich einzufetten, und ich fragte mich auch, ob Drew seinen Finger, den er nun stärker einsetzte, bald mit seiner Zunge ersetzte.

»Hast du jemals was im Po gehabt?«, fragte er, während er die enge, empfindliche Öffnung immer noch umkreiste.

Ich schüttelte den Kopf. »Nein. Ich habe es bisher auch nie gewollt.«

»Willst du es jetzt?«

»Es kommt auf den Versuch an«, sagte ich und überraschte mich selbst damit.

Um es kurz zu machen: Es löste kolossale Gefühle in mir aus, die noch kulminierten, als Drew behauptete, das Bild, das ich mit den Perlen im Po abgäbe, wäre ohne seinen Schaft in meiner Muschi unvollständig.

Er hatte wieder Recht. Ich hatte etwas Ähnliches nie erlebt, und als ich das Drew sagte, meinte er: »Und jetzt stell dir noch vor, dass dein Mann noch dabei wäre.«

Der Gedanke allein, die Sandwichfüllung der beiden geilsten Männer zu sein, die ich kenne, brachte mich zum Siedepunkt. Der Orgasmus, der sich den ganzen Tag über aufgebaut hatte, platzte aus mir heraus. Es war der erschütterndste Orgasmus meines Lebens. Ich merkte fast gar nicht, dass Drew seinen Saft in mir versprühte – es war das einzige Mal, dass er ungeschützt in mich eingedrungen war.

Dann war es vorbei und ließ uns erschöpft und unfähig zum Sprechen zurück. Was konnte danach noch kommen, abgesehen davon, mich bei Drew und meinem Mann für das schmutzigste, unvergesslichste Wochenende meines Lebens zu bedanken – und mich zu fragen, ob es je eine Chance geben wird, es zu wiederholen?

»Und dann rief ich Sie an, und jetzt sind wir da«, sagte ich dem Taxifahrer. Ich sah, dass wir am Park vorbeifuhren, also kurz vor unserem Haus waren.

»Und so endet die Geschichte?«, fragte mein Fahrer. »Keine weiteren unanständigen Abenteuer geplant?«

Ich schüttelte den Kopf. »Ich habe nur ein gemütliches heißes Bad geplant und eine lange Nacht voller Schlaf. Aber zuvor kannst du mich sauberlecken, wie du es dir gewünscht hast. Und morgen können wir vielleicht über das Spanking reden, das ich wegen meiner Schamlosigkeit verdient habe.«

Er lächelte bei der Vorstellung, während mein wunderbarer Gatte sein Taxi vor unserem Haus abstellte. Er führte mich ins Haus, um sich richtig bei mir zu bedanken, dass ich seine liebste Phantasie in die Tat umgesetzt hatte.

Elizabeth Coldwells Kurzgeschichten sind in mehreren Black Lace Sammlungen erschienen.

Eine verschwenderische Affäre

Portia Da Costa

»Das ist also wirklich eine verschwenderische Affäre?«

Edward schaut mich vom Fahrersitz von der Seite an, während wir durch die Gegend brausen. Er sieht verführerisch wie der Teufel aus in seinem sexy dunklen Anzug. Es ist fast wie ein Schock, ihn in so festlicher Kleidung zu sehen – ich kenne ihn meist in Leder oder teils oder ganz nackt.

»Ja, absolut gut betucht. Beachamp Manor gehört Mandys reichen Verwandten, und den Empfang dort haben sie ihr als Hochzeitsgeschenk spendiert.«

»Hört sich nach einer Menge Spaß an«, sagt er, die Augen wieder auf die Straße gerichtet.

Hört sich nach Spaß an? Was will er damit sagen? Ich zittere innerlich. Ich kenne Edwards Vorstellung von Spaß, und obwohl ich dabei auch auf meine Kosten komme, jagt er mir manchmal Angst ein.

In mir brodelt noch die Erregung, dass er sich überhaupt bereit erklärt hat, mein Begleiter zu sein. Wir sind seit einiger Zeit zusammen, aber wir haben uns noch nie gemeinsam in der Öffentlichkeit gezeigt. Ich bin ein bisschen nervös. Schließlich passiert es nicht oft, dass eine fast normale Frau in den Vierzigern sich einen herrlich heißen, sexy Master schnappt, der halb so alt ist wie sie. Und es werden viele Leute vom Job da sein, die sich an den jungen selbstständigen IT-Burschen erinnern, der unser neues Computer-System eingerichtet hat. Er war es, über den sie die ganze Zeit spekulierten, mit wem er schlief.

49

He, Leute, hört alle mal zu – ich war's! Die gewöhnliche alte Jane Mitchell aus der Abteilung Human Resources. Er fickt mich, er verhaut mir den Hintern und weiß der Teufel, was er sonst noch mit mir anstellt – auch jetzt noch!

Ich kann sehen, dass er sich irgendwas überlegt. Er liebt es, selbst aus den einfachsten Treffen ein Ereignis zu machen.

Wir fahren zum Essen, und er bringt mich dazu, ihm auf dem Parkplatz einen zu blasen. Wenn wir im Kino sind, spielt er die ganze Zeit mit mir. Gehen wir im Wald spazieren, beugt er mich über einen umgekippten Baum und verhaut mich lange und hart mit seinem Ledergurt.

Und wenn wir in seiner Wohnung oder in meiner sind, wird er noch phantasievoller.

Wir fahren noch ein paar Meilen weiter. Wir sind jetzt draußen auf dem Land. Niederwald zu beiden Seiten der Straße. Ich muss an den alten Baumstamm denken, und meine Pussy wird nass, sodass mein Höschen klebt. Ich versuche, nicht zu lächeln, aber mein Herz rast, und meine Erregung schäumt über.

»Über was lächelst du denn?«

Ah, ich kann nicht einmal mein Lächeln vor ihm verbergen. Er hat es bemerkt und lächelt selbst auch auf diese Weise, die ich so gut kenne.

»Ach, nichts . . .«

Er sieht mich rasch aus den Winkeln seiner blauen Augen an.

Und diesen Blick kenne ich auch.

»Ich glaube, wenn das wirklich so eine phantastische Affäre ist, dann musst du dich von der besten Seite zeigen, nicht wahr?« Er legt eine Pause ein und schaut sich auf der Straße um, als suchte er etwas Bestimmtes. »Ich glaube, ich muss dir was geben, damit du ruhiggestellt bist.«

Ich kann nicht richtig atmen. Ich fühle mich ganz schwach.

Mein Herz schlägt viel zu schnell, und meine Pussy verkrampft vor Verlangen.

Fast sofort setzt er den Blinker, und wir biegen auf einen schmalen Weg ein. Er windet sich von der Hauptstraße weg, führt um einige Ecken und endet schließlich unter ein paar Bäumen. Als Edward das Auto anhält, befinden wir uns draußen in der Wildnis, von der Straße nicht einzusehen, fernab der Zivilisation.

Er steigt aus und hastet auf meine Seite, öffnet die Tür und hilft mir höflich hinaus auf den unebenen Pfad. Er kann manchmal brutal wie die Sünde sein, aber er hat auch wunderbare altmodische Manieren.

»Hebe deinen Rock, ja?«, sagt er, als wir neben dem Auto stehen. Für ihn ist das eine ganz normale Anordnung, und ich muss zugeben, dass ich mich daran gewöhnt habe. Solche Befehle haben immer noch die Kraft, mich bis in die Tiefe meiner Weiblichkeit zu erregen.

Ich habe mich richtig in Schale geworfen, Stöckelschuhe, dunkles Kostüm mit einem langen, schmalen Rock, beinahe der Stil der Vierziger. Die Jacke ist eng geschneidert und fällt tief, und auf eine Bluse habe ich verzichtet. Ich habe ihm nicht gesagt, was ich drunter trage, aber er wird sich daran erfreuen, denn ich weiß, dass er so etwas schätzt, auch wenn er anschließend meinen Po vertrimmt, weil ich so schamlos war.

»Nun beeile dich, du willst doch nicht, dass wir uns verspäten, oder?« Seine Stimme klingt mild und amüsiert. Er hat seinen Spaß. Ich auch.

Ich wippe auf meinen Absätzen, halte mich mit einer Hand am Auto fest und schlängele mit der anderen meinen Rock hoch, bis er wie ein Reifen um meine Taille liegt. Meine Strümpfe sind rauchgraue Holdups, und der Slip besteht aus rosa Spitze – auch eine verschwenderische Affäre. Vorne ist die Spitze bogenförmig angebracht, während sie auf der Rückseite gerafft ist, damit die Backen unverhüllt bleiben – genau wie Edward sie mag. Wie seine Augen sich verdunkeln, als er den Slip jetzt bewundernd anschaut, gibt mir wieder eine Bestätigung, auch wenn er nach außen kühl und gelassen wirkt. Ich drehe mich um, weil ich weiß, dass er das möchte, und zeige ihm die plumpen Backen.

»Sehr schön, aber sehr blass. Dagegen müssen wir was tun, nicht wahr?«

Ich stehe zitternd da, als er auf mich zukommt. Als er mir so nahe ist, dass ich seinen Atem im Nacken spüren kann, drückt er auf meine Schultern und beugt mich über die Motorhaube. Mein Rock bleibt oben.

»Gut. Genauso.«

Mein Herz fühlt sich so an, als schlüge es in meiner Kehle. Ich kann kaum atmen. Ich höre das Klingeln seiner Gürtelschnalle, und gleichzeitig denke ich: Oh, nein und Oh, fein. Ich weiß immer noch nicht, wie ich Schmerzen gleichzeitig hassen und lieben kann. Oder ist entscheidend, dass ich ihn liebe?

»Okay. Da dies ein besonderer Anlass ist, kannst du deine Klitoris streicheln, während ich dir den Arsch versohle«, gestattet er großzügig.

»Danke, Herr«, flüstere ich und stütze mich auf den Ellenbogen ab, damit ich mir einen Handschuh ausziehen kann. Ich lange nach unten und finde meine heiße Stelle, und ich komme fast sofort bei der ersten Berührung.

Edward tritt zurück, und ohne weitere Warnung höre ich das Sirren des fliegenden Leders, und in meinem Po gibt es eine Explosion von Schmerz und Hitze.

Oh, Himmel. Ich bin nie für diese Bestrafung bereit. Der Schlag kommt immer wie ein Schock. Ich kann mich nicht beherrschen und fange laut zu wimmern an. Mein Körper wird durchgeschüttelt, und ich zittere. Unter meiner Fingerspitze pulsiert meine Klitoris.

Er schlägt wieder zu, härter noch, und ich beiße mir auf die Lippe und bemühe mich, lautlos zu bleiben. In der kurzen Pause vor dem nächsten Schlag reibe ich meine Pussy und verteile die glitschigen Säfte um die Klitoris herum.

Wieder schlägt er zu, und ich sacke über den glänzenden schwarzen Lack. Ich komme und weine. Die Wellen der Lust wringen mich aus, sodass ich den nächsten Schlag kaum wahrnehme. Es soll für den Moment der letzte sein.

»Wir werden uns verspäten«, keuche ich, als ich wieder die Kraft zum Sprechen habe. Ich ringe noch nach Luft, mein ganzer Körper prickelt, und mein Popo brennt. Ich scheine die Fähigkeit zum Gehen verloren zu haben, aber die Energie kehrt zurück, als Edward über meinen Po streichelt. Er murmelt mir aufmunternde Worte zu.

Wie der Stallmeister, der die alte Stute noch einmal mit einschmeichelnden Worten auf Trab bringt. Er ist zärtlich, und er rührt mein Herz auf eine seltsame, nichtsexuelle Weise.

Er liebt Fesselspiele und ist sadistisch angehaucht, aber er kann sehr lieb und süß sein.

»Dann komm, meine Liebe«, sagt er fröhlich. Er hilft mir mit meinem Rock, streicht ihn glatt und wischt ein paar Stäubchen von der Jacke ab. Er leckt über eine Ecke seines Taschentuchs und ordnet mein Augen-Make-up, das von den Tränen in Mitleidenschaft gezogen wurde. Schließlich reicht er mir den Handschuh. »Da, meine Liebe! Du siehst wunderbar aus, altes Mädchen.« Er gibt mir einen leichten, beruhigenden Kuss auf die Wange.

»Und du siehst so aus, als wärst du verzweifelt auf eine heiße Nummer«, sage ich kess und schaue auf seinen Schritt. Ich sehe da einen gewaltigen Steifen, der ein Zelt in seine festliche Hose gebaut hat.

Seine blauen Augen verengen sich. Sie drohen, wenn auch mit einem Zwinkern. »Wenn es nicht hieße, dass wir zu spät eintreffen, würde ich dich wegen deiner Frechheit übers Knie legen.«

Ich hebe den Kopf. Manchmal fordere ich ihn gern heraus, und ihm gefällt das auch. Er grinst, während er mir die Beifahrertür öffnet. Ich zische zwischen den Zähnen und setze mich auf meinen Platz. Die Striemen auf meinen Backen hören nicht auf zu brennen, aber ich bin jetzt still, während wir weiter zur Hochzeit jagen.

Ich mag ihn. Ich mag ihn wahrscheinlich mehr, als ich sollte. Er ist fabelhaft. Absolut wunderbar. Ein echtes Schnäppchen, ein schöner Mann. Groß und dunkel und schelmisch mit seinem Ziegenbart, seinen glänzenden Augen und seinem neckenden Lächeln.

Er ist alles, was ich möchte. Aber ich hätte ihn vor zwanzig Jahren finden sollen.

Hör jetzt auf mit diesem Lamentieren, du törichte Frau. Denk nicht an so etwas.

Die Hochzeit selbst ist voller Anmut. Sie findet in einer alten Landkirche statt, aber die Bänke sind sehr hart und nehmen keine Rücksicht auf meinen geschundenen Po. Eine Tatsache, die Edward grinsend zur Kenntnis nimmt. Seine Augen glitzern, und sein fröhliches Grinsen zeigt mir, dass er genau weiß, wie sehr ich leide.

Die Art, wie er mich ansieht, lässt mich wünschen, Dinge mit ihm zu machen, an die man in einer Kirche nicht einmal denken soll. Zum Beispiel überlege ich, ob ich zwischen seine Beine kriechen kann, um ihm einen Blowjob zu geben.

Ich treibe auf einer Welle des geschärften Bewusstseins durch die Feier und den Empfang. Ich sollte mich auf Mandy und ihren Ehemann konzentrieren, aber irgendwie schweben sie in der Ferne, an der Peripherie meiner Wahrnehmung. Ich denke nur an Edwards Hände, seinen Mund und seinen Schaft.

Spekulative Blicke verfolgen uns, wohin wir auch gehen. Ich sehe die Überraschung und stelle mir ihre gemurmelten Kommentare vor. Ist das nicht der IT-Bursche, den Jane Mitchell da mitgebracht hat? Der heiße Junge, der unser neues Computersystem installiert hat? Wie kommt es, dass sie gemeinsam hier auftauchen?

Ihr würdet es nie erraten, warum wir gemeinsam hier sind, Leute. Und wenn doch, würdet ihr es nicht glauben.

Edward nimmt jede Gelegenheit wahr, mich zu berühren; offenbar ist ihm das Interesse an uns bewusst. Er führt meinen Arm, als wir das Haus betreten, und er streichelt meinen Rücken, als wir uns in die Gratulationsschlange einordnen. Er klopft mir auf den Hintern, und ich keuche auf, kurz bevor wir vor Mandy und ihrem Mann stehen, und obwohl sie an vieles zu denken hat an diesem Tag, scheint sie genau zu registrieren, was Edward mit mir anstellt.

»Ich bin ja so froh, dass du kommen konntest, Jane, und schön, Sie wiederzusehen, Edward.« Breit lächelnd nimmt sie unsere Glückwünsche entgegen.

Während wir Champagner süffeln und Kanapees knabbern, lässt Edward mich nicht aus den Augen, stets mit dem schamlosen Ausdruck im Blick. Immer wieder starrt er auf den tiefen V-Ausschnitt meiner Jacke, als spekulierte er über das, was ich darunter trage.

Das wüsstest du wohl gern.

Nachdem ich die Revers einige Male glatt gestrichen habe, um ihm zu zeigen, dass ich sein Interesse wahrgenommen habe, nimmt er mir plötzlich das Champagnerglas aus den Händen, kippt den Schluck, der sich noch im Glas befindet, fasst mich am Ellenbogen und steuert mich zu den offenen Terrassentüren, die in den Garten führen. Ein oder zwei Leute schauen zu, darunter auch Susan Grey, die in meinem Büro arbeitet, und ich denke noch: *Ja, es ist genau das, was du dir gerade vorstellst!*

Edward hat eine Spürnase für abgelegene Stellen, an denen er mich nach Belieben verwöhnen oder strafen kann, so auch diesmal, als er mich an der Hausseite vorbei zum alten Stallblock führt. Es stehen keine Pferde mehr im Stall, aber wir finden einen Vorratsraum, in dem viele Kartons herumstehen.

»Zeig's mir«, befiehlt er.

Ich brauche nicht zu fragen, was er meint, und mit zitternden Fingern knöpfe ich meine Jacke auf.

»Oh, sehr schön«, stößt er hervor, und ich höre echte Bewunderung.

Ich habe mich in ein köstlich unanständiges und sehr hübsches Bustier gezwängt; es besteht aus rosa Satin und Spitze, und es passt zum spärlichen Slip. Die Körbchen sind so gut wie nicht vorhanden und durchsichtig, und meine Nippel sind dunkel und hart, sie richten sich auf und zeigen in Edwards Richtung.

Er greift nach mir und nach ihnen. Er nimmt sie in die Hand, rollt die empfindlichen Spitzen zwischen Daumen und Zeigefinger, drückt sie, quetscht sie, aber er tut mir dabei nicht weh.

»Einfach nur schön«, sagt er. Aus Respekt dem Kleidungsstück gegenüber, das ein Vermögen gekostet hat und das ich nur trage, um ihm zu gefallen, nimmt er die Brüste aus den zierlichen Körbchen heraus, sodass sie auf deren Rand liegen können, herrlich zur Schau gestellt. Zu meinem Erstaunen bückt er sich und küsst die Spitzen. Er setzt seine Zunge ein und leckt und salbt sie.

Als er mich wieder anfasst, hat der Speichelfilm eine neue Empfindlichkeit über meine Brustwarzen gelegt. Ich stöhne und schiebe die Hüften vor und zurück, während er meine Brüste drückt und kost.

In solchen Situationen muss ich meistens auf seine Erlaubnis warten, bevor ich ihn anfassen darf, aber jetzt kann ich mich nicht länger zurückhalten. Ich nehme seinen Kopf in meine Hände und greife in seine vollen Haare, die nach seinem Shampoo duften. Als er wieder an einem Nippel saugt, stöhne ich laut auf. Ich liebe die süßen ziehenden Sensationen, deren Echo ich auf der Klitoris spüre. Ich liebkose seinen Skalp und werfe meinen Kopf in den Nacken, einer Ohnmacht nahe.

Ich liebe diesen Mann. Es ist verrückt, aber es stimmt.

Er saugt immer noch an einer Warze und zieht die andere in die Länge, dann packt er meinen Po und schürt das Feuer, das dort glimmt. Die Striemen brennen, aber in meiner Pussy fließt der Honig. Ich pumpe wieder mit den Hüften. Ich kann nicht stillhalten. Ich brauche ihn in mir.

Als ob er mein Flehen gehört hätte, richtet sich Edward auf, den dunklen Kopf auf eine Seite geneigt, und das bekannte Lächeln umspielt seinen Ziegenbart.

»Wenn du es jetzt kriegst, wirst du später dafür zahlen, das weißt du«, sagt er leise und ernst, auch wenn ich weiß, dass er innerlich lacht.

»Ich weiß.« Meine Stimme klingt leise und unterwürfig. Innerlich lache ich auch.

»Also gut.« Das klang fast so, als hätten wir ein Geschäft abgeschlossen. Er sieht sich um, offenbar auf der Suche nach einer Lagerstatt, bei der wir nicht unsere Hochzeitskleider ruinieren. Er weist auf eine alte Holztür, Eiche und sehr solide, die zum angrenzenden Raum führt. Die Oberfläche ist glatt und scheint auch ganz sauber zu sein. Ich stapfe darauf zu und fühle mich zittern, auch wenn ich heiß wie die Sünde bin. Edward folgt mir, stößt mich voran. Das muss die Kraft der Natur sein.

Er presst mich gegen das Holz, das sich hart gegen meinen wunden Po reibt. Die Striemen von seinem Gurt verblassen schon ein wenig, aber ich stoße trotzdem ein »Uff!« aus, als er sich gegen mich wirft und mich wild zu küssen beginnt, als wäre ich ein Filetstück und er ein hungriger Wolf.

Die Sorge um mein Make-up verfliegt. Ich kann mich neu anmalen. Jetzt muss ich ihn haben.

»Rock!«, befiehlt er. Er wippt auf seinen Absätzen und zieht schon den teuflischen Gurt ab, dann attackiert er Hose und Boxer, um seine Erektion zu zeigen. Ich ziehe den Rock hoch, willig und bereit, und starre nach unten.

Jetzt bin ich die hungrige Wölfin, die geifernd über sein Fleisch herfällt.

Es ist bester Qualität, hart und gerötet. Die Eichel glänzt, und die Venen heben sich deutlich ab. Ein Kunstwerk. Und für den Moment gehört es mir. Einen kurzen Augenblick krame ich in meiner winzigen Tasche, die mir noch von der Schulter hängt, aber er sagt nur: »Lass das« und langt in seine Tasche.

Wir haben also beide zur Feier des Tages an Kondome gedacht. Ich muss lächeln, und er nickt und lächelt zurück, seine blauen Augen plötzlich schön und jung und fröhlich.

»Große Denker sind eines Geistes«, sage ich und verziehe das Gesicht über mein Klischee und schaue gebannt zu, wie er sich entkleidet.

Er bedenkt mich mit einem zweifelnden, aber nachsichtigen Blick, dann hält er mich an den Hüften fest, hebt mich an und öffnet mich, während er den Slip zur Seite schiebt und mit der freien Hand seinen Schaft an den Eingang drückt.

Kein Vorspiel, kein Liebesgeflüster. Wer braucht das auch schon?

Er stößt hart hinein und treibt mich gegen die Tür. Ich verziehe das Gesicht, als ich die Wucht an meinem Hintern fühle. Er wirft sich mit seinem Gewicht in jeden Stoß, immer wieder, jetzt im festen Rhythmus. Ich packe seine Schultern und grunze synchron zu seinem Pflügen.

Oh, Mann, ich werde nie genug davon bekommen! Sein Schwanz und die Züchtigungen und die Spiele – und auch die ruhigeren Momente. Auch wenn er mich erbarmungslos durchzieht, schwebt ein Teil meines Bewusstseins über uns, und ich bewundere das sexy Bild, das wir abgeben.

Ein schöner junger Mann und eine ältere Frau, die schön wird durch die Lust, die sie aufwühlt. Das mag auch wieder ein altes Klischee sein, dass Sex dich aufblühen lässt, aber verdammt, das ist mir bei Edward passiert. Ich fühle mich doppelt so lebendig, stehe im Saft und bin voller Energie.

Er stößt und stößt, dringt tiefer ein, kracht meinen Rücken und Po gegen die Eichentür. Mir ist schwindlig, aber nicht nur durch die Erregung. Ich halte mich an ihm fest, als hinge mein Leben davon ab. Orgasmen wälzen sich durch mich hindurch, gewaltig und Atem raubend. Ich beiße mir auf die Lippe und behalte den Schrei in mir, der unbedingt raus will. Ich winde mich und gebe mich den köstlichen Zuckungen hin.

Nach dem Höhepunkt habe ich keine Unze Kraft mehr in mir. Edward stemmt mich immer noch gegen die Tür, und es ist sein Schaft, der mich festhält, als wolle er mich durchbohren. Er stößt ein grollendes Geräusch aus, das zwischen einem Lachen und einem Luststöhnen liegt, und dann kommt er auch. Die Hüften rucken weiter vor und zurück, schlagen mich gegen die niemals nachgebende Eiche. Mein wunder Po scheint eine Million Meilen weit weg zu sein.

»Oh, Mann«, keuche ich wieder, als mein Gehirn nach einer Weile zu funktionieren beginnt.

»Besser hätte ich es nicht formulieren können«, sagt er lachend und zieht sich aus mir zurück. Er richtet sich auf, zieht das Kondom ab, verknotet es und wirft es weg. Ich wüsste mal gern, was jemand denkt, der in den nächsten Tagen den Vorratsraum betritt und den benutzten Pariser in der Ecke liegen sieht.

Sekunden später hat Edward den Reißverschluss hochgezogen und sieht wieder tipptopp aus, und nach einer leichten Handbewegung liegen auch seine braunen Haare wieder glatt. Ich vermute, dass es länger dauern wird, mich wieder zur Fasson zu bringen. Ich fange damit an, das Bustier zu richten, aber Edward schlägt meine Hände weg. Bevor ich auch nur einen Atemzug nehmen kann, quetscht er mir die Nippel.

»Wie schade, dass du sie bedecken musst. Sie schreien geradezu nach ein bisschen Drücken.« Er zwickt weiter, und obwohl ich gerade erst wie ein Expresszug gekommen bin, fängt mein Körper mit der nächsten Erregungswelle an. Mit ihm ergeht es mir immer so. Ich bin tatsächlich stets bereit für ihn. »Ich wünschte, wir hätten ein paar Klammern für sie. Das wäre doch was – ich zeige dich all den eingebildeten Typen auf dieser Hochzeit, und du zeigst ihnen deine blanken Titten, und die Nippelklammern baumeln hinab.«

Wie er mich anfasst und was er sagt – kein Wunder, dass ich fast ohnmächtig werde. Denn ich kann es mir genau vorstellen; ich fühle es sogar. Alle Augen sind auf mich und meine entblößten Brüste gerichtet, geschmückt für seine Lust. Ich müsste mich schämen, aber gleichzeitig wäre ich auch stolz. Ich käme mir wie ein Preis vor, ein barbarisches Sklavenmädchen, nun ja, Sklavenfrau, gefangen und gezähmt von meinem heißen jungen Krieger.

Er fummelt immer noch mit mir, knutscht und küsst mich hart und Besitz ergreifend. Er stößt seinen Schritt gegen meine Hüfte, und – Himmel! – er ist wieder hart. Was ist denn heute los mit uns? Liegt es an der Hochzeit, einer traditionellen Feier von Fruchtbarkeit und Sinnlichkeit? Packt uns dieser Ritus, und werden wir deshalb besonders geil?

Er löst sich von mir, lacht und greift nach den Knöpfen meiner Jacke. Er schließt sie rasch, und meine Brüste bleiben darunter nackt; sie ruhen auf den nach unten gedrückten Körbchen des Bustiers. Die Sensationen, den Satin des Jackenfutters an den empfindlichen Warzen zu spüren, rauben mir den Atem, und ich muss keuchen, während ich versuche, meinen Rock wieder gerade zu streichen.

Als wenn er es hasste, meine Pussy auch nur für ein paar Minuten bedeckt zu sehen, greift Edward nach unten und reibt mich hastig und rau, bevor er das Bündel meines Rocks nach unten zieht, über Hüften und den Ansatz der Strümpfe. Mit einem schelmischen Grinsen leckt er sich die Finger ab, um meinen Saft zu schmecken.

»Ich wette, auf dem ganzen Büfett gibt es nichts, was so schmackhaft ist«, sagt er, »aber sollen wir trotzdem mal nachsehen, was sie anzubieten haben?« Er schmatzt mit den Lippen und drückt meine Pussy noch einmal kräftig durch den Stoff des Rocks.

»Ich muss mich zuerst ein bisschen säubern.« Ich versuche, die Haare mit den Fingern zu kämmen, obwohl ich weiß, dass es damit nicht getan ist, und dass ich einen größeren Spiegel brauche als den in meiner winzigen Tasche. »Ich muss aussehen wie eine, die man nach dem Bumsen rückwärts durch ein Gebüsch gezogen hat.«

Er legt den Kopf schief, lächelt mich an und streicht mit einem Finger über meine Wange. »Du siehst fabelhaft aus. Umwerfend. Und wenn ich nicht daran dächte, dass ich dir die ganzen Festivitäten vorenthalte, meine Liebe, würde ich deinen Rock gleich wieder heben und es dir noch einmal kräftig besorgen.« Sein Grinsen wird breiter und lüsterner. »Vielleicht diesmal von hinten, was hältst du davon?«

Verlangen mahlt in meiner Pussy. Dunkles Verlangen. Es entspringt dem Schmerz und sorgt für perverse Lüste.

Oh, ich würde ja so gern auf seine Anregung eingehen. Ja, wirklich.

»Würde dir das gefallen?«, bohrt er nach, die blauen Augen dunkel und flackernd, ein bisschen teuflisch.

»Ja ...«

»Ja, was?«

»Ja, Herr ...« Meine Stimme klingt wie ein Piepslaut. Ich fühle mich leicht wie die Luft.

Edward beugt sich nah zu mir, hält mich am Arm fest und flüstert mir ins Ohr: »Also gut, Sklavin. Bevor wir hier wegfahren, werde ich mir deinen Arsch vornehmen, das verspreche ich dir hiermit.«

Köstliche Furcht schnürt mir die Luft ab, und zwischen meinen Beinen wird es nass. »Aber brauchen wir keine Gleitcreme?«, frage ich kleinlaut.

»Lass das mal meine Sorge sein, du schmutziges Mädchen. Du müsstest inzwischen wissen, dass ich immer auf alles vorbereitet bin.« Er zwickt meinen Po und facht das Feuer der vorangegangenen Bestrafung wieder an. »Gehen wir jetzt.« Er schiebt mich hinaus, und eine Hand knetet immer noch meinen Hintern.

Ich beklage mich, obwohl ich es genau so haben will.

Es ist später, und wir haben eine Runde zu den anderen Gästen gedreht, wir haben gegessen, und ich habe etwas zu viel getrunken. Edward hat sich voll im Griff. Nach ein paar Glas

Champagner schwenkt er um auf Mineralwasser mit einem Schuss Limone. Ich weiß nicht, ob es seine Fahrerethik ist, die da durchgreift, oder ob er bei unseren anschließenden Spielchen einen klaren Kopf behalten will.

Ich nehme an, beides spielt eine Rolle. Ich will mich nicht beklagen, denn ich habe mehr Champagner getrunken, als ich sollte, aber ich fühle mich gut aufgelegt, verrückt und geil und ganz allgemein fabelhaft.

Leute schauen zu uns herüber. Ich nehme an, dass sie sich immer noch fragen, was die Alte mit dem herrlichen jungen Kerl anfängt, aber das ist mir inzwischen egal. Es war mir schon egal, kurz nachdem Edward und ich uns öfter sahen. Und Liebe machten. Und all die Dinge trieben, die wir auch heute noch zusammen treiben. Abgesehen von seinem glatten und faltenlosen Gesicht und seinem Körper, der einem Supermodel gehören könnte, kommt er mir nicht wie ein junger Mann vor. Er hat das Sagen. Er ist die Autorität. Und er kennt sich aus.

Es gibt ein sehr beeindruckendes aber viel zu lautes Feuerwerk, und die Leute drängen nach draußen, um es sich anzusehen. Edward zwinkert mir zu, nimmt das Glas aus meiner Hand und führt mich hinaus in die Halle.

Oh. Das Spiel beginnt. Gier schießt durch meine Adern und rast zu meiner Pussy. Edward weist auf die Treppe, berührt meinen Po und schiebt mich an. Der geringste Kontakt lässt meine Geilheit blühen. Ich kann es kaum begreifen.

Er sieht sich im ersten Stock um, dann entscheidet er sich für den Flur nach rechts. Vor uns sehen wir den *best man*, den besten Freund des Bräutigams. Er ist ein großer, schlaksiger Kerl, an dem ich vor Edward vielleicht interessiert gewesen wäre. Aber was hat er hier oben zu suchen? Plötzlich öffnet er eine Tür, die zu einem Schrank oder etwas ähnlichem führt, dann schlüpft er hinein, ein heimliches Lächeln auf dem Gesicht.

Edward schenkt mir auch ein Lächeln. »Komm«, sagt er, »suchen wir uns einen eigenen Schrank.«

Wir befinden uns in einem verzweigten Haus und erkunden weitere Flure. Eine Treppe bringt uns zu einer offen stehenden Tür. Edward drückt sie ganz auf, dann winkt er, dass ich ihm folgen soll.

Es ist eine alte Bibliothek, jemandes privater Rückzugsraum. Klein und überall Unordnung, auch ein bisschen verstaubt, aber doch gemütlich. Entlang der Wände verlaufen die Bücherregale, und mit den zwei alten Ledersesseln ist der Raum eigentlich schon überfüllt. Auf einem Sideboard steht ein Kerzenständer mit Kerzen, die noch nie gebrannt haben. Als ich ins Zimmer trete, sperrt Edward hinter mir die Tür zu. Ich drehe mich um, und seine Augen sind verengt, als sie meinen Körper abtasten.

Wenn ich nicht schon im Rausch gewesen wäre, hätte ich jetzt einen Schwall Hormone ausgeschüttet. Wie er mich ansieht, muss ich glauben, dass ich ihm gehöre, und das liebe ich. Sein Blick ruht auf meinen Brüsten und dann auf meinem Schoß, und als er den Kopf kaum merklich bewegt, weiß ich genau, dass ich mich umdrehen soll, um ihm mehr zu zeigen.

»Dieser Arsch von dir, meine Liebe. Ich kann mich nicht sattsehen an ihm. Niemals.« Ich liebe die Ehrlichkeit in seiner Stimme, die echte Begeisterung. Er liebt es, den Meister zu spielen, aber er verbirgt nicht die Tatsache, dass ich ihm gefalle. »Komm schon, zeige mir alles von dir, du scharfes Mädchen.«

Ich verrenke den Hals, schaue über meine Schulter und hebe meinen Rock hoch. Das Futter aus Seide streichelt sanft über meinen Po und leckt auch an der glimmenden Hitze über den Striemen. Die Striemen sind kaum noch zu erkennen, aber da brennt immer noch ein Feuer.

»Bück dich. Lege deine Hände auf die Sesselarme und mach dich auf was gefasst.«

Ich gehorche. Mein Herz flattert. Himmel, ich liebe es, mich ihm so aufdringlich zu präsentieren, so erniedrigend. Aber ich empfinde es nicht als Erniedrigung, eher als Gegenteil, weil ich auch weiß, dass er die Inszenierung so liebt wie ich.

Er kommt herüber und stellt sich hinter mich, dann drückt er meine Absätze mit dem Zeh seiner auf Hochglanz polierten Schuhe auseinander. Während meine Schenkel auseinander gehen, fühle ich, wie auch meine glitschigen Labien klaffen. Mein Slip ist nass, ist es schon seit Stunden, und der Geruch meiner Erregung scheint den ganzen Raum zu füllen.

Als mein Besitzer stößt Edward zwei Finger in mein Geschlecht. »Immer bereit ... das liebe ich an dir. Ich liebe das Geile an dir, mein Schatz.«

Nur für dich ... nur für dich.

Ich liebe es auch, dass ich so geil bin. Ich liebe es, dass dieser schöne junge Mann in mein Leben getreten ist und den Schalter auf volle Kraft gedreht hat, während die Maschine vorher nur leise getickt hat. Im Moment stört es mich nicht, dass dies nur eine temporäre Angelegenheit sein wird. Seit ich Edward kenne – und liebe –, habe ich das Geschenk erhalten, für den Tag zu leben, für den Moment.

»Oh, das magst du, was?«, flüstert er und lehnt sich über mich, und der glatte Stoff seines Jacketts gleitet über meinen Po. Sein Atem streichelt meinen Nacken, dann spreizt er die beiden Finger in mir, um mich zu weiten. Meine Pussy spannt die Muskeln, und meine Klitoris schwillt an und pulsiert.

»Antworte mir«, knurrt er und spreizt die Finger noch mehr. Ich keuche und stöhne.

»Ich mag es.« Ich zwinge die Worte aus mir heraus, während er mich testet und weiter zustößt. Ich stelle mich auf die Zehenspitzen.

»Und würde es dir gefallen, wenn ich etwas anderes in dich hineinstecke?«

Er drückt und weitet und drückt ...

»Ja, was immer du willst«, antworte ich kühn.

»Auch in deinen Arsch?«

»Ja, auch.«

Mit seiner freien Hand schiebt er einen Finger unter das Band, das meine Backen teilt. Er kitzelt verspielt den Anus und stimmt die Berührungen auf das Stoßen seiner Finger ab.

Ich kann kaum atmen. Ich kann kaum denken. Ich fühle mich berauscht von der köstlichen sexuellen Anspannung.

»Gutes Mädchen, gutes Mädchen ...« Er fährt fort, mich zu streicheln und zu quälen. Ich will ihm sagen, dass er zur Sache kommt, aber das würde nichts bringen. Er richtet sich nach seinem eigenen Zeitplan. Er hat die Kontrolle und das wird auch immer so bleiben.

Und doch kann ich mich nicht zurückhalten; ich hample herum, verspanne mich, trete von einem Fuß auf den anderen. Diese Pose spannt die Muskeln in Oberschenkeln und Waden an, aber in meiner heißen Erwartung nehme ich die Unannehmlichkeiten gar nicht wahr. Meine Beine fühlen sich wie ein Mechanismus an, der gespannt wird, noch mehr gespannt und noch ein bisschen mehr gespannt – bis sich die Energie in eine gewaltige Welle verwandelt.

»Sei vorsichtig, Sklavin«, warnt er mich. Er spricht die Worte streng aus, aber ich höre auch wieder die sanftere Note heraus.

Das ist es, was mich zum Orgasmus bringt. Es ist zu viel. Zu süß. Die Lust ist zu groß. Ich kann mich nicht länger kontrollieren, und so rutsche ich in den Sessel, mit dem Gesicht nach vorn. Ich stützte mich auf einen Ellenbogen, während ich mit der anderen Hand ungehorsam auf die pulsierende Klitoris drücke, um den Moment noch zu versüßen. Meine Hand drängt gegen Edwards, die auch zwischen meinen Beinen operiert.

Er weist mich nicht zurück und kehrt auch nicht den ›Herrn‹ heraus. Er arbeitet mit mir zusammen und verbessert noch einmal mit seinen geschickten, liebenden Fingern meine Gefühlslage.

»He, das habe ich irgendwie anders geplant«, sagt er nach einer Weile.

Ich liege immer noch im Sessel, zerknautsche mein todschickes Kostüm und ruiniere mein Make-up erneut, weil ich mein Gesicht in die Kissen gedrückt habe. Ich fühle mich ein bisschen den Tränen nahe und verberge das vor ihm, obwohl ich vermute, dass er es trotzdem sieht. Er hat sich auf einen Sesselarm gehockt und streichelt langsam über meine Haare.

»Tut mir leid.«

»Nicht nötig, Baby.« Seine Hände halten inne, dann steckt er ein paar Strähnen hinter die Ohren. Weiß der Himmel, was mit meiner Frisur passiert ist, die ein Vermögen gekostet hat. Jetzt muss ich wie eine gut gekleidete Tütenfrau aussehen. »Ich sehe gern, wenn du deinen Spaß hast.«

Ich wälze mich herum und versuche mich aufzurichten, damit ich meinen Rock nach unten und glatt ziehen kann, aber er hält mich zurück. Er geht sehr zärtlich vor, aber er hindert mich trotzdem daran, halbwegs ordentlich auszusehen.

»Nein, versteck es noch nicht.« Seine blauen Augen strahlen. »Als ich sagte, dass die Dinge nicht so wie geplant liefen, habe ich nicht gemeint, dass ich ganz aufgegeben habe.«

Ah, da klingt die köstliche Drohung wieder durch. Kommando. Selbstsicherheit. Kontrolle. Obwohl ich heute schon oft gekommen bin, fange ich an, mich wieder nach ihm zu sehnen. Ich will ihn. Will alles. Mit ihm. Ich riskiere ein leichtes Lächeln, dann löse ich mich aus dem Sessel und nehme meine ursprüngliche Position wieder ein. Ich bin bereit.

»Oh, du Geile«, raunt er. »Du bist eine sehr besondere Frau, mein Schatz.«

Einen Moment lang ist er still und wie benommen, aber dann scheint der Mantel der Macht über ihn zu fallen, und er ist wieder ganz der Alte. Alles Sex.

»Und du hast auch einen besonderen Arsch«, bemerkt er und fängt an, mich wieder zu kosen. »Ein sehr feiner Arsch, mit dem man was anfangen muss.« Er gibt einen Klaps auf die Backen und spielt einen Moment mit der Kerbe. Dann greift er in die Tasche seines Jacketts, und Sekunden später fühle ich etwas Kühles und Glitschiges, das sich zwischen den Backen entlädt und das Band meines Slips durchdringt.

»Ah, jetzt weiß ich, was du gemeint hast, als du sagtest, du wärst vorbereitet«, sage ich und vergesse meine Rolle. Aber er lacht nur und reibt mich weiter mit der Gleitcreme ein.

Oh, es ist aufregend, dieses Gefühl. Das Staunen, das Warten. Wir haben dies oft genug schon gespielt, aber irgendwie scheint mein Gehirn zu vergessen, wie es das letzte Mal war, deshalb weiß ich auch nie, worauf ich mich einstellen soll. Es ist immer neu. Immer ein Anlass für spannende Ungewissheit und gleichzeitig für das große Sehnen. Und er bringt mich jedes Mal zum Stöhnen, Keuchen und Hecheln.

»Still«, flüstert er, streng aber doch mit einem Gefühl für das Chaos in mir. Er gleitet mit einer glitschigen Hand unter meinen aufgerollten Rock und reibt über den unteren Teil meines Rückens – wie ein Trainer, der ein scheues Rennpferd beruhigt. Er reibt weiter.

Er schiebt einen Finger in meinen Po. Ich keuche lauter, ich lasse meinen Hintern kreisen. Die ganze Zeit murmelt er: »Still, ganz brav.«

Der Finger drückt sich tiefer, und gleichzeitig fängt er mit mir und mit sich zu spielen an. Ich höre das Sirren seines Reißverschlusses, und dann weiß ich, dass er seinen Schaft an die Luft geholt hat.

Er befingert meine Klitoris. Er schiebt einen Finger in die Vagina. Er zieht den Finger aus dem Anus und gibt mir einen Klaps auf den Po. Mal schiebt er zwei Finger in die hintere Öffnung, mal forscht er mit zwei Fingern in meiner Pussy herum. Aber die ganze Zeit achtet er darauf, die Klitoris nicht zu vernachlässigen.

Ich schluchze jetzt, ich weiß nicht, was ich sonst tun soll, aber ich bin glücklich mit meinem Schicksal. Aus dem Schluchzen wird ein Wimmern, als er meine Klitoris leicht zwickt, und damit zwingt er meinen Orgasmus herbei.

Nur mit Mühe halte ich meine Position. Ich weiß nicht so recht, was ich mache, abgesehen davon, dass ich den Po hin und her schwenke.

Wie aus großer Entfernung höre ich die unverwechselbaren Geräusche, wie ein Kondom aus der aufgerissenen Folie genommen wird, und ein paar Sekunden später fühle ich den mit Latex bedeckten harten Fleischstab, der wild entschlossen durch die Kerbe zieht.

»Immer diese Entscheidungen.« Seine Stimme hört sich verwegen an. »Pussy oder Po?« Er klingt wie ein Junge, der sich nicht entscheiden kann, welche Murmeln er gegen die neuen eintauscht. Dann endet die Ungewissheit, und ich spüre die glitschige Spitze im Anus.

Er übt mehr Druck aus, um in die widerstrebende Öffnung einzudringen. Er verstärkt den Druck noch einmal, und meine Sinne laufen Amok. Gefährliche, verbotene, aggressive Botschaften verwirren meine Gedanken, aber dann drängt er weiter, und er beruhigt mich mit Worten, die wie sanfte Liebkosungen sind. Er hält mich mit einer Hand gepackt und reibt mit der anderen Hand meine Klitoris, während er leicht zu stoßen beginnt.

Meinetwegen braucht er nicht leicht oder sanft vorzugehen. Ich schreie und tobe und bin außer mir vor Lust. Ich bäume mich auf und packe seine Hand zwischen den Beinen. Ich zwinge ihn, mich zu reiben und meine Klitoris zu zwicken, und dann fällt es wild über mich her; mein ganzer Unterleib pulsiert und verkrampft und zuckt in ungestümen kinetischen Bewegungen.

Er hält mich fest. Er ringt um Kontrolle, aber schließlich verliert er sie auch. Seine Stimme klingt heiser und voller Leidenschaft, als er pumpend in meinem Po zum Höhepunkt kommt. Seine Worte sind verdreht, aber ich verstehe sie, und meine Freude ist noch viel größer.

Etwas später stolpern wir aus unserer kleinen Bibliothek und schaffen es, ein Bad zu finden, vor dem keine Schlange wartender Gäste ausharrt. Dabei kommen sie jetzt alle zurück, weil das Feuerwerk vorbei ist. Die meisten Gäste wandern zum großen Ballsaal oder zur Disco.

Wir richten uns wieder her, und dazu haben wir Zeit, uns zu beruhigen. Wir lachen uns an, wir umarmen uns. Wie ein ganz normales Paar.

Vielleicht sind wir ja auch trotz unserer Eigenarten und unseres Altersunterschieds ein ganz normales Paar. Im Nachglühen der stürmischen Leidenschaft verhalten wir uns wie ein Ehepaar, das sich seit Jahrzehnten kennt; wir fühlen uns wohl und verehren uns immer noch.

Die Musik ist gut, und wir tanzen, halten mit den Besten

mit. Die Leute scheinen sich an uns als Paar gewöhnt zu haben. Überall Lächeln. Als die langsamen Klänge einsetzen, fallen wir uns in die Arme.

»Hochzeiten«, flüstert Edward mir nach einem Lied oder zwei ins Ohr, »sind also große, verschwenderische Affären oder knappe kurze Auftritte im Standesamt und anschließend mit ein paar netten Leuten in den nächstgelegenen Pub und feiern auf Teufel komm raus?«

Ich wäre auf dem Tanzboden fast festgefroren, aber er zieht mich weiter und hält mich im Rhythmus.

Bilde ich mir etwas ein? Oder schlägt er etwas vor, was ich meine, herausgehört zu haben?

»Fragst du, was ich glaube, dass du fragst?« Ich wollte nicht, dass die Worte so laut herauskamen.

»Ja«, sagt er, und seine Hand kreist auf meinem verlängerten Rücken wie eben, als er unanständigere Sachen mit mir getrieben hat. »Ja«, sagt er wieder, »ich frage.«

Ich sollte die Dinge abwägen, alles gründlich überlegen, aber stattdessen sage ich nur: »Ja!«

»Phantastisch«, antwortet er, dann küsst er mich lang und süß und hart.

Als wir uns voneinander lösen und wieder zu Atem kommen, lächelt er und fragt wieder: »Kleine intime Affäre oder große, verschwenderische Affäre?«

Ich lache und küsse ihn auf die Wange. Mir ist es egal, aber meine Antwort lautet: »Verschwenderisch.«

»Braves Mädchen«, flüstert er und schmiegt sich an mich, bevor wir weiter tanzen.

Ihre Kurzgeschichten sind in zahlreichen Black Lace Anthologien erschienen.

Rache ist süß

Kyoko Chaldean

Da waren sie wieder.

Lola hatte sich eins fest versprochen: Nie wieder. Und nach fast vier Jahren hatte sie geglaubt, nicht mehr so schnell rückfällig zu werden. Vier Jahre, in denen sie sich mit einem knappen ›Hallo‹ begrüßt hatten. Vier Jahre mit höflicher Konversation und platonischem Lächeln. Sie hatte den Uni-Abschluss in der Tasche, und er hatte sich scheiden lassen. Er sah jetzt fröhlicher aus, und sie war wieder so wie früher. Lola, der ehrliche Mensch. Lola, die gute Freundin.

Wie war es also dazu gekommen, dass sie beide in diesem Hotelzimmer gelandet waren? Hatte sie sich nicht geschworen: Nie wieder? Höchstens in ihrem Kopf. Phantasien waren okay, aber dies war keine Phantasie.

Wenn sie auf die letzten Wochen zurückschaute, musste man fast glauben, dass sie das geplant hatte. Stimmte das? Nicht bewusst, versicherte sie sich. Nachdem alle Prüfungen durch waren und das Studium hinter ihr lag, fuhr sie den Sommer nach Hause. Sie hatte Pläne, mit Hailey so oft wie möglich zusammen zu sein. Und wie so oft sagte Hailey: »Ja, komm vorbei, wir leihen uns ein paar Filme aus und essen Popcorn dazu.«

Die Scheidung ihrer Eltern war durch, ihre Mutter war ausgezogen, und die Ruhe war wiederhergestellt, deshalb konnte sie auch wieder bei der Freundin übernachten. »Es wird sein wie in alten Zeiten«, sagte Hailey.

Wie in alten Zeiten.

Sie zwang sich, nicht zu lange darüber nachzudenken, besonders nicht in den letzten Stunden, bevor sie hinüber ging. Und ihre Gedanken sollten auch nicht zu den vielen Nächten vor vier Sommern zurückkehren. Zu den Schlummerpartys. Freundinnen, die herumhingen, quatschten, ihre Freundinnen antexteten und Jungs anmachten. An die Dinge, die später noch passieren würden.

Das erste Wochenende nach dem gelungenen Highschool-Abschluss feierten sie und Hailey, indem sie verschiedene Schnäpse aus dem Barschrank ihrer Eltern stibitzten. Sie brauchten nicht heimlich vorzugehen, denn in diesem Jahr war die Anspannung in Haileys Haus auf den Höhepunkt gelangt, und beide Eltern waren zu sehr in ihre eigenen Kämpfe verstrickt, um mitzubekommen, was die Mädchen trieben.

»Glaubst du, dass deine Eltern es noch tun?«, fragte Lola kichernd, als sie einen Schluck aus der Flasche mit dem Pfirsichschnaps nahm, den Hailey ihr hinhielt.

»Oh, Himmel! Lola!« Hailey verzog das Gesicht. »Sind deine Gedanken immer in der Gosse?«

»Das weiß ich nicht, aber ich denke über solche Dinge nach.« Sie lächelte scheu. »Ich weiß, dass meine es noch tun. Ich habe sie gehört«, flüsterte sie und gab die Flasche zurück.

Hailey warf ein Kissen nach ihr. »Du bist ein Monster, Mädchen«, rief sie lachend.

»Ich bin sicher, deine tun's auch noch«, neckte Lola die Freundin. »Dein Dad ist ein heißer Typ. Seine sandfarbenen Haare und die blauen Augen – er sieht wie der Installateur in *Desperate Housewives* aus.«

»Lola! Das ist verdammt noch mal Dad, über den du so sprichst!«

»Tut mir leid«, sang Lola, aber man hörte deutlich, dass sie das nicht ehrlich meinte. »Aber meistens ist es so, dass unsere Dads uralt sind. Deiner dagegen ist höchstens mal vierzig.«

»Ja, das ist der Vorteil, wenn du deine Freundin schon in der Highschool schwängerst«, sagte Hailey mit einem Achselzucken.

»Haben sie dir das gesagt?«, fragte Lola ungläubig.

»Das habe ich mir selbst ausgerechnet, als ich zwölf war. Da ich die entsprechenden Daten besaß, habe ich Mom damit konfrontiert, und sie hat es sofort zugegeben.«

Es entstand ein verlegenes Schweigen, dann seufzte Hailey und sagte: »Ach, es ist keine große Sache. Jedenfalls heute nicht mehr. Ich weiß jetzt, warum sie so früh mit mir über Sex gesprochen hat. Und warum sie mich so früh auf die Pille gesetzt hat. Vor zwei Jahren schon.«

»Wirklich?«, fragte Lola.

»Ich schwöre es. Sie hält sich für meine Freundin, nicht für meine Mutter.«

»Das ist ja cool. Ich glaube, meine Mum wird tot umfallen, wenn sie meine Pillen findet. Ich wünschte, sie könnte die Dinge etwas entspannter angehen.«

»Das hilft nicht«, antwortete Hailey. »Meine Mom gibt sich entspannt, aber sie ist es nicht. Du solltest hören, was sie erzählt und wie sie über Sex redet. Daher weiß ich übrigens auch, dass sie es nicht mehr tun.«

»Oh, mein Gott! Sie spricht mit dir darüber?«

»Sie hat gesagt, dass sie nicht mehr darauf steht. Ich persönlich glaube, dass sie immer noch verkorkst ist, weil sie sich damals so früh hat schwängern lassen. Und dafür möchte sie ihn heute strafen.« Hailey nahm einen kräftigen Schluck Schnaps, verzog das Gesicht und rülpste. »Ich weiß, sie ist meine Mutter, aber sie ist total psycho. Ich meine, wie abgefackt ist es denn, mit seiner Tochter über sein Sexleben zu reden?«

»Ziemlich abgefackt«, gab Lola zu.

»Inzwischen ist es mir egal. Weil ...«– sie legte eine dramatische Pause ein und setzte sich im Bett auf – »sie lassen zu, dass ich im Sommer den Schauspielkurs nehme«, trillerte Hailey, ein siegreiches Grinsen um die Lippen.

»Was?«, rief Lola. »Es ist eine Stunde von hier entfernt. Ich dachte, dein Dad will nicht, dass du nachts allein diese Strecke fährst.«

»Mom bringt mich hin.« Ihr Grinsen vertiefte sich. »Das ist der Vorteil, wenn deine Mom deine beste Freundin sein will. Ich kann sie zu allem überreden. Außerdem gibt es ihr einen Vorwand, jeden Montag und jeden Donnerstag in der Downtown einzukaufen.«

Der Schnaps führte dazu, dass die Mädchen früh einschliefen, aber Lola wurde um zwei Uhr wach und spürte ihren ausgetrockneten Mund. Sie schwankte in die Küche, die langen welligen braunen Haare über den Brüsten. Sie war noch ein bisschen angeheitert und sich ihrer spärlichen Kleidung nur vage bewusst; sie trug ein T-Shirt und einen Slip. Sie öffnete den Kühlschrank, suchte irgendeinen Saft und nahm plötzlich wahr, dass jemand in der Küche war.

Sie drehte sich um, und da stand Haileys Vater. Er saß in seinem Bademantel am Tisch, die Haare zerzaust, und die ganze Welt hätte sehen können, dass er ein Mann war, dem die Seele aus dem Leib gesaugt worden war.

Lola war es gewohnt, ihn in einem Geschäftsanzug zu sehen, wenn er von der Arbeit kam, selbstbewusst, ein flüchtiger Kuss auf die Wange seiner Tochter, dann war er in seinem Arbeitszimmer verschwunden. Aber da saß jetzt ein anderer Mann, ein gebrochener Mann. Verletzlich.

Sie entschuldigte sich, griff rasch nach dem Saft und versuchte verlegen, ihr T-Shirt nach unten zu ziehen. Er wirkte auch verlegen. Aber dann war da noch etwas anderes. Unter dem geschlagenen Äußeren tauchte ein kurzer Blick auf. Wie ein flackerndes Flämmchen.

Sie sah den Blick nur flüchtig mitten in der Fluchtbewegung durch den Flur und zur Treppe. Da schaute sie noch mal zurück. Er starrte sie an, genau auf die Stelle, wo das T-Shirt endete und ein winziges Stück der Pobacke entblößt war. Eine Hitze legte sich über ihr Gesicht und über den Schoß, als sie mit klopfendem Herzen zurück auf Haileys Zimmer lief.

Sie vergaß ihr Buch. Sie brauchte ihr Buch.

Das redete sie sich am folgenden Montag ein. Sie schaltete die Tatsache aus, dass sie den ganzen Sonntag an ihn gedacht hatte und an das, was Hailey ihr über ihn erzählt hatte. Am Montagabend fiel ihr dann ein, dass sie ihr Buch in Haileys Zimmer vergessen hatte. Das redete sie sich mit jedem Schritt ein, als sie sich dem Haus näherte.

Er öffnete die Tür. »Oh, Lola.« Er schien überrascht und nervös zu sein. »Hailey ist nicht da. Ihre Mutter hat sie zu ihrem Schauspielkurs gebracht.«

»Oh, das tut mir leid, das habe ich nicht gewusst.« (Lügnerin).

Pause.

». . . mein Buch«, platzte sie heraus.

»Bitte?«

»Ich ... ich habe mein Buch vergessen.« Sie schaffte ein schwaches Lächeln. »Ich muss lernen.«

»Aber du hast Semesterferien«, sagte er und erwiderte ihr Lächeln. Und als sie an ihm vorbei ins Haus trat, sah sie wieder diesen Blick, dieselbe lodernde Flamme, die sie vor zwei

Nächten schon einmal gesehen hatte. Diesmal war sie sicher, was sie bedeutete.

Sie stand verlegen da, wie angewurzelt, ihm im Flur direkt gegenüber. Er war ihr so nahe, dass sie seinen frischen Geruch wahrnehmen konnte, Seife und Rasiercreme. In ihrem Kopf hörte sie immer wieder Haileys Aussage – *sie tun's nicht mehr – sie will ihn bestrafen*. Und dabei schaute sie in seine dunkelblauen Augen. Plötzlich, bevor sie lange darüber nachdenken konnte, beugte sie sich vor und küsste ihn. Er schmeckte süß; nach Äpfeln. Seine Lippen teilten sich, aber er bewegte sich kaum.

Sie ging in sein Arbeitszimmer, wo sie ihn tausendmal hatte verschwinden sehen. Er folgte ihr. Es war dunkel, denn die Vorhänge waren zugezogen. Die Wände waren in einem Waldgrün gestrichen, und in den Regalen aus Mahagoni standen viele Hockeytrophäen, Bücher über Verkaufsstrategien und über Rennwagen. Auf dem Schreibtisch stand neben dem Laptop ein kleines gerahmtes Foto, auf dem er und Hailey zu sehen waren. Lola schluckte und schaute schnell weg.

Er hatte ein kleines Sofa für zwei, einen typischen Liebessitz, in seinem Zimmer, und dort landeten sie. Sie küsste ihn, und ihre Küsse waren wie Fragen; sie suchten seine Aufmerksamkeit. Nichts, was sie bisher erlebt hatte, hätte sie auf diese Begegnung vorbereiten können.

Nun, sie musste einräumen, dass ihre Erfahrung sich auf die Fummeleien in Autos und in den Basements verschiedener Eltern beschränkte. Bei diesen Begegnungen hatte sie immer das Gefühl gehabt, sich verteidigen zu müssen. Hier eine Hand unter ihrem Rock abwehren, da die neugierigen Finger zurückweisen, die unter ihren BH wollten.

Die Jungs nannten sie eine *cocktease;* ein Mädchen, das einen Jungen auf hundert bringt, aber nicht zum Orgasmus.

Dabei verstanden die Jungs sie nicht. Sie wollte angefasst und gestreichelt werden. Nachts lag sie nackt in ihrem Bett, und ihr Kopf brummte von lüsternen Phantasien mit gesichtslosen Männern, die ihr einen Höhepunkt nach dem anderen verschafften.

In ihrer liebsten Phantasie bewegte sich der gesichtslose Mann nach unten und glitt zwischen ihre Beine. Die Vorstellung, dass eine glitschige warme Zunge über ihre empfindliche kleine Knospe strich, immer und immer wieder, schickte sie jedes Mal über die Klippe.

Sie hatte es noch nie erfahren, sie hatte sich auch nicht getraut, einen der Jungs dazu aufzufordern. Sie fürchtete, zurückgewiesen zu werden. Aber sie lechzte danach.

In Wirklichkeit waren die Jungen, die sie bisher kennengelernt hatte, zu schnell auf den Jungfernstich aus. Kaum waren sie allein, musste sie sich schon seiner Attacke erwehren. Sie musste sich viel zu oft verteidigen, um überhaupt geil werden zu können. Und das eine Mal, als sie zugelassen hatte, dass er weiterging, hatte sie ihre Unschuld verloren, und dann war es vorüber, noch bevor sie bemerkt hatte, was geschehen war.

Aber diesmal würde es nicht so sein. Und während sie froh war – nein, froh war zu wenig, sie war verzückt –, während sie also verzückt war, endlich leidenschaftliche Küsse zu erleben, erhoffte sie ein völlig neues Zweiergefühl, aber bald schon wunderte sie sich, dass er nicht versuchte, sie zu berühren. Je länger das anhielt, desto verzweifelter wollte sie seine Hände auf ihrem Körper spüren.

Er brach den Kuss ab, und sie schaute ihn an.

»Lola, du bist so ein schönes Mädchen«, begann er. Dann sah sie es. Die Lust mit einer Pein, die sich in seinen Augen widerspiegelte. Einmal die Begierde und zum anderen den Selbsthass. Er wollte sie zwar haben – das verriet die Schwellung in seiner Hose –, aber er würde sie nicht zu mehr überreden. Wenn, dann musste das von ihr kommen.

Als sie anfing, ihn zu küssen, legte sie seine Hände auf ihren Körper. Sie schob sie an die Stellen, wo sie sie spüren wollte – auf ihre Brüste. Ihr stockte der Atem, als er ihre gespannten Nippel unter BH und dünnem T-Shirt zu pressen begann.

Sie schob eine seiner Hände unter das T-Shirt, dann hakte sie den BH auf, damit sie seine Hände auf nackter Haut fühlen konnte.

Sie führte seine Finger zu ihren Nippeln, und er zog sie lang und quetschte sie. Laut hörbar stieß sie die Luft aus. Die Sensationen gingen sofort hinunter zu ihrer immer nasser werdenden Pussy. Rasch zog sie sich das Shirt über den Kopf und führte seinen Kopf an ihre Brust. Langsam, fast scheu, begann er die harte Warze zu lecken. Seine Lippen nahmen sie auf und saugten sanft, während er die andere weiter mit den Fingern drückte und in die Länge zog. Lola konnte kaum still sitzen; sie rutschte von einer Backe auf die andere und seufzte und stöhnte.

Sie musste ihn immer noch leiten. Einige Male hielt sie inne. Was dachte sie sich dabei? Das war Haileys Vater! Was war mit Haileys Mutter?

Aber ihre Libido schob Gedanken dieser Art zur Seite und zwang sie, mit diesem tollkühnen Akt fortzufahren. Sie kam sich wie eine andere Person vor.

Als er von der Hüfte aufwärts nackt war und sie nur noch ihr Höschen trug, fühlte sich ihr Körper an, als hätte man ihn an die Steckdose angeschlossen und wäre nun voll geladen. Sie brummte vor angestautem Verlangen. Auf ihr Drängen hin hatte er sie geküsst und liebkost, geleckt und die letzten Quadratzentimeter ihrer Haut blankgelegt.

Es gab nur noch eine Stelle, die er nicht geküsst hatte. Und obwohl sie sich nichts sehnlicher wünschte und obwohl ihre Klitoris wie verrückt pochte, konnte sie sich nicht überwinden, ihn an diese Stelle zu führen.

Stattdessen begann sie, seinen Gürtel zu öffnen. Sie wollte ihn aufschnallen, aber er hielt sie zurück. Und nun übernahm er – das erste und letzte Mal an diesem Tag – die Führung und kniete sich vor sie auf den Boden.

Sie traute sich kaum zu atmen, als er ihr Höschen über die Schenkel zog und ihr sauber rasiertes Geschlecht entblößte. Als sie den dunklen Fleck sah, den die Nässe auf dem Stoff hinterlassen hatte, brannten ihre Wangen vor Verlegenheit. Sie sah, dass ihm der dunkle Fleck auch aufgefallen war.

Wortlos zog er ihre Hüften heran, sodass ihre Pussy auf dem Rand der Couch lag. Sanft teilte er ihre Schenkel. Vor lauter Verlegenheit über ihre Nässe hätte sie ihn am liebsten zurückgestoßen. Fast.

Aber dann strich er mit den Daumen über ihre Labien und zog sie behutsam auseinander. Sein Kopf beugte sich hinunter. Sie fühlte seinen warmen Atem. Er tauchte die Zunge tief in ihren Brunnen, schleckte den glitschigen Honig heraus und strich ihn über die Klitoris.

Ihr Kopf konnte nur einsilbige Gedanken fassen. Gut. Gut. Oh. Wie. Gut.

Sie hob die Füße an und spreizte sie weiter. Dadurch öffnete sie sich noch mehr, und seine Zunge konnte tiefer eindringen. Ihre Klitoris zuckte nach dem einstündigen Vorspiel; ihre ganzen Nervenenden schienen sich in der kleinen harten Knospe gesammelt zu haben. Jetzt strich seine nasse Zunge darüber, hin und her, vor und zurück.

»Oh, wunderbar, ja, ja, oh, ja«, keuchte sie und grub ihre Finger in die Couch. Ihr war nur vage bewusst, dass diese Rufe von ihr kamen; sie hätten auch von einem Herzpatienten ausgestoßen werden können. Aber sie konnte sich nicht kontrollieren. Seine Zunge! Oh, Himmel! Sie wischte immer flotter über die Klitoris, und dann leckte sie immer härter, oh, verdammt, sie würde jeden Moment kommen.

Sie hatte bisher einen Orgasmus nur von eigener Hand erlebt. Und jetzt, als er von seiner starken Zunge herbeigeführt wurde, konnte sie mit der Wucht der Gefühle zuerst nichts anfangen. Sie schrie auf, und ihr Körper wand sich so heftig, dass er sie festhalten musste, eine Hand auf jeder Hüfte, während er weiter leckte und saugte, bis nur noch leise wimmernde Laute über ihre Lippen kamen.

Danach kam er hoch und setzte sich neben sie, und sie versuchte erneut, seinen Hosengürtel zu öffnen. Aber wieder hielt er sie auf. »Es tut mir leid, Lola. Ich begehre dich«, sagte er und wies auf die Beule in seiner Hose. Er glückste und senkte den Kopf. »Aber das ist ein Fehler. Ich fühle mich schrecklich, dass ich nicht früher aufgehört habe.«

»Das lag nicht an dir. Ich habe dich dazu gedrängt. Ich wollte, dass du mir das zeigst.«

»Aber ich bin der Erwachsene.«

»Mr. Thornton«, sagte sie, und er stöhnte und nahm den Kopf zwischen seine Hände. »Ich bin jetzt neunzehn Jahre alt. Ich war eine willige Partnerin.« Sie senkte den Kopf. »Wenn, dann hätte ich auch aufhören sollen.«

»Nenne mich wenigstens David«, flüsterte er.

Er überredete sie dann zu gehen, und den Rest der Woche sahen sie sich nicht mehr. Aber jede Nacht träumte sie von ihm. Sie träumte, wie er sie mit der Zunge zur Eruption gebracht hatte, und wie sich sein Schwanz in ihrer pochenden Pussy anfühlen würde.

Als sie am Samstag wieder bei Hailey übernachtete, hielt sie den Atem an, als sie in der Nacht aufstand und die Treppe hinunterging. Sie hatten nichts vereinbart, aber sie wusste, dass er da sein würde. Am Küchentisch. Wartend.

Sie legten ihre Geständnisse in einem geflüsterten Wortrausch ab.

»Ich träume jede Nacht davon, dass du mich leckst.«

»Ich habe mir auf der Couch einen runtergeholt, da, wo deine Pussy war.«

»Ich dringe mit dem Finger in mich ein und stelle mir vor, es ist dein Schwanz.«

»Ich kann dich immer noch riechen.«

In dieser Nacht ließ er das erste Mal zu, dass sie sich seinen Schaft einführte. In der dunklen Küche, die Ohren ganz auf die ersten Bewegungen gerichtet, die von oben kommen könnten. Sie grätschte über ihn. Kein Reden, kein Denken. Penis und Pussy hatten übernommen.

Obwohl sie sich nur wenig bewegten, weil sie fürchteten, zu großen Lärm zu veranstalten, und obwohl sie ihre Klitoris nur an der Wurzel seines harten Schafts reiben konnte, kam sie mit einer Intensität wie beim ersten Mal, nein, noch heftiger, stellte sie fest, als ihre Muschi sich hungrig um seinen Stamm klammerte. Als sie in sein Ohr flüsterte: »Fick mich und komm in meiner kleinen Pussy«, stieß er einen abgewürgten Schrei aus und ergoss sich in ihr.

Und so begann der Tumult dieses Sommers. Ein paar Wochen lang gaben sie sich mit den Montag- und Donnerstagabenden zufrieden und mit den paar gestohlenen Momenten, wenn sie an den Wochenenden ins Haus kam. Aber bald schon brauchten sie mehr. Dann nahmen sie ein Hotelzimmer; er brachte ihr Geschenke mit, und sie schrieb ihm lange E-Mails mit ihren expliziten Phantasien.

Es war an einem solchen Abend, glücklich und allein im Hotel, befreit von allen Hindernissen, zeitlich unbegrenzt und ohne Notwendigkeit, leise sein zu müssen, dass er sie das erste Mal zu necken begann. Er lag neben ihr auf dem Bett und befingerte ihre Pussy. Sie hatte sich an sein ausgiebiges Streicheln gewöhnt und könnte süchtig danach werden.

Nachdem seine Finger eine Viertelstunde in ihr griffen und drückten und rieben, begann sie zu keuchen und bäumte sich auf, und eine rote Farbe legte sich über Gesicht und den Ansatz der Brüste.

»Oh, Baby, oh, David, ja, ja«, keuchte sie, während er das langsame Streicheln fortsetzte. »Oh, Himmel, ich bin ganz nah dran.«

»Es kommt dir?«, flüsterte er in ihr Ohr.

»Ja, ja«, ächzte sie, die Augen geschlossen.

»Du musst mich fragen.«

»Was?«

»Du musst fragen: ›Darf ich kommen?‹«

Verwirrt, aber zu geil, um zu protestieren, platzte sie heraus: »Darf ich kommen?«

»Noch nicht«, antwortete er und streichelte sie ein bisschen schneller. Sie versuchte, ihm zu gehorchen und sich zurückzuhalten, aber ihre Pussy schien einen eigenen Willen zu haben, besonders jetzt, als er die schnelleren Bewegungen ausführte, nach denen sie hungerte. Sie fühlte, wie ihre Säfte tropften. Ihr Orgasmus rückte immer näher, und ihre Muskeln verkrampften.

»Oh, oh, ich kann nicht anders! Ich komme! Bitte, bitte, darf ich kommen?«

Seine Lippen berührten ihr Ohr, als er flüsterte: »Halte dich noch ein bisschen zurück. Du musst dich entkrampfen.«

»Okay, okay, ich werde es versuchen«, keuchte sie und zwang sich zu entspannen. Sie atmete tief ein, während er sie weitere dreißig Sekunden lang streichelte. Dann zog er die Finger heraus, und sie stieß ein frustriertes Stöhnen aus.

Sie riss die Augen auf und sah, wie er sich auf sie legte. Langsam stieß er die pulsierende Erektion in ihre tropfnasse Höhle. »Ah«, rief sie aus. Ihr glitschiger Tunnel sog ihn in sich hinein. Sie schloss wieder die Augen und verlor sich in schierer Glückseligkeit.

Er war wunderbar hart und füllte sie völlig aus. Mit der Wurzel seines Schafts stieß er gegen die pochende Klitoris, und ihre Pussy umklammerte sofort den harten Fleischstab.

»Oh, Himmel, ich kann nicht mehr zurückhalten. Bitte, darf ich kommen? Bitte, bitte, bitte ...« Ihre Stimme geriet in Panik.

»Öffne die Augen«, befahl er. Sie gehorchte. Sie starrte ihn keuchend an, starrte in das Dunkelblau seiner Augen und fühlte das intensive Klopfen zwischen ihnen, als er unermüdlich ein und aus fuhr. »Jetzt kannst du kommen«, verkündete er, stieß härter in sie hinein und rieb fester gegen die Klitoris.

Plötzlich konnte sie entspannen, und dann explodierte ihr Inneres. Ihre Pussy zog sich um den Schaft zusammen, während sie nach Luft rang. Die ganze Zeit hatte sie die Augen weit aufgerissen und sah das Feuer in ihren und seinen Augen brennen. In diesem Moment gab es nichts anderes auf der Welt, nur ihm und sie.

Bald fühlte sie ein unmöglich mächtiges Pochen tief in sich, und mit einem lauten Grunzen zog er aus ihr heraus und versprühte die milchige Ladung über Brüste und Bauch.

So ging es zwei weitere Monate lang. Zwei Monate wilder versengender Leidenschaft. Zwei Monate, in denen er die Orgasmen aus ihr hervorlockte. Zwei Monate, in denen sie ihn bat, anflehte und anschrie, dass er ihr erlaubte zu kommen. In der Zeit von einem Treffen zum nächsten war sie nass.

Einmal musste sie mit dem Bus aus der Stadt fahren, denn sie sollte sich die Uni ansehen, die sie aufgenommen hatte, und das Wochenende in der Hausgemeinschaft verbringen, die dann ihr Zuhause sein würde. Sie konnte kaum ertragen, von ihm getrennt zu sein, aber wenn sie ferngeblieben wäre, hätte sie unnötigen Argwohn erregt.

Auf dem Nachhauseweg setzte sie sich im Bus nach hinten und starrte verträumt aus dem Fenster. Sie dachte an das letzte Mal, dass sie zusammen waren, als er über eine Stunde lang ihre Pussy geleckt hatte, ohne sie kommen zu lassen, ganz egal, wie oft sie ihn angebettelt hatte.

Die Vibrationen des Busses dröhnten durch die Innennähte ihrer Jeans, die fest gegen ihre geschwollene Knospe drückten. Plötzlich kam sie, direkt im Bus, und sie keuchte und hielt sich am Rücken des Sitzes vor ihr fest. Es war kein voller Orgasmus, aber sie spürte die kurzen Zuckungen, die sie irgendwie noch geiler zurückließen als vorher. Sie sehnte sich auf eine Weise nach ihm, die sie fast schmecken konnte.

Sie wusste – natürlich wusste sie –, dass ihr Tun entsetzlich falsch war und beendet werden musste. Gelegentlich schlichen sich Bilder von Hailey und Haileys Mom ungebeten in ihr geplagtes Gehirn, aber sie arbeitete hart daran, die Bilder zu verdrängen. Sie wollte sich nicht länger von ihnen belästigen lassen.

Ein Teil von ihr wusste, wenn sie lange genug darüber nachdachte, was sie der Familie der besten Freundin antat, müsste sie damit aufhören. Und sie wollte nicht damit aufhören.

Dann kam der Tag, an dem sie nicht vermeiden konnte, dass die Realität sich Raum verschaffte und darauf bestand, dass sie eine Bestandsaufnahme machte.

Hailey rief sie an, in Tränen aufgelöst. »Ich habe ihn gehört, Lola«, brachte sie zwischen Schluchzern hervor. »Ich bin schon seit einiger Zeit misstrauisch und vermute, dass er eine Geliebte hat. Er ist mehr denn je von zu Hause fort, und er ist immer so abgelenkt. Aber bisher habe ich es nicht wahrhaben wollen.«

Hitze stieg in Lolas Gesicht. »Was hast du gehört?«

Hailey schluchzte wieder. »Ich hörte ihn mit ihr am Telefon.«

Panik bei Lola. »Du hast das Gespräch abgehört?« Lola erstickte fast, dann räusperte sie sich. »Hast du ihre Stimme gehört?«

»Nein. Ich ging an seinem Arbeitszimmer vorbei und hörte ihn. Ich konnte nicht genau verstehen, was er sagte, aber das war auch nicht nötig. Ich wusste genug, als ich hörte, wie er mit ihr sprach.« Sie begann wieder zu weinen.

»Lola, ich weiß, dass meine Mom ein Luder sein kann. Die halbe Zeit geht sie mir auch auf den Geist. Aber ich dachte, er würde es noch einmal mit ihr versuchen. Wenn er uns wegen dieser Frau verlässt, was wird dann aus uns?«

Das war es, was die Realität ins Spiel brachte. Am nächsten Tag erklärte Lola die Affäre für beendet.

Eine Weile fürchtete sie, Hailey könnte zwei und zwei zusammenziehen: Jedes Mal, wenn ihr Vater weg war, hatte Lola auch keine Zeit. Oder dass ihr Vater kurz nach dem tränenreichen Telefongespräch wieder öfter zu Hause blieb und auch nicht mehr so abgelenkt war. Aber nein. Lola wusste, dass Hailey nie glauben würde, dass Lola ihr so etwas antun könnte. Und dadurch fühlte sie sich noch schuldiger. Deshalb schwor sie sich, ganz egal, was geschah, sie würde nie mehr zulassen, dass ihr Körper ihren gesunden Menschenverstand besiegte.

Nie mehr.

Um ehrlich zu sein, es waren vier lange Jahre für sie.

Sie hatte angenommen, dass sie durch das Studium viele neue Eindrücke und aufregende Erfahrungen sammeln würde. Es stellte sich heraus, dass die Studenten sich kaum von den Jungs auf der Highschool unterschieden, wenn es um Sex ging. Sie hatte ein paar Freunde, mit denen sie es länger aushielt, mit einem sogar länger als ein Jahr, aber nichts kam auch nur annähernd an die verbotene Leidenschaft mit David heran.

Ab und zu versuchte sie ihren Partner zu ermutigen, die Dinge nicht zu beschleunigen, sondern viel langsamer anzugehen. Einmal schlug sie sogar einem Freund vor, er sollte sie zum Betteln bringen: Er sollte ihr noch keinen Orgasmus gewähren. Aber er tat so, als wäre sie plötzlich völlig pervers. Danach sah sie ihn nie wieder.

»Ich bin froh, dass du heute Abend hier bist, Lola«, sagte Hailey. »Es ist viel zu lange her.«

»Ja, es ist eine Weile her«, bestätigte Lola und trank einen Schluck Wein, den die Freundin eingeschenkt hatte. »Es tut mir leid, dass ich nicht da war, als du Sorgen hattest, dass deine Eltern sich trennen könnten.«

»Es geht wieder besser«, sagte Hailey. »Sie schreien sich nicht mehr an. Und Mom holt sich endlich psychologische Hilfe.«

»Das hört sich gut an.« Lola nahm wieder einen Schluck der dunkelroten Flüssigkeit, ehe sie fragte: »Und geht es deinem Dad auch besser?«

»Ja, ich glaube schon. Ich meine, es ist viel öfter zu Hause, was schön ist.« Sie legte eine Pause ein. »Aber er sieht oft so abwesend aus. Als wäre er eine Million Meilen weit weg. Ich würde gern wissen, an was er denkt.«

Nachdem Hailey eingeschlafen war, lag Lola noch wach und starrte zur Zimmerdecke. Sie hatte das Gefühl, ersticken zu müssen, und dass ein schweres Gewicht auf ihr lag. Sie hätte gern gewusst, ob er unten in der Küche saß und auf sie wartete. Der Gedanke fraß sie auf. Schließlich konnte sie es nicht länger ertragen. Sie schlich die Treppe hinunter, und im nächsten Moment sah sie ihn.

Er starrte sie wortlos an. In seinem Blick lagen all die Dinge, für die sie sterben könnte. Hitze. Feuer. Leidenschaft. Aber am meisten Lust. Lust ohne jede Einschränkung. In ihrem Blick hatte sich die unerfüllte Sehnsucht gesammelt.

Sie atmete tief ein und flüsterte: »Ich träume davon, dich zu saugen.« Sie fühlte sich schwindlig, trunken vom Wein und von der Lust, diese Worte laut auszusprechen. *Jetzt weiß er es. Ich habe es gesagt.*

Sie schloss die Augen und badete so lange es ging in diesem Gefühl.

Als sie die Augen wieder öffnete, sagte er: »Nicht hier.«

Sie nickte.

Also geschah es nicht in dieser Nacht. Aber danach erhielt sie eine E-Mail, und kurz darauf einen Anruf. Dann: Triff mich da und da. Nur dieses eine Mal. Ein letztes Mal. Wir haben die ganze Nacht.

Also fing es wieder an.

Er war schon da im Hotelzimmer, als sie eintraf. Und als er die Tür öffnete, traf es sie wie ein Schlag: Die Szene war so vertraut, so unvermeidlich, so berauschend. Trotz der Umstände, die das Gegenteil festlegten – dies war falsch, schlimm und betrügerisch – fühlte es sich in diesem Moment an, als wäre es richtig, sexy und aufregend.

Sie küssten sich voller Leidenschaft, während sie in der Mitte des Zimmers standen und die Tür noch offen war. Er löste die Umarmung für einen Moment, um die Tür zu schließen, und als er sich ihr wieder zuwandte, hielt sie etwas in den Händen.

Handschellen.

Er gluckste. »Es scheint, du bist ein bisschen bizarr geworden.«

Sie hob die Schultern und grinste. »Ja, richtig.« Dann wies sie mit dem Kopf. »Setz dich auf den Stuhl.«

»Ja, Ma'am«, sagte er und gehorchte, immer noch glucksend und amüsiert von ihrer Ernsthaftigkeit.

Sie hatte drei Paar Handschellen dabei. Das erste Paar benutzte sie, um seine Handgelenke auf den Rücken zu binden und um den Stuhlrücken. Die anderen Paare brauchte sie, um seine Knöchel an den Vorderbeinen des Stuhls zu befestigen. Dann setzte sie sich behutsam auf seinen Schoß und küsste ihn wieder, aber diesmal härter, während sie sein Hemd auszog. Als sie aufstand, um seine Hose auszuziehen, war ihr Gesicht seinem Schritt so nahe, dass er ruckartig seine Hüften hob.

»Hm. Da haben wir ein Problem.« Er sah sie fragend an, während sie einen Schritt zurücktrat und ihre Arbeit betrachtete. Dann nahm sie ihm seinen Gürtel ab und zog auch ihren von der Jeans. Sie schob seine Unterhose über den Hintern und ließ sie bis zu den Waden rutschen, wo auch die lange Hose oberhalb der Metallschlaufen hing. Jetzt band sie seinen Gürtel um sein Knie und oben ums Stuhlbein. Das wiederholte sie mit ihrem Gürtel mit dem anderen Knie, bis er fast völlig immobil auf dem Stuhl hing, die Beine weit gespreizt.

»So gefällt es mir viel besser«, sagte sie, und zum ersten Mal sah er ein wenig nervös aus.

Sie legte Musik auf und begann für ihn ganz langsam zu strippen. Sie beobachtete seine Augen, als sie ihr Top aufknöpfte. Sein Blick war auf ihre Brüste gerichtet, die in dünnen Halbkörbchen aus schwarzer französischer Spitze und einem Hauch von Pink steckten.

»Erinnerst du dich an den BH?«, fragte sie leise. Er starrte sie unsicher an. »Du hast ihn mir gekauft. Und den Tanga dazu.« Sie drehte sich um und streifte die Jeans ab, damit er die schwarze Spitze sehen konnte, die zwischen ihrer Pokerbe verschwand. Sie trat aus der Jeans heraus, krümmte den Rücken und sah ihn über die Schulter an.

Sie genoss seinen Anblick, als er das Bild ihres gestreckten Arsches dicht vor seinem Gesicht in sich aufnahm. Dazu trug sie noch die typischen Stripperschuhe, die sie gekauft hatte, als sie in der Schule den Tanz an der Stange geübt hatten. Sie wiegte sich im Takt der Musik, drehte sich um und ließ vor ihm die Hüften kreisen. Ihre Brüste rutschten aus den Halbkörbchen heraus, und er konnte ihre Nippel sehen. »Kannst du dich jetzt daran erinnern? Ich weiß, das Set war sehr teuer. Ich habe es die ganze Zeit behalten.«

»Ich kann nicht glauben, dass du es immer noch hast«, brachte er schließlich hervor, den Blick nach wie vor auf ihren schwankenden Körper gerichtet. »Ich war immer begeistert, wenn du für mich gestrippt hast. Warum kommst du nicht näher, damit ich dich berühren kann?«

»Bald, Baby«, antwortete sie und labte sich an seiner konzentrierten Aufmerksamkeit. »Aber zuerst möchte ich ein bisschen für dich tanzen, während ich dir einige meiner unanständigen Phantasien erzähle.«

Die Bässe der Musik pumpten langsam und stetig, und sie wand den Körper hin und her und passte ihre Bewegungen dem Rhythmus an. Sie hob die Arme und strich mit den Händen durch ihre Haare, über ihre Brüste, spielte verträumt mit den Nippeln und ließ die Hände dann über den flachen Bauch gleiten. Und während sie tanzte, erzählte sie ihm, wovon sie in den letzten vier Jahren geträumt hatte, wenn sie allein im Bett lag und sich nach ihm sehnte. Als sie sich gefragt hatte, ob er überhaupt noch an sie dachte. Sie träumte davon, ihn zu blasen, und dabei wurde sie so geil, dass sie mit sich selbst spielte.

Wenn sie es ihm erzählte, wirkte es befreiend auf sie, und als sie einmal damit angefangen hatte, konnte sie nicht aufhören. Die Worte sprudelten nur so aus ihr heraus. Bei ihm konnte sie die Wahrheit sagen.

»Manchmal, wenn ich ganz allein bin, schaue ich mir eine Stunde lang Pornos an, ohne mich selbst anzufassen. Bis ich wirklich scharf bin. Dann stelle ich mir vor, dass du bei mir bist, und du überredest mich, für dich zu masturbieren. Du sagst mir, ich soll mich fingern, bis ich kurz vor dem Orgasmus stehe, und dann muss ich aufhören. Zehnmal hintereinander stellst du das mit mir an, während du zuschaust. Du schaust zu und zählst. Beim zehnten Mal bin ich so nah dran, dass ich die Klitoris nicht mehr berühren kann, weil ich sonst komme. Ich winde mich und stöhne und bettle dich an, dass ich kommen darf. Schließlich sagst du, dass du mich selbst zum Höhepunkt bringen willst – mit der Zunge und ganz langsam. Ich reibe langsam mit meinem Finger und stelle mir vor, dass es deine Zunge ist. Du leckst auf und ab, wahnsinnig langsam, selbst als ich über dem Klippenrand hänge, bleibst du bei deinen langsamen Strichen. Ich schreie, und die Zuckungen schwingen durch meinen Körper, und ich komme und komme und komme.«

Ihre Brüste hoben und senkten sich, und das Geräusch des Blutes, das durch ihre Adern pumpte, füllte ihre Ohren. Allmählich fand sie aus ihrer Trance zurück, in der sie sich während ihrer Phantasie gefangen hatte. Sie schaute ihn an, sah seinen einsatzbereiten Schwanz und bemerkte seinen flachen Atem. Seine Arme und Beine zerrten an den Fesseln.

»Komm her«, sagte er, und es kam als tiefes, gefährliches Grunzen heraus.

Sie ging langsam auf ihn zu und achtete darauf, dass sie

seinen Schaft nicht berührte, als sie sich zu ihm auf den Schoß setzte. »Hast du schon mal versucht, zu diesem Zeitpunkt ganz langsam zu machen?« Sie fuhr mit ihren Fingern durch seine Haare und hielt sein Gesicht, damit sie ihm in die Augen sehen konnte. Sie flüsterte: »Weißt du, wie schwer es ist, wenn du dich schon so lange zurückgehalten hast? Du gierst danach, dich schneller zu streicheln, damit du endlich deinen Höhepunkt erlebst.« Er schluckte hart, und sie lächelte verführerisch. »Weißt du, um wie viele Male es intensiver ist, wenn du dann endlich kommst?« Sie küsste ihn, steckte die Zunge tief in seinen Mund, und ihre Hände strichen über seinen Brustkorb und zwickten in seine Brustwarzen.

Sie zog sich zurück, und er schaute hinunter auf seine gefesselten Gliedmaßen. Sie sah, dass er langsam begriff – dies war nicht eine weitere Phantasie, sondern Information. Eine Andeutung dessen, was noch kommen würde. Trotzdem fragte er: »Was machst du jetzt?« Ein flüchtiger Kuss, dann griff sie nach ihrer Tasche.

»Ich dachte, wir erhöhen den Spaß noch«, sagte sie. Aus ihrer Tasche holte sie zwei Würfel heraus. »Ich werfe die Würfel«, erklärte sie auf dem Weg zu ihm, dann kniete sie sich, ihr Kopf nur wenige Zentimeter von seinem harten zuckenden Fleischstab entfernt. »Die Zahlen geben an, wie oft ich dich auf Touren bringe und dann aufhöre, bevor ich dich kommen lasse – in meinen Mund.«

Der Blick in seinen Augen zeigte seine Qualen, und sie fühlte, wie sich ihre Pussy zusammenzog und feucht wurde. Er öffnete den Mund, um zu protestieren, aber sie erhob sich rasch und küsste ihn wieder. »Baby, ich träume schon seit langem davon, dich zu blasen. Ich will dafür sorgen, dass du so lange wie möglich durchhältst.«

Er lächelte. »Wie wäre es, wenn du nur einen Würfel benutzt?«

Aber sie reagierte mit einem tadelnden Blick. »Ich habe noch einen dritten Würfel in der Tasche, wenn du weiter protestierst.« Sie hielt die Würfel an seinen Mund. »Warum bläst du nicht drauf? Das soll Glück bringen.«

»Warum machst du das nicht?«, sagte er. Sie lächelte, blies auf die Würfel und ließ sie rollen.

Er schloss die Augen und schluckte. Es schien, dass er irgendwie wusste, was er sehen würde.

Zwei Sechsen.

»Zwölf«, sagte sie seufzend, aber ihre Augen strahlten. Sie kniete sich zwischen seine Beine und grinste zu ihm hoch. Teuflisch. Aber als sie seinen Penis sanft in die Hand nahm und er gleich bei der ersten Berührung aufstöhnte, verschwand das Grinsen. Sie nahm ihn das erste Mal in den Mund, fast die Lieblingsszene ihrer Phantasie. Fast. Da alle ihre Phantasien jetzt realisiert wurden, ging sie langsam vor. Sie wollte jeden Moment auskosten.

Sie starrte auf die Eichel. Die Haut war gespannt und glänzte kirschfarben. Noch einmal schaute sie zu ihm hoch, leckte sich die Lippen und beugte sich wieder über sein empfindliches Fleisch. Er grunzte laut, als er ihre heißen feuchten Lippen spürte. Sie strich mit der Zunge um die Eichel, herum und herum, vier Mal, ehe sie seine ganze Länge in den Mund nahm.

Die Eichel schlug an ihrer Kehle an, und Lola hörte ihn stöhnen, während sie von Minute zu Minute immer nasser wurde. Plötzlich war sie nicht mehr sicher, ob sie die zwölf Male durchstehen würde, ohne aufzuspringen, über ihn zu grätschen und ihn hart zu reiten.

Sie blickte hoch. »Du musst mir sagen, wenn du nahe dran bist, damit ich rechtzeitig aufhöre.« Er nickte. »Wenn du vor dem zwölften Mal kommst, hast du die Folgen für diese Ungehörigkeit zu tragen.« Sie zwinkerte ihm zu, dann begab sie sich wieder an die Arbeit.

Sie saugte kräftig und senkte und hob den Kopf, während sie mit einer Hand seine Hoden drückte. Wenn sein Stöhnen lauter wurde, hielt sie inne und fing dann an, mit der Zunge über die Eichel zu streicheln. Aber auch das erwies sich als zu gefährlich für ihn.

»Stopp!«, rief er, und sie hörte sofort auf. Sie gab ihm ein paar Momente zum Erholen, und er sagte: »Baby, das kann ich nicht zwölf Male hintereinander. Damit bringst du mich um. Schließe die Handschellen auf, damit ich dich ordentlich durchziehen kann. Du weißt selbst, dass du das willst.«

Sie lächelte, und er schaute zu, als sie zwei Finger in ihre Pussy schob. Sie nahm sie heraus und stieß sie zwischen seine Lippen. Er atmete zuerst den vertrauten Geruch ein, dann erst öffnete er den Mund, um sie zu schmecken.

»Ja, das weiß ich auch«, sagte sie. »Aber darauf zu warten, ist der größere Spaß. Das hast du mir selbst beigebracht.« Sie beugte sich wieder über seinen Schaft.

Nach dem fünften Mal paffte und keuchte er, und an seinen Schläfen bildeten sich Schweißtropfen. Bei sieben Beinahe-Ergüssen begann er sie zu verfluchen. Nach dem neunten Mal ließ sie ihn im Mund, stellte aber jedes Blasen und Saugen ein, stattdessen erinnerte sie sich an eine Stelle zwischen Hoden und Anus, die sie sinnlich rieb, weil sie wusste, dass ihm das gefiel. Er bäumte sich auf und sackte dann rasch zusammen, weil er sonst zu kommen drohte.

Er keuchte jedes Mal, wenn sie wieder ihren Mund über ihn stülpte. Es dauerte nicht mehr lange, bis er nun den kritischen Punkt erreichte. Die Eichel schwoll an und verfärbte sich purpurn. Sie fühlte einen harten Puls in der Hand, die ihn hielt, und ließ ihn schnell los.

»Reiß dich zusammen«, befahl sie. »Nur noch einmal, dann hast du es geschafft.«

Offenbar hatte er sie nicht verstanden. »Ich kann jetzt kommen?«, fragte er, Flehen in den Augen.

»Nur noch einmal, dann kannst du kommen«, sagte sie entschlossen.

»Oh, Himmel.« Er stöhnte sofort, als sie ihn wieder in den Mund nahm. »Hör auf!« Sein ganzer Körper wurde jetzt geschüttelt, er war verschwitzt und zitterte vor Anstrengung, sich zurückhalten zu müssen.

»Jetzt kannst du kommen.« Sie wartete einen Moment. Und diesmal, als sie ihn wieder mit dem Mund zu streicheln begann, ging sie viel langsamer vor. Oh, so viel langsamer.

»Oh, oh, oh, Baby, oh, bitte. Ich habe so lange durchgehalten, jetzt kannst du doch ein bisschen schneller machen.« Aber sie setzte das langsame Tempo fort und übte leichten Druck auf den Damm aus.

Nach etwa einer Minute – sie war sicher, dass es sich für ihn wie eine kleine Ewigkeit anfühlte – begann sein Körper unkontrolliert zu zucken.

»Oh, ja, jetzt kommt es . . . oh, Baby . . . oh, du raffiniertes Luder, du kleine Schlampe . . . ich komme.«

Trotzdem behielt sie die langsame Gangart bei und labte sich an seinen frechen Worten; sie gaben ihr das Gefühl von Macht. Als die erste orgasmische Welle über ihm zusammenschlug, hörte sie nicht auf; sie ließ seine Frucht in ihren Mund fließen. Er war absolut still, wie gelähmt.

Als die nächste Welle heranrauschte, schrie er auf, es war ein animalischer Schrei, den er nicht hatte kontrollieren können. Sein Körper zuckte gewaltig.

Sie wusste, dass die Intensität der Zuckungen die Belohnung für sein langes Aushalten war, und sie strahlte in dem Bewusstsein, dass sie ihm diese ungewöhnliche Lust verschafft hatte. Die ganze Zeit streichelte sie seinen Schaft, um die letzten Tropfen herauszuholen.

Als er fertig war, abgeschlafft, ausgelaugt und abgesaugt, schloss sie seine Handschellen auf, schnallte die Gürtel ab und führte ihn zum Bett. Sie hatten beide einen zittrigen Gang und fielen zusammen aufs Bett. Sie hatte sich eine Stunde lang ausschließlich auf seine Lust konzentriert, und jetzt war sie sich dringend bewusst, wie scharf sie geworden war.

Nachdem sie sich minutenlang geküsst und geherzt hatten, langte er nach unten, und zum ersten Mal glitt sein Finger über ihre Klitoris und in ihre Pussy. Sie schnappte nach Luft, als ihre hungrige Mitte endlich berührt und gestreichelt wurde, und dann begann sie zu stöhnen, als sein Finger tief in sie eindrang. Sie war eine glitschige Schneise. »Du bist klatschnass«, grunzte er und küsste sie wieder.

»Ja, das spüre ich auch . . .« Sie schaute nach unten und sah seinen schlaffen Penis, der sich nur langsam erholte.

»Ich glaube, ich kann dir auf eine andere Art helfen.« Er lächelte sie an und saugte seinen nassen Finger in den Mund. Sie dachte an seinen Kopf zwischen ihren Beinen und erinnerte sich, wie gut er mit der Zunge umgehen konnte. Ihre Pussy begann härter zu pulsieren.

Dann stieg er aus dem Bett.

»Wohin gehst du?«, fragte sie voller Panik.

»Ich hole die Handschellen«, antwortete er. »Rache ist süß.«

»Rache ist süß« ist der erste Beitrag von Kyoko Chaldean in einer Black Lace Sammlung.

Notausgang

Shanna Germain

Während der Konferenz hieß es plötzlich, dass die Firma, für die ich arbeite, einen Bus mietet, um uns zu einer Party in ein Lagerhaus zu bringen. Jemanden, den ich kenne, kennt jemanden, der ein Auto hat, und der bietet mir eine Mitfahrt an. Ich sage ja.

Das bereue ich.

Da sitze ich auf der Rückbank, eingequetscht zwischen zwei Kerlen, die ich nicht kenne, Kerle, die mir eine Stunde lang Fotos ihrer Kinder auf dem Handy zeigen, denn so lange dauert die Fahrt vom Hotel zur neuen Errungenschaft der Firma. Ich trage meine Arbeitskleidung: mittellanger schwarzer Rock und kniehohe Stiefel, ein Hemd, das die Kurven meiner kleinen Brüste sehen lässt.

Die Stiefel passen nirgendwohin, deshalb sitze mit einem Fuß auf jeder Seite des Kardantunnels, die Knie fest zusammen, und ich denke: Ich bin so alt wie diese Männer, und mein Mann ist auch in diesem Alter. Ich starre auf die digitalen Fotos von Gesichtern, die mit Babybrei beschmiert sind und Geburtstagsschenke bejubeln, sobald sie ausgepackt sind, und ich rufe stumm und verzweifelt: Rette mich, bitte.

Offiziell gehe ich zu der Party, weil man das eben so macht bei Konferenzen. Lass dich sehen, rede übers Geschäft und zeige dich vom Lagerhaus beeindruckt.

Inoffiziell gehe ich zur Party, weil Sean da sein könnte. Das sage ich natürlich zu niemandem. Sie würden das seltsam finden, denn ich habe einen Mann, den meine Kolleginnen kennen und schätzen. Sie beschreiben ihn als ›süß‹ und ›Schatz‹, und das alles ist er auch.

Sie würden das auch deshalb seltsam finden, weil ich Sean kaum kenne. Wir haben uns mal in Deutschland getroffen. Und dann noch einmal in Montana. Bei diesen Treffen sieht man sich beim gemeinsamen Arbeitsessen, oder man redet bei kalten Snacks und warmem Bier bei einer Cocktailparty miteinander. Wo du deinem Gegenüber am Tisch in einem Hamburger Restaurant im Freien in die Augen sehen kannst und feststellst, dass sie nicht lindgrün sind, wie du geglaubt hast, sondern blaugrün. Augen, in denen man ertrinken kann.

Diese Arbeitsessen, bei denen du unabsichtlich in einer Westernbar in Bozeman eine Olive fallen lässt und darüber lachen musst. Und dir fällt auf, dass er keine Anstalten trifft, die Olive aufzuheben, wie so viele getan hätten. Stattdessen schaut er zu, wie ich mich bücke. Seine Blicke gleiten über die Kurven meines Hinterns. Er steckt die Hände in seine Hosentaschen, als wollte er sie unter Kontrolle behalten.

Er hat gute Hände. Er ist ein Radfahrer. Das hat er mir beim Essen in Hamburg gesagt. Bei diesem Essen hat er auch gesagt, dass ich ihm schon bei vorangegangenen Treffen aufgefallen war, aber er hätte mich für einen Snob gehalten. Das habe ich schon öfter gehört.

»Schüchtern«, sagte ich.

»Seliah«, fügte ich noch hinzu.

»Sean«, sagte er.

»Sub«, sagte ich aber nicht. Alle diese S-Wörter. Sub wie subaltern und subversiv. Untergeordnet, unterwürfig. Und alle wahr und zutreffend.

Als das Auto schließlich vor der Party anhält, steige ich aus und gehe hinein in die Lagerhalle. Ich begrüße die Eigentümer an der Tür. Ich mache oh und ah, als ich die vielen Kartons sehe, als bedeuteten sie mir etwas. Ich tue so, als suchte ich nicht nach ihm. Jemand reicht mir ein Bier. Es ist nicht jemand, es ist ein Mann, den ich kenne, seit vielen Jahren schon. Aber ich habe ihn kaum im Blick.

Er ist nicht hier, auch wenn er hier ist. Ich suche, grase ab, filme ein Quadrat nach dem anderen. Wenn er hier ist, sehe ich ihn. Die Tiefmeeresaugen, die sandfarbenen krausen Strähnen, die ihm in die Stirn fallen, bis er sie mit diesen feinen Händen zurückschiebt. Wenn ich meine Aufmerksamkeit richtig einstimme, glaube ich, diese Hände fühlen zu können, auch wenn ich sie nicht sehe.

Ich nippe am Bier und rede. Ich höre mit den Augen zu. Ich sehe mit jeder Zelle, die sich in seiner Richtung festbeißt. Ich werde zu ihm gezogen, als stünde ich unter dem Einfluss einer fremden Gewalt und nicht der Schwerkraft.

Ich entschuldige mich und gehe zum Tisch, auf dem die essbaren Dinge stehen. Es ist sein Lachen, das mich führt, obwohl ich es erst einmal gehört habe, damals in Hamburg. Ich hatte eine Geschichte erzählt, wie ich mit meinem Fahrrad gegen einen Baum gefahren war, und darüber hatte er gelacht. Als ob er über sich selbst lachte, dabei war es doch mein Unfall gewesen, mein schwarz-blaues Auge.

Als ich mich endlich durch die Menge gezwängt habe – hallo, hallo, wie geht's? – und die Ecke mit dem Büfett erreiche, lacht er nicht mehr. Er hat den Mund voll. Er kaut noch und bietet mir die Hälfte dessen an, was er isst. Seine Hände, die guten Hände, Bikerhände, also, ich würde sie nehmen, wenn sie angeboten würden. Aber er hat nur das hässliche Sandwichding zu bieten. Ich schüttle den Kopf.

Er schluckt und hält den Rest des Sandwiches hoch. Ich sehe einen Ring an seinem Finger, der vorher nicht da war. Breit und Silber, kein Stein. Er hat gute Hände. Er ist ein Biker.

Das hat er mir bei früheren Gelegenheiten erzählt. Er hat mir nicht gesagt, dass er heiraten könnte.

»Ich bin gerade erst eingetroffen«, sagt er. »Sterbe vor Hunger.« Seine Haare sind ein bisschen länger als in Montana. Er schiebt sie nicht zurück.

»Ich auch.« Das trifft auf beide Dinge zu. Da ich jetzt hier bin und vor ihm stehe, frage ich mich, ob ich mir das in den letzten Monaten nur eingebildet habe. Die Verbindung über dem Tisch, über der Schüssel mit Oliven; eine seltsame Geschichte. Ich will immer noch in seinen Augen schwimmen, und ich hatte gedacht, dass er das auch will. Ich habe ihn falsch gedeutet. Wieder mal. Lauter Luftblasen.

Er legt das Sandwich ab und wischt die Finger am Tischtuch ab. Leute schwimmen um uns herum, aber ich sehe sie nicht. Nur seine Augen. Nur die Art, wie er manchmal den Kopf neigt, wenn er mich beobachtet oder durch mich hindurch sieht.

»Der erste Bus fährt ab, zurück ins Hotel«, sagt er. »Willst du mit?«

»Ja.«

Ich folge ihm; die Körperzellen sind neu gestimmt; sie springen. Ich denke nicht an das, was die anderen sehen. Klatsch und Tratsch blühen in allen Firmen. Aber vielleicht sind sie alle damit beschäftigt, ihre eigene Geschichte zu erzählen und ihren Körper auf ihre Geschichte abzustimmen, dass sie gar nicht bemerken, wie sich diese Story entfaltet.

»Heya«, sagt er zum Busfahrer. Ich sehe auf Seans Hintern, als er die Treppe hinaufsteigt. Ich hebe den Blick nicht zum Fahrer. Es ist ein Schulbus, auch noch ein alter. Wir sitzen allein hier. Sonst fährt keiner mit. Warum auch? Die meisten Leute sind ja gerade erst eingetroffen.

Sean geht voraus zur hinteren Bank. Er streckt seine Hände aus. »Willst du innen sitzen?« Ich flitze an ihm vorbei, ohne seine Finger zu berühren – es ist viel zu früh – und rutsche ans Fenster.

Wir sitzen. Unsere Münder bleiben still. Meine Haut schweigt aber nicht. He, fass mich endlich an, ruft sie. Komm in mich rein, dreh mich um.

»Siehst du?«, fragt er. »Kein Notausgang.« Er zeigt mit den Fingern. Aber über einem Fenster steht No ausgang, genauso geschrieben. Wahrscheinlich ist der fehlende Buchstabe irgendwann heruntergefallen.

»Oh, mein Gott.« Ich muss lachen. Dadurch lösen sich einige Krämpfe in meinem Bauch. »Kein Wunder, dass amerikanische Schüler dumm bleiben.«

»Eine philosophische Frage. Ist ein Ausgang wirklich ein Ausgang, wenn er falsch geschrieben ist?«

»Vielleicht sollten wir ihn zum Fluchtweg erklären«, schlage ich vor.

»Wie die Wand, durch die man mit dem Kopf rennt?« Er schickt die Fäuste gegen die Rückwand des Sitzes los, und ich muss lachen.

Wir haben den Anfang zu einem Gespräch gefunden. Jetzt reden wir über Musik, Radfahren, Filme und Bücher. Er ist komisch und freundlich. Sein Ring blitzt im Halbdunkel. Ich kann meine Not fast unterdrücken. Ich halte sie für den Moment unter meinem Sitz, versteckt unter Witz und unter dem Vorwand, ihn ein bisschen besser kennenzulernen.

Nach einer langen Zeit steigen ein paar Leute ein. Sie tun so, als sähen sie uns nicht. Oder wir tun so, als sähen wir sie nicht. Ich zeige auf das Schild No ausgang, unter dem ein Paar sitzt. Wir vier lachen. Zwei Paare. Beinahe.

Der Fahrer startet den Bus, der unter uns zu rumpeln anfängt. Erster Gang, und Sean und ich rutschen gegeneinander. Sein Bein berührt meins. Ich spüre den harten Stoff seiner Jeans. Er lehnt sich über mich, berührt mich aber nicht. Er drückt einen Finger gegen die Fensterscheibe und wischt die Kondensation weg. Eine lange Linie quer übers Glas. Ich würde gern die Nässe von seiner Fingerkuppe lecken. Aber ich kann ihn nicht darum bitten. Es muss von ihm kommen, obwohl ich nicht weiß, woher ich das weiß.

Ich drücke meine Knie gegen den Sitz vor mir und rutsche auf meinem Platz ein wenig nach unten. Mein Rock schiebt sich hoch und entblößt die Schenkel. Sean redet noch über irgendwas, über den Mond, glaube ich, und ich frage mich, ob er überhaupt meinen nackten Schenkel bemerkt, weißer als der Mond.

Wieder denke ich: Das ist nicht das, was ich will. Dann sage ich mir: Ich bin schon zufrieden, wenn Sean aus dem Bus steigt und mir zuwinkt. »Schön, dass ich dich wiedersehen konnte.« Ich will nach Hause und masturbieren, während ich noch Stiefel und Rock trage. Wir werden Freunde sein, glaube ich. Ich könnte mehr lustige, interessante Männer kennenlernen. Ja, wirklich.

Ich schaue zum Mond. Abnehmend. Ich sehe die Schluchten und Berge. Ich muss daran denken, wie er über den Himmel wandert, und wie er das Meer anzieht und uns beide.

Während ich auf den Mond starre, legt Sean seine Hand auf mein Bein und lässt sie auf und ab gleiten. Seine Handfläche und die Finger schaffen einen Korb für mein Knie. All meine Zellen hasten zu diesem Kontaktpunkt, und mir wird ganz schwindlig. Die Stelle zwischen meinen Schenkeln bebt und schwankt. Als ich mich umdrehe, ist Sean näher als vorher, ohne dass er sich bewegt hat. Ich kann nicht auf die Hand auf meinem Knie sehen, deshalb schaue ich ihm in die Augen. Blau, blau. Diesmal wechseln sie die Farbe nicht.

»No ausgang«, sage ich albern.

»Kaputt«, sagt er. »Wir können nicht raus.«

»Können nicht raus«, flüstere ich.

Er bewegt die Hand unter dem Rock vom Knie zum Oberschenkel. Der Bus rattert über die Autobahn. Dadurch zittern seine Hand und mein Schenkel. Seine Finger grabschen und hinterlassen Spuren. Ich kann fühlen, wie einige schon zu blühen anfangen. Später werde ich duschen und meine Finger auf diese Stellen legen.

»Was willst du?«, fragt er. Fragt er das laut, oder sind es seine Augen, die das fragen?

Seine Hand gleitet auf der Innenseite hoch, und die Handfläche schabt über meine Haut.

»Ich will . . .« Ich bin mir nicht sicher, ob ich das laut sagen soll, aber er lässt mich nicht ausreden. Er presst seine Hand zu einer Faust zusammen und drückt sie gegen den dünnen Stoff, der meine Klitoris bedeckt. Die andere Hand legt sich fest über meine Lippen.

Wenn ich mich nach vorn lehnte, könnte ich über den Sitz hinweg sehen, und dann wüsste ich auch, wer uns beobachtet, besonders mich auf dem letzten Sitz, die Hand eines Fast-Fremden auf den Lippen, die Augen weit geöffnet. Es ist dunkel im Bus, aber so dunkel dann doch nicht. Sie könnten was sehen, wenn sie sich nach hinten drehen. Ich sehe Sean an. Oh, Mann, jetzt könnte ich wirklich in seinen Augen ertrinken. Und ich weiß, dass er nicht einmal begonnen hat.

»Ich habe von dir geträumt«, sagt er mir ins Ohr. Durch das Poltern des Busses kann ich ihn kaum verstehen, während er mit den Knöcheln gegen meine Klitoris reibt. Ohne die Hand von meinem Mund zu nehmen, benutzt er den Daumen, um den Halbbogen unterhalb des Auges nachzuzeichnen. Der Daumen ist weich, und ich würde ihn gern in den Mund nehmen und daran lutschen. »Von dir und dem schwarzen Auge.«

Man sollte sagen, dass mich das gegen ihn einnimmt. Ich sollte aufstehen und aus dem Bus steigen. Die Feministin in mir hätte das getan, doch ich kann sie nicht finden. Aber ich weiß irgendwie, dass er nicht meint, er würde mir gern ein schwarzes Auge verpassen. Ich atme tief ein, um seine Finger herum, und schmecke seine trockene Salzhaut.

Er reibt mich immer noch mit den Knöcheln, sehr hart, zu hart für den Moment, aber dann öffnete sich plötzlich mein Körper, und ich bin nass. So schnell. Er fühlt das auch, denn jetzt drückt er die Knöchel noch tiefer in mich hinein, einen nach dem anderen, und als er damit fertig ist, zieht er die Hand zurück. Nicht weit; er behält sie unter meinem Rock. Ich kann immer noch seine warme Haut spüren.

Die Klitoris, vom Druck befreit, verschickt einen pulsierenden Beat in die Luft und ruft, dass er zurückkommen soll. Sie bettelt laut und schamlos – so genau würde ich auch betteln, wenn ich könnte.

»Wenn du noch einen Schritt weitergehst, wird es so sein«, raunt er in mein Ohr und zeigt auf das Schild No ausgang. »Das kannst du auch als ›Kein Ausweg‹ interpretieren. Willst du das lieber sein?«

Ich inhaliere ihn wieder. Ich höre das Geräusch, wie ich die Luft durch seine Haut einsauge, und es ist ein Laut, der wunderbar zu mir passt.

Ich nicke. Nicht mit dem Kopf – er hat meine Lippen und mein Kinn unter seine Finger in Verwahrung genommen.

»Gut.« Er flüstert wieder, dann drückt er den Mund fest in meinen Nacken. Er nuckelt an meiner Haut, saugt fester, sodass ich überzeugt bin, dass er Knutschflecken hinterlässt. Seine Hand küsst meine Lippen, aber die andere Hand bleibt reglos unter dem Rock. Ich hebe die Hüften an, um seinen Fingern näher zu kommen, aber er lässt keine Berührung zu.

»Bitte«, sage ich, aber natürlich bedeutet ihm das nichts. Ich presse meinen Atem gegen seine Hand.

»So?« Er zwickt die Haut meiner Schenkel mit seinen Fingern. Kleine Schmerzwellen rauschen heran und weichen zurück, fast wie bei den Gezeiten. Zugleich fahren seine Zähne und sein Mund fort, in meinem Nacken zu nagen und zu schlecken. Wie er meine Haut zwischen die Zähne nimmt, so nehme ich seine Hand zwischen meine Zähne.

»Oder so?« Er setzt die Knöchel wieder ein und lässt meine Klitoris zur Blume aufblühen. Ich spreize die Beine und wimmere gegen die Kraft seiner Hand.

Jemand, der vorn sitzt, dreht sich um. Ich höre es und fühle es mehr, als ich es sehen kann. Ich versuche, meinen Kopf zu ducken und vom Sitz zu gleiten, aber das lässt er nicht zu. Leises Lachen und eine Stimme, die etwas sagt, was ich nicht hören kann. Meine Wangen brennen, und ich kämpfe, um mich von ihm zu lösen. Mein Rock rutscht höher. Ich lutsche an seinen Fingern, aber er will sie mir nicht ganz überlassen.

Seine Lippen kehren zu meinem Ohr zurück. Er schnappt so heftig danach, dass ich den Schmerz in den Augen fühle.

»Kann ich dich damit zum Orgasmus bringen, einfach nur so?« Seine Knöchel pressen gegen mich und lösen auch Schmerzen aus; Schmerzen, die ich im Bauch spüre, aber weil ich so nass bin, spüre ich sie nur abgeschwächt, denn ich will, dass er genau das tut, was er gerade tut. Und hinter dem Schmerz ist noch etwas anderes ... völlig unerwartet. Mal stärker, mal schwächer, zieht es mich ins Dunkle oder ins Helle. Ich bin nicht sicher, ob ich überhaupt den Unterschied erkenne.

»Ich habe darauf gewartet«, sagt er.

»Komm für mich«, sagt er.

Ich will ihm nicht die Wahrheit sagen, dass ich schon komme; dass ich schon komme, seit ich ihn das erste Mal gesehen habe. Nicht so, nicht wie mein Körper sich jetzt öffnet, quasi aufspringt, aufspritzt. Und jetzt hier, bei seinen

Worten, bei seinen Knöcheln und Zähnen, da komme ich diesmal richtig, nicht nur in meinem Kopf. Wie ich mir diesen Moment immer vorgestellt habe – mein Atem fest gegen seiner Hand, meine Klitoris hart gegen seinen Knöchel und diese Stimme in meinem Ohr, die mir sagt, dass es keinen, absolut keinen Ausweg gibt.

Seine Hand schlüpft aus meinem Mund und bleibt einen Moment an der Unterlippe hängen. Er zwickt sie zwischen den Fingern, ein leichter Schmerz, der irgendwie in meiner sanften, pulsierenden Klitoris landet.

Der Bus hält an, und ich wäre fast vom Sitz geflogen. Ich halte mich in letzter Sekunde noch fest, und er hält mich mit den Fingern im Mund fest.

»Ich muss hier raus«, sagt er.

Ich sitze benommen da, während er aufsteht. Meine Klitoris reagiert langsam in ihrem geschwollenen Tanz. Soll ich auch aufstehen? Soll ich ihm folgen? Er sagt nichts, und ich sage nichts.

Ich sitze und schaue zu, wie er vorne aus dem Bus steigt. Durch das Fenster sehe ich sein Hotel. Ein Springbrunnen wirft Wasser gegen den Mond, schafft es aber nicht ganz. Ich wüsste gern, was sich in der schwarzen Weite zwischen Fontäne und Himmel befindet. Er dreht sich um, als der Bus wieder anfährt. Er sagt etwas, aber ich kann es nicht von seinen Lippen lesen. Ich wische den Nebel vom Fensterglas weg.

Der Bus fährt weiter, und er hebt eine Faust. Die Haut glänzt, rund wie ein Vollmond, dazu ein schwarzes Auge und ein Ring aus Gold.

Shanna Germain ist eine preisgekrönte Autorin von Erotika. Dies ist ihr erster Beitrag für Black Lace.

Schmutziges Wochenende

Primula Bond

Wir hatten geschworen, wir würden es nie tun, aber jetzt waren wir hier und taten es. Im Regen.

Devon ist immer wieder gut für einen Urlaub, ganz egal, wie das Wetter ist. Und das von Rosen überhäufte Cottage war einfach bezaubernd. Über einen steinigen Weg am Ende des Gartens ging man zum Strand.

In der Broschüre, die Mandy mir zeigte, schien die Sonne. Weiße Schirme flatterten vor dem Hotel/Pub/Boutique auf den Klippen. Auf dem ruhigen Meer schaukelten die Boote.

»Charlie wird den ganzen Tag auf dem Wasser oder auf dem Golfplatz sein, deshalb werden wir ihn kaum sehen.« Sie wischte ein paar Tropfen von der Tülle der Kaffeekanne ab und schenkte mir nach. »Für das Stadtleben ist er nicht geschaffen.«

»Da bin ich mir nicht sicher.« Ich lehnte mich im cremefarbenen Sessel in ihrem neuen Anbau aus Glas zurück und war begeistert, wie meine Jeans nach der Super-Diät ein bisschen lockerer um die Hüften saßen. »Er muss schuften wie ein Hund, dass er sich dieses tolle Haus leisten kann. Ich habe ihn einige Male am Bahnhof gesehen. In seinem Geschäftsanzug gibt er eine gute Figur ab.«

»Ja, er ist wie der Unglaubliche Hulk, der immer aus allen Nähten platzt.« Sie spielte mit einem rosa Blütenblatt einer Orchidee. »Barfuß fühlt er sich am glücklichsten.«

»Hmm, das hört sich sexy an«, sagte ich lachend und sah

mich im Zimmer nach weiteren Anzeichen dieses nie zu sehenden Ehemanns um. »Ist er denn auch im Bett wie Hulk?«

Ich schaute mich wieder um, ob ich ihn irgendwo sehen würde. Ob ein paar Boxershorts von Calvin Klein auf der Leine im makellosen Garten hingen? Stand eine Gitarre in einer Ecke, oder konnte ich eine teure Kamera entdecken? Bücher. Sogar ein Foto in einem Silberrahmen, wie man es in jedem Haus findet, in dem die Hausherren verheiratet sind.

Sie stehen stramm da und sind zurechtgemacht wie die Figürchen auf dem Hochzeitskuchen. Aber es stand hinter dem Aquarium mit den tropischen Fischen.

»Oh, Gott, nein! Der typische Engländer«, schniefte Mandy.

»Aber schau dich doch an, Mandy! Schlank, blond, die klassische elegante Frau. Und Charlie so dünn wie ein Stock. Komm, spuck's schon aus. Wir glauben alle, dass ihr es treibt wie die Kaninchen.«

»Aussehen kann einen auf die falsche Fährte führen, Natasha. Und ich glaube, es gefällt mir nicht, dass ›wir alle‹ über mich tratschen.«

»Ach, da wird nichts Gehässiges gesagt«, sagte ich lachend.

Sie schüttelte den Kopf. »Sex mit meinem Mann ist ziemlich sinnlos, wenn du es unbedingt wissen willst. Oh, er hat tonnenweise jungenhafte Energie, aber wenn es drauf ankommt, geht es rein, raus, Ende. Es ist ein Wunder, dass wir überhaupt Kinder haben.« Sie lachte und versuchte, gute Miene zum bösen Spiel zu machen. »Soll denn dieser Hulk so ein begnadeter Hengst sein?«

Ich konnte nur den großen Mann mit den vollen blonden Haaren im schwarzen Anzug auf dem Hochzeitsbild sehen. »Ich weiß es nicht. Vergiss nicht, dass du auf grüne Hautfarbe stehen musst, wenn du heiß auf ihn bist. Also, er ist stark. Er sieht so aus, als könnte er loslegen wie ein Zug.«

Mandy leckte Schokostückchen von ihrem Kuchen ab. »In letzter Zeit dauert es lange, ehe mein Mann in Fahrt kommt. Er hat ein paar ausgefallene Ideen, das muss man ihm lassen. Er kommt nach Hause und bettelt mich an, dass wir diese Spielsachen probieren oder bestimmte Spiele, auf Partys gehen oder uns schwedische Filme ansehen, solche Dinge eben.«

»Oh, Gott, das ist ja so abgefahren, Mandy! Ich kann mir nicht vorstellen, wie du ...« Mir wurde ganz heiß. Ich schlug die Mitte der Broschüre auf und fächerte mir Luft zu.

Perfekt für ein schmutziges Wochenende, lautete der Text unter einem hellen Farbfoto eines weißen Paares, das draußen vor dem Hotel/Pub auf den Klippen saß und mit zwei großen Gläsern Rosé anstieß.

Ich stellte mir vor, wie sie sich scheu vor der Kamera küssten, wie sie immer mehr in Stimmung kamen, ihre Hände nicht bei sich behalten konnten, die Weingläser umstießen, wie sie sich erhitzten und immer wilder wurden, auf der harten Holzbank hin und her rutschten, in der heißen Sonne die Oberkörper entblößten und dann Shorts und Minirock abstreiften.

Vor all den anderen Gästen fielen sie übereinander her; sie sanken ins Gras, der Penis des Jungen stand aufrecht da, und die gewachste Pussy des Mädchens leuchtete pink und feucht. Sie verbanden sich sofort und vögelten sich vor den anderen Gästen die Hirne aus den Köpfen, begleitet vom anerkennenden Beifall der Zuschauer.

Ich konnte nicht atmen, als sich diese Bilder in meinem Kopf entfalteten. Mandy musste irgendwas gesagt haben. »Partnertausch?«

»Oh, Gott, Nat, schwörst du, dass du es nie jemandem

sagen wirst?« Ich hörte einen Kiekser in ihrer Stimme. Ihre Augen schauten ein bisschen glasig, und auch sie war kurzatmig geworden.

Ich legte die Broschüre hin. Ich lehnte mich vor und klemmte die Hände zwischen meine Knie. Meine Stimme war nur ein heiseres Flüstern. »Wie geht das denn?«

»Nach außen geht alles sehr zivilisiert zu. Zu Beginn wird Sherry gereicht, und alle stehen brav und züchtig bekleidet da. Es gibt noch einen Garnelencocktail, Sherry eimerweise, wenn du willst, und dann die unglaublichsten, schmutzigsten Dinge hinter den Netzvorhängen.«

»Wirklich? So wild?«

»Du kannst es mir glauben. Was würden wohl die Nachbarn sagen?« Sie gab mir einen Klaps auf den Arm. »Dein Gesicht! Ich hatte ja keine Ahnung, dass du ein kleines geiles Luder bist, aber du wirst schon nass bei dem Gedanken daran, was, meine kleine Schlampe?«

»Ach, du bist verrückt«, quiekte ich und hob meine Tasse wieder hoch. »Jeder, wie er möchte. Aber ich werde dich mit anderen Augen ansehen . . .«

Sie lachte, und ich zuckte zusammen. Sie hörte sich wie eine lüsterne Hyäne an. »Ich mache doch nur Scherze, Darling. Du glaubst doch nicht wirklich, dass ich mich mit diesem perversen Unsinn abgeben würde, oder?«

»Natürlich nicht, Mandy. Du würdest dem Bankmanager ja auch nie einen Blowjob auf dem Aktenschrank verpassen, nicht wahr?« Ich verdrehte die Augen, wurde knallrot und wünschte, die anderen Mädchen wären da.

»Auf dem Parkettboden, bitte.« Wie eine Pokerspielerin verzog sie keine Miene.

Jetzt lag es an mir, wie eine Hyäne zu lachen. »Du bist so . . . wie soll ich es nennen? So konventionell.«

Sie wartete, bis ich mich beruhigt hatte. »Charlie kann sich mit einem Magazin vergnügen, mir ist das egal. Er ist nur ein groß gewachsener Schuljunge mit zu viel Sex im Kopf. Er ist ein hilfloser Tollpatsch, stößt gegen alles und steht immer im Weg herum.«

»Hört sich an, als hättest du alle Hände voll mit ihm.« Die Tasse zitterte in meiner Hand. »Ich bin nicht sicher, ob mein Mann sich mit ihm verträgt. Jim ist auch nur ein Trottel. Wenn er mal einen Sitz gefunden hat, bleibt er darin kleben. Wegen seiner Bewegungslosigkeit hat er auch stark zugenommen.«

Der Kaffee war zu heiß, und ich verbrannte mir die Zunge; vielleicht war das die Strafe für meine Illoyalität. Aber ich fügte trotzdem noch hinzu: »Um ehrlich zu sein, er geht mir oft auf den Geist.«

»Ach, er ist doch nur ein gemütlicher Teddybär. Er gibt einer Lady immer das Gefühl, eine ... nun, eben eine Lady zu sein. Aber genug über mich.« Mandy hielt das Milchkännchen hoch. Sie hatte die Antennen ausgefahren. »Habt ihr zwei denn Probleme? Vielleicht wollt ihr lieber unter euch sein, statt euch mit uns durchzuschlagen?«

»Mit euch gemütlich herumzuhängen, das könnte genau das sein, was der Onkel Doktor verschrieben hat.« Ich warf meine Haare zurück und starrte auf ein Paar von abgelatschten braunen Straßenschuhen. Sie waren draußen vor der Hintertür abgestreift worden. »Jetzt muss ich Jim nur noch beibringen, dass es am nächsten Wochenende an die See geht.«

Ihre rosa Lippen öffneten sich, als sie meine gehobene Stimme hörte und mein gerötetes Gesicht sah. Sie konnte nicht ahnen, dass meine Unsicherheit nicht aus der Vorstellung resultierte, mit meinem übergewichtigen, verschwitzten Ehemann ein schmutziges Wochenende zu verleben, sondern aus dem ganzen Plan, ein Cottage mit dem Alphatier Mandy und ihrem verängstigten Mann zu teilen.

111

Aber ihre Augen glänzten mit dem Hauch des ehelichen Streits, ganz zu schweigen vom Potenzial des saftigen Klatsches im Tennisclub. Sie schenkte mir wieder eine Tasse des dampfenden Kaffees nach.

»In diesem Fall, meine Liebe, werde ich dafür sorgen, dass dieser Trip das Verhältnis zwischen dir und deinem Mann ein für alle Mal klärt.«

Da waren wir also. Im Regen. Irgendwo im Nichts warteten wir darauf, dass unser schmutziges Wochenende endlich anfing.

»Du hast geschworen, nie mit einem anderen Paar wegzufahren, Natasha. Und warum das jetzt?«

Jim und ich hatten uns die zweite Flasche Merlot zur Brust genommen, und draußen goss es in Strömen. Mandy und Charlie hatten sich verspätet.

»Mandy hat mich mehr oder weniger dazu überredet. Gezwungen, könnte man auch sagen.«

»Ach, sie ist doch nur eine kleine Pussy. Ich wette, sie schnurrt, wenn sie glücklich ist.«

»Wann hast du sie schon mal schnurren gehört?«

»Warum bist du so gegen Urlaub mit unseren Freunden eingestellt?«

Ich starre in mein Glas. »Es gibt Streit über den Einkauf der Lebensmittel und über die Aufteilung der Hausarbeit.« Der Wein wärmte mich schön auf. »Und dann muss man ein Bad teilen. Man hat keine Privatsphäre.«

»Nun, es ist doch nicht so, dass wir was zu verbergen hätten, Mädchen. Sie können nackt durchs Haus laufen, mir ist das egal. Ich werde mich abends mit einem guten Buch ins Bett zurückziehen, sobald die Höflichkeit es zulässt.«

Oh, Gott. Ich höre Reifenquietschen draußen auf dem

schmalen Weg. Die Tür wurde aufgerissen, und die kalte Luft drang ins Wohnzimmer mit der niedrigen Balkendecke ein. Mandy hatte eine Metamorphose durchlaufen von der heißen Mami zur sexlosen Hundezüchterin und dungfarbenen Kords.

»Schrecklicher Verkehr auf der A 303?«

Jim, der liebe Mensch, sprang auf, um Mandy mit der Jacke zu helfen. Ich musste an meinem weichen Jerseykleid zupfen, das immer zur Seite rutschen wollte und dann meinen Brustansatz entblößte.

»Nun, es hat natürlich nicht geholfen, dass Jim in letzter Minute ins Büro gerufen wurde, der Idiot.« Etwas rüde stieß sie die Jacke in Jims Hände und sah mich stirnrunzelnd an. »Ist es dir in dem dünnen Kleidchen nicht zu kalt, Nat? Niemand wirft sich in Schale, wenn er aufs Land fährt.«

In meinem Bauch zuckte es, und mir wurde plötzlich klar, dass wir in der Falle saßen.

»Das ist altmodischer Unsinn, Amanda. Sie sieht absolut herrlich aus.«

Mandy starrte auf die Koffer, und während Jim sich bückte, um ihr zu helfen, sah ich auf ihre gekrümmten Rücken, und dann sah ich Charlie.

Ich schwöre, die Kerzenflammen hätten sich am liebsten gelöscht, als er durch die Tür schoss, die Haare klatschnass, die blauen Augen müde, eine Picknickdecke über einer Schulter, als wäre er ein mexikanischer Bandit. In seinen Händen hielt er ein paar Golfschläger. Mit sich brachte er den wilden männlichen Geruch von, ich weiß es nicht genau, sagen wir mal, von Meer und Lagerfeuer.

»Hi. Du bist Natasha.« Er trat um seine Frau herum, ließ die Golftasche fallen und schüttelte meine Hand. Er senkte sein Kinn und konzentrierte seinen Blick nur auf mich. »Ich weiß jetzt schon, wir werden eine Menge Spaß haben.«

Ich bin eine Amazone. Ich stehe wie ein Turm über Jim, dem das egal ist. Meine Kinder sind bereits Riesen, und meine Freundinnen sind meistens kleine Püppchen mit kurzen Stiefeln und funkelnden Strickjacken. Aber Charlie schaffte es, dass ich mich zierlich fühlte. Meine Finger verloren sich in seinen.

»Werde mal das Schlafzimmer suchen«, murmelte er und starrte mich immer noch an.

In meinem Bauch zuckte es wieder, aber diesmal ausgelöst von aufgeregter Verwirrung. Er hatte eine sehr tiefe Stimme, die fast wie ein Aufstöhnen klang. Ich suchte nach dem hyperaktiven Tollpatsch, den seine frigide Frau beschrieben hatte, denn Charlie war das mit Sicherheit nicht.

»Weiß der Himmel, wo wir schlafen«, kreischte Mandy aus der eiskalten Vorratsküche, in der sie und Jim die Gläser mit dem selbst gemachten Chutney auspackten. »Ich nehme mal an, dass du schon die besten Betten in Beschlag genommen hast, Nat?«

»Alle Schlafzimmer sind gut, Amanda. Überall Himmelbetten, das hast du selbst gesagt.« Charlie löste langsam seine Hand von meiner. Auf seinen Wangen zeichnete sich ein wütendes Rot ab. »Deshalb hast du doch dieses Hotel ausgesucht.«

»Und warum ich Nat und Jim überredet habe, mit uns zu kommen. Sie laufen trocken. Was sie brauchen, ist eine heiße Nummer im Himmelbett und . . .«

»Ich zeige dir unsere Betten«, sagte ich und ging voraus. »Richtig verlaufen kann man sich in diesem Haus ja nicht.«

»Sie möchte lieber Natasha genannt werden«, hörte ich Jim sagen. Mandys Antwort ging im Klirren der Weinflaschen unter, und dann stießen sie ein lautes Lachen aus. Meine Besorgnis stieg an.

»Die beiden haben sich immer gut verstanden, auch später,

als die Kinder zur Schule gingen«, sagte Charlie, der dicht hinter mir war. »Ich bin überrascht, dass ich dich in all den Jahren nie kennengelernt habe.«

»Ja, so geht es mir auch.«

Auf der obersten Treppenstufe geriet ich wegen meiner albernen Absätze ins Stolpern. Mein Rock bewegte sich mit einem Ruck über meinen Hintern. Charlie hielt mich an den Hüften fest, um mich zu stabilisieren, aber als er Haut statt Stoff berührte, zog er mich hart an sich. Seine warmen Finger huschten unter dem Kleid über meinen Bauch.

»Verdammt, ich habe vergessen, wie herrlich sich eine Frau anfühlt, wenn sie aufgebrezelt ist«, raunte er in mein Haar. »Sexy Kleid, französisches Höschen. Dein Jim muss ein glücklicher Mann sein.«

Ich streckte mich und hielt mich am Geländer fest. Ich konnte das alte Leder seiner Jacke riechen, als seine Finger über meine Beine streiften. Ich nahm meinen eigenen Geruch wahr, als die Seide über meine Pussy rutschte und die Ahnung einer klebrigen Spur hinterließ.

»Das ist euer Zimmer.« Ich lehnte mich schwach gegen die Wand, damit er vorbeigehen konnte. Er war unrasiert, und goldblonde Haare kräuselten sich um seinen Kragen. Ich konnte den Puls in seinem Hals trommeln sehen.

»Danke, Natasha.« Aber er löste sich nicht von der Stelle. Wärme strahlte von seiner Haut. »Ich bin ja so müde. Ich wünschte, wir könnten jetzt schon hier zusammenbleiben, Natasha. Du nicht auch?«

»Ich habe nicht damit gerechnet, dass du so ...« Ich biss mir schnell auf die Lippe. Was sollte ich sagen? Gut aussehend? Umwerfend? »... still bist.«

»Was hat sie denn gesagt?«, fragte er. Sein Brustkorb berührte meine Schulter. »Dass ich irgendein kurioser Typ bin, der sich gern in Tabledance Clubs herumtreibt und Golf spielt?«

Ich musste lächeln, und er auch. Er strich mit der Zunge über die Zähne. Sein Mund sah nass aus. Er sah auf meinen Mund. Ich leckte mir für ihn über die Lippen, bis sie kribbelten.

»Vergessen wir die Clubs, aber das sind Golfschläger, nicht wahr?«

»Wie immer hat sie alles in den falschen Hals gekriegt.« Er seufzte. Sein Atem roch nach Kaffee. »Das ist eine Stafette. Ich male gern. Ich fahre am liebsten weit weg und fange an zu malen.« Er senkte den Kopf und sah mich aus der Nähe an. »Du hast mich also nicht für einen sensiblen Burschen gehalten?«

»Nein. Sie hat angedeutet, dass du ein bisschen außer Kontrolle bist und zu einem Swinger wirst. Solche Sachen eben.« Ich presste eine Hand auf den Mund und wurde dunkelrot. Zum Glück war die Beleuchtung im Treppenhaus etwas trübe. »Aber warum braucht ihr solche Dinge? Ich meine, ihr zwei könntet doch mit jedem . . .«

»Sie hat was von Swingen geredet?«

»Ja, hat sie.«

»Wie in Partnertausch? Teufel, was ist in sie gefahren?« Seine Stimme knirschte vom momentanen Ärger, aber dann sah er mich wieder an und kam näher. Er drückte mich gegen die Wand und schmiegte sich an mich. »Auf der anderen Seite ist das vielleicht gar keine schlechte Idee . . .«

Er rieb seinen Mund gegen meinen, hielt inne, als wollte er zuerst meine Erlaubnis einholen, presste noch härter gegen mich. Mein Mund öffnete sich. Ich schmeckte die Spitze seiner warmen nassen Zunge. Unten explodierte ein Korken. Meine Schenkel wurden schwach und öffneten sich ebenfalls.

Er hob mein Kleid, und seine Finger glitten die Schenkel hoch und unter mein Höschen. Himmel, jetzt weiß er, wie nass ich bin. Ich schmiegte mich an ihn und hob ein Bein, das ich um seins hakte. Ich öffnete seine Jacke, weil ich die Umrisse seines Penis abtasten wollte.

»Lass sie runter, Charles!«, rief Mandy vom Wohnzimmer aus. »Es ist Zeit, dass wir uns besaufen.«

Er löste sich von mir. Dann gingen die Lichter aus.

Abendessen und Wein. Der Kerzenschein tauchte uns alle in ein verführerisches Licht. Charlie beobachtete mich durch die flackernden Flammen, und ich rutschte unruhig auf dem Sofa hin und her, während wir Spaghetti schlürften, viel Wein tranken und uns die Anlaufzeit mit Spielen vertrieben. Die Uhr tickte geräuschvoll auf Mitternacht zu.

»Dieses Abfragen nach ›wahr‹ oder ›unwahr‹ ist mir zu doof.« Charlie schürte das Feuer und klatschte in die Hände. »Bevor wir ins Bett gehen, können wir noch mal die Flasche kreisen lassen.«

Jim hatte seine guten Manieren vergessen und spielte umständlich mit Mandy auf dem Sofa herum. Oh, verdammt. Ich war so geil, dass ich mit den Zähnen knirschte. Ich würde in dieser Nacht auf seinen Schwanz klettern. Entweder das, oder ich würde es mir selbst besorgen. Ich schob meine Hände unter mein nasses Höschen.

Die Flasche hörte sich auf zu drehen und zeigte auf meinen Mann.

»Wahr.« Jim gluckste, und Mandy gab ihm einen Stoß in den Magen.

»Also, Jim, guter Junge.« Charlie starrte mich an. »Hast du schon mal an Partnertausch gedacht?«

Ein Schokoplätzchen gefror auf dem Weg in Jims Mund. Ich unterdrückte den Drang zu schreien und wegzurennen. Mandy spielte verlegen mit dem Korkenzieher. Jeden Augenblick würde ihr bewusst werden, dass ich ihren kleinen Scherz verraten hatte. Ich presste meine Beine fest zusammen und wartete auf die Explosion.

»Ich meine im Tausch für Amanda«, fügte Charlie hinzu. Er schenkte Wein in alle Gläser, ohne den Blick von mir zu wenden. »Würdest du mich also mit deiner Frau schlafen lassen?«

Endlich schob Jim das Schokoplätzchen zwischen die Lippen. »Nur, wenn ich dabei zuschauen kann.«

»Ja, gut, Liebling«, rief ich und lachte zitternd. »Aber nur in deinen Träumen.«

Außer mir lachte niemand. Mandy legte eine Hand auf Jims Knie und nickte Charlie zu.

»Der alte Mann hat uns eine carte blanche gegeben, Natasha. Sollen wir seine Phantasie ausleben, damit ich endlich nicht mehr nach dir lechzen muss? Ich habe den ganzen Abend schon einen Ständer.« Charlie kam zu mir und nahm mein Gesicht in seine Hände. »Hör mit dem Unsinn auf. Sollen wir hinaufgehen?«

»Du bist es, der mit dem Unsinn aufhören soll«, schimpfte ich und inhalierte seinen Geruch. Ich zitterte wie ein Schulmädchen. »Mandy? Sage ihnen, sie sollen mit den dummen Scherzen aufhören.«

Mandy rieb mit ihrer Hand über Jims Bein, und mit den Fingern griff sie in seinen Schritt. Er hatte schon eine gewaltige Erektion. Sein kühler Blick, während Mandy nicht aufhörte, ihn zu reiben, war eine unglaubliche Herausforderung.

»Du kannst ruhig zur Sache kommen, Darling. Es ist kein Witz«, gurrte Mandy. »Schau mich nicht so entsetzt an. Wir haben seit Monaten unser Auge auf euch geworfen.«

»Jim?«, rief ich fast bettelnd, während Charlie mich auf die Füße zog. »Das ist doch nur ein Spiel, oder?«

»Hör zu, Liebe. Es ergibt keinen Sinn, dass ich Eifersucht vortäusche. Ich bin froh, dass alles offen liegt.« Jim streckte sich auf dem Sofa aus und spreizte seine Beine. »Warte nur. Du wirst sie bald schnurren hören.«

»Du und sie?« Mein Mund stand weit offen. Ich fühlte eine neue Eifersucht, als Mandy den Reißverschluss meines Mannes aufzog.

»Ach, Darling, das ist doch Schnee von gestern. Was glaubst du denn, was wir alles angestellt haben, um unsere langweiligen PTA-Treffen ein bisschen lebendiger zu gestalten?«

Mandy zwinkerte mir zu. Dann nahm sie den steifen Penis meines Mannes heraus, während sie mich dabei anschaute. Sie senkte den Kopf, schnellte die Zunge vor und begann genüsslich die Eichel zu lecken.

»Die einzige Regel ist, dass du es direkt hier treibst, damit ich alles sehen kann«, legte Jim fest und strich mit gespreizten Fingern durch Mandys blonde Haare. Dabei drückte er ihren Kopf tiefer auf seinen Schoß. »Ja, Charles. Ich will meine schöne Frau dabei sehen, wie sie es mit dir treibt.«

»Hörst du, Natasha? Dein Mann genießt es. Meine Frau auch. So pervers ist das gar nicht, oder?« Charlies Hände strichen tröstend und wärmend über meine Haut, während er sanft meinen Rücken drückte. »Willst du mich?«

»Ja.« Meine Stimme klang ächzend. »Himmel, ja!«

»Dann entspanne dich. Hör auf zu denken. Amanda hat gesagt, dass du völlig unkonventionell bist. Also zeige mir, wie sexy du sein kannst.«

Ich ließ mich rückwärts aufs Sofa fallen. Jims Stöhnen und das Schlürfen von Mandys Zunge erregten mich, und ich hörte den Wein noch in meinen Ohren tirilieren. Ja, ich wollte aufhören zu denken. Ich fühlte, wie Charlie das Kleid öffnete.

Sofort schwollen meine Nippel an, sie drückten gegen den BH, und ich krümmte unwillkürlich den Rücken.

»Siehst du es, Jim?« Charlie strich über meine Brüste. »Willst du jetzt auch noch sehen, wie ich an den herrlichen Brüsten deiner Frau sauge?«

»Ja«, gab Jim stöhnend zurück. Ich drehte mich zu ihm und sah, dass er die Augen geschlossen hatte, während Mandy ihm einen blies.

»Sie sehen uns nicht mal an. Ich könnte dich wegtragen, und sie würden es nicht einmal bemerken«, flüsterte Charlie. Während er in meinen Mund drang, langte er unter mich und hakte meinen BH auf. Er zog die Körbchen von den Nippeln und lechzte vor Begierde. »Du gehörst mir, Natasha. Ich werde es dir immer wieder besorgen. Nicht bloß dieses eine Mal.«

Worte, nichts als Worte, dachte ich. Aber ich hörte sie trotzdem gern, und sie verbreiteten ihren Zauber. Ich fühlte mich wie Dornröschen – Version für Erwachsene.

»Sauge ihre Titten, Mann«, knurrte Jim und drückte Mandys Kopf noch fester in seinen Schritt.

»Ich wollte dir das Kleid schon vom Leib reißen, als ich gerade hereingekommen war«, murmelte Charlie, während er meine Brüste zusammendrückte. »Jetzt weiß ich, warum sie immer vermieden hat, dass wir uns begegnen. Sie wollte nicht, dass wir uns kennenlernen.«

»Hör auf zu schwätzen, Charlie«, rief Jim. »Zeig ihr, was dein Rohr drauf hat.«

Jims Stimme klang brutal, und ein weiterer Erregungsschock floss durch mich hindurch.

»Mein Spanner von einem Mann kann verdammt noch mal warten«, zischte ich, hob mich an und küsste Charlie härter. Von seinen Lippen konnte ich nicht genug bekommen. Sie waren fest, wie Männerlippen sein sollten, und doch spürte ich eine Weichheit in ihnen, als ich sie mit meinen Küssen nässte. Ich konnte den Hafen schmecken und den Kaffee, und am liebsten hätte ich alles von ihm getrunken.

Aber der Rest von mir begann zu schmerzen. Seine Zunge, warm und glitschig, drang in meinen Mund, forschte und drückte. Meine Pussy war heiß und eng und wollte seinen Penis spüren, aber dafür war es noch zu früh. Ich wusste nicht, was ich mit mir anfangen sollte. Ich hatte vergessen, dass nur durch das sinnliche Lecken eines Mundes ungezügelte Wildheit in mir ausgelöst werden kann.

Ich griff an seine Hüften und versuchte, meine Finger unter den Bund seiner Jeans zu schieben, um ihn näher an mich heranzuziehen, aber da hörte er auf, mich zu küssen, und ließ seine Zunge über meinen Hals wandern und hinunter zu den Brüsten. Ich stöhnte laut auf.

Jim und Mandy würden mich hören können, aber das war mir nicht nur egal, ich wollte sogar, dass sie mich sahen und hörten. Ich drückte meine Brüste heraus und wusste, wie gut sie im Feuerschein aussehen würden, schwer und rund, die Nippel geschwollen wie Beeren, und ich hielt sie ihm an, als wollte ich sie anbieten.

Sie hüpften im Takt meines Herzschlags und klopften mit dem Drang, gestreichelt und gesaugt zu werden.

»Deine Frau ist geil, nicht wahr, Jim? Schau nur, wie steif und rot ihre Nippel sind. Du musst viele Stunden mit ihnen gespielt haben. Himmel, sind sie köstlich!«

Charlie lachte, hob meine Brüste an seinen Mund und wischte mit den Lippen darüber. Ich drückte sie ihm fester ins Gesicht, denn ich wollte, dass er an ihnen saugte. Aber er ließ mich auf den Rücken fallen und hielt mich dort mit einer Hand fest. »Soll ich ihr zeigen, was sie bekommt?«

»Mach nur, wenn dein schmutziges Reden dir hilft«, knurrte Jim, die Augen immer noch geschlossen, weg in seiner eigenen Welt. Und natürlich in Mandys Blaswelt.

Charlie öffnete seine Jeans. Er trug enge schwarze *trunks*, die wie eine Badehose fest um Hoden und Schaft lagen. Meine Pussy zuckte, und seine Schwanzspitze schob sich über den Bund der kurzen Hose.

Ich versuchte, meine Beine um ihn zu schlingen, aber er hob sich höher von mir weg und schälte langsam Pullover und Hemd ab. Je mehr nackte Haut ich von Schulter, Brustkorb und Bauch sah, desto mehr schüttelte ich mich vor Lust, nur um gleich darauf daran erinnert zu werden, dass all das Mandy gehört. Sie konnte über diesen herrlichen maskulinen Körper verfügen. Sie hatte ihn seit vielen Jahren berührt, und er hatte sie viele Male genommen, besessen.

Mir hatte sie gesagt, dass er im Bett nichts taugte.

Auf dem anderen Ende des Sofas sah ich, wie sie Jim auf den Rücken drückte und über ihm kniete. Sein Kopf war zur Seite geneigt; jetzt schaute er direkt zu mir. Mandy zog ihren dicken Wollpullover aus, und ihre nackten Brüste baumelten vor Jims Gesicht. Sie begann sich langsam über Jims Schaft zu senken, ließ ihre silbernen Haare hin und her schwingen und schaute zu, wie ihre Höhle ihn verschluckte.

»Gib's mir, Charlie«, raunte ich und rutschte näher, damit ich an seine *trunks* heranreichte. Ich riss sie nach unten, und mein Herz schlug irgendwo in meiner Kehle. Ja, da war er, der Schaft, der aus seiner Hose schoss, heiß und hart und mit seinem eigenen Rhythmus zuckend.

»Was glaubst du, Jim? Ist er einsatzbereit? Sie geifert jetzt danach. Soll ich es ihr geben, oder soll ich sie noch eine Weile zappeln lassen?«

»Bastard! Warum kannst du ihn nicht herauslassen?« Ich holte mit einer Hand aus und kratzte sein Gesicht.

Charlie hielt mein Handgelenk fest. »Du folgst nicht den Regeln des Spiels, Natasha. Er schaut zu, und er gibt die Anweisungen, okay? Entweder so oder gar nicht, dann gehen wir eben alle nach Hause.«

»Verdammt albernes Spiel.«

Er hielt meine Arme über meinem Kopf fest, damit ich ihn nicht mehr kratzen konnte, dann biss er hart in meine Nippel. Ich musste aufschreien und vergaß meine Wut, während der Schmerz sich in Lust verwandelte und mich zum Schweigen brachte. Er zwickte eine Warze und biss in die andere, und ich konnte nur an seine Zunge denken, die mich neckte und leckte, bis die Nippel starr standen. Sie brannten nach ihm, sie sehnten sich nach seinem Saugen und nach den Schmerzen, die er ihnen zufügte.

Ich schämte mich, weil mein Mann miterleben konnte, wie ich mich unter Charlies Mund wand, und wie ich meine Brüste in sein Gesicht drückte. Ich wollte meine Pussy mit seinem Schwanz füllen, aber je mehr ich trat und drückte, desto mehr hielt er sich von den Stellen zurück, die er berühren sollte.

»Verdammt, du sollst es meiner Frau besorgen«, knurrte Jim. »Besorge es ihr ordentlich, sonst zeige ich dir, wie es geht.«

Mein zurückhaltender, fauler Kerl schrie jetzt lauter, vielleicht weil Mandy ihn schneller ritt. Ihr Po spannte sich, während sie sich seinen Schaft einverleibte. Ihre Fingernägel gruben sich in ihre Backen, dann wuchs sie auf ihm, ehe sie sich voll auf ihn fallen ließ. Wir waren beide übers Ziel hinausgeschossen. Niemand konnte den Partnertausch jetzt noch verhindern.

Aber seine Wut feuerte mich an. Ich hob mich hoch zu Charlie und leckte gierig meine Lippen. Dann ließ ich den Kopf in den Nacken fallen und gab mich meiner Glückseligkeit hin. Seine Männlichkeit federte und hüpfte, stieß an und schob sich an meinem Schenkel hoch.

Ich schlang meine Beine um ihn und blieb wie eine Klette

an ihm hängen. Ich neigte mich zur Seite, sodass seine Hoden gegen meine geschwollenen Pussylippen klatschten. Als der Schaft gegen die Spalte stieß, wurde er mit klebrigen Küssen empfangen, dann ließ sich meine Klitoris sehen, die zu brennen und zu kribbeln begann. Ich rieb mich gegen ihn, ganz verzweifelt, weil ich das Jucken mit dem Kratzen vertreiben wollte.

Er ließ von meinen Brüsten ab und stützte sich auf seine kräftigen Arme. Es gab zu viel Luft und zu viel Platz zwischen unseren Körpern. Durch den Platz konnte ich das brennende Feuer des Kamins sehen und Mandy, die immer noch auf dem Schaft meines Mannes rockte. Sie war dabei zu entdecken, wie lange er durchhalten konnte. Es gab einen Weg, ihn explosionsartig zum Kommen zu bringen – und ja, sie hatte ihn gefunden.

Oder hatte sie ihn schon vorher gekannt? Sie streichelte seine Bälle mit einer Hand, und während ich zusah, streckte sie einen Finger aus und umkreiste damit Jims Anus. Sie drückte gegen die muskulöse Öffnung, kitzelte sie mit dem Fingernagel, stieß den Finger hinein und ließ ihn wieder hinaus gleiten.

»Das haben sie schon vorher getan«, murmelte Charlie, der auch zuschaute. »Man sieht es ihnen an.«

Mandy stieß den Finger jetzt voller Gewalt in die hintere Öffnung, und Jim zuckte plötzlich und hob sie mit seiner unerwarteten Kraft fast zur Hälfte von seinem Schaft, aber dann sackte sie zurück. Sie bäumte sich auf und schob einen zweiten Finger in seinen Anus. Während sie ihn wuchtig mit den Fingern nahm, schwangen ihre Brüste wie bei einer Stripperin, bis sie gemeinsam den Höhepunkt erlebten. Sein Kopf fiel zurück, und Mandy brach auf seiner Brust zusammen und vergaß für den Moment, dass sie ja zuschauen sollten.

Charlie legte eine Pause ein und wartete, bis sich das andere Paar beruhigt hatte. Dann schaute er mich an.

»Bereit?«

Ich zog ihn näher und versuchte, wieder in Stimmung zu kommen. Ich konnte seinen schweren warmen Körper fühlen. Seine Ellenbogen zitterten von der Mühe, mich mit seinem Körper nicht zu zerquetschen, aber als er mich wieder küsste und mein Körper schmolz und ich im Sofa versank, da fühlte ich endlich die warme Spitze seines schönen Schafts.

»Sie sagt, dass du wie ein Engländer vögelst. Wie vögelt also ein Engländer?«

Er wusste nicht, wovon ich sprach, aber er lächelte und schob den Schaft langsam in mich ein, zunächst die ersten Zentimeter, dann stoppte er, schob sich tiefer und hielt wieder inne. Er trieb mich wild vor Begierde. Ich schnappte nach ihm, aber er blieb bei der schrecklichen quälenden Methode. Ich wimmerte und schüttelte mich.

Ich konnte Jim und Mandy auf dem Sofa hören, wie sie herumrutschten, seufzten und sich räusperten, wie sie ihre Kleidung wieder richteten, die Reißverschlüsse hochzogen und die Gläser neu füllten.

»Denk dran, Charles, es ist nur dieses eine Mal«, sagte Mandy plötzlich in die knisternde Stille. »Wenn wir wieder zu Hause sind, hat es dieses Wochenende nie gegeben.«

»Halt deinen Mund, du Hexe«, murmelte er und holte weit mit den Hüften aus.

»Oh, verdammt, sie tun es tatsächlich!« Vor Aufregung quietschte Jims Stimme. »Ich glaub's nicht! Sie werden es vor meinen Augen tun! Das ist ja so unglaublich schmutzig!«

»Wir treiben es schon die ganze Zeit, Jim. Hast du das nicht geahnt?«

Ich sah Charlie an. Wenn ich jetzt nur eine Sekunde zögerte, würde ich die Sache abblasen. Aber Charlie ließ es dazu nicht kommen und begann, mich hart zu nehmen. Meine inneren Muskeln schlangen sich um seinen Schaft, der in mich hinein-rammte und tiefer ins Sofa drückte. Meine Brüste schwan-gen hin und her, das Kerzenlicht flackerte, und ein fremder Schwanz zog mich durch – direkt vor den staunenden Augen meines Mannes.

Mein Körper schmiegte sich an Charlies. Er wurde wieder langsamer, ruhte sich auf den Unterarmen aus und küsste mich, als wären wir allein im Zimmer. Er stieß mit der Zunge meinen Mund weit auf, dann ahmte er die stoßenden Bewe-gungen in meine Pussy nach. Er knabberte an meinen Lippen und erstickte meine Schreie.

Aber sobald sein Mund zur Seite wich, fing ich an, lauter und höher zu stöhnen.

»Mach weiter, Charlie!«, trieb Jim ihn an.

Charlie stieß hart in mich hinein und trieb uns beide die Welle der Ekstase hoch. Ich reagierte auf seine Stöße und hielt dagegen. Vage nahm ich wahr, dass mein Mann im Hintergrund irgendwas rief, und Mandy feuerte uns auch an: »Ja, ja, ja.« Ich hatte die Knie um Charlies Hüften ge-presst.

In meinem Kopf sah ich alle Farben der Kerzen und des glühenden Kaminfeuers, und für den Rest sorgte Charlies stoßender Schaft.

Ich schrie plötzlich seinen Namen, mein Körper wurde von einer gewaltigen Erschütterung erfasst, und dann kamen wir beide da auf dem Sofa, direkt vor meinem Ehemann, der den Mund weit aufgerissen hatte, und Charlies Frau.

Es entstand ein langes Schweigen. Charlie zog sich lang-sam zurück; der Penis flutschte hinaus, noch erigiert und glänzend von meinen Säften. Er zog mich hoch und drapierte das Kleid um mich. Ich zitterte unkontrolliert. Heiß, kalt, auf-gedreht, prickelnd vor Scham.

Die anderen lagen um das Kaminfeuer herum und sagten nichts.

Ich traute mich kaum, aber ich musste meinen Ehemann anschauen.

»So, Leute«, sagte Charlie fröhlich und ging von mir in Richtung Treppe. »Seid ihr bereit, bei unserem Club mitzumachen?«

»Ich will sie jetzt zurückhaben. Einmal war mehr als genug.« Jim nuschelte und fand auf seinem Hemd ein langes blondes Haar, das er lange betrachtete. »Jetzt bin ich dran«, sagte er. »Komm, Natasha, Zeit fürs Bett.«

Ich konnte mich kaum bewegen. Der Gedanke, dass er mich berührte, nachdem Charlie ...

»Ich habe noch nie gesehen, dass du dich jemals so ins Zeug gelegt hast, Charlie. Es ist nicht richtig, dass du einen Festschmaus daraus machst. Ich kann nicht riskieren, dass das noch einmal passiert.« Mandy stellte ihr Glas laut auf den Tisch und zog ihren Pullover weit über ihre Jeans. »Wie ich schon sagte, dieses Wochenende hat nie stattgefunden.«

Primula Bond ist die Autorin mehrerer Black Lace Romane. Ihre Kurzgeschichten sind in vielen Black Lace Sammlungen veröffentlicht worden.

Ich sehe was

Rachel Kramer Bussel

Es ist eine schlechte Angewohnheit, eine schreckliche, schlimmer als Rauchen oder Naschen oder meine Kreditkartennummer einzutippen, um den letzten Knüller zu bestellen, auch wenn ich weiß, dass ich kein Geld dafür habe. Manche Angewohnheiten sind so schlecht, dass sie schon wieder gut sind. Die beste unter ihnen ist die, die mich am geilsten macht. Oder genauer – bis vor kurzem war es so, aber ich betrachte sie immer noch als mein größtes Laster, für das ich mich am meisten schäme und das deshalb mein größtes Geheimnis ist.

Die E-Mails meines Mannes zu lesen, ist meine geile Angewohnheit geworden, wie ich schuldbewusst gestehen muss. Ich kann sie nicht aufgeben. Dabei habe ich das Rauchen nach zehn Jahren und zwei Schachteln am Tag aufgegeben.

Ich erinnere mich noch genau, wie es angefangen hat. Eines Tages hatte Pierce seinen Laptop zu Hause vergessen, und da ich nur eine Hausfrau bin, wenn auch eine mit einem Master Diplom im Geschäftsmanagement, die irgendwie diesen Lebensstrang nicht weiter verfolgt hat, seit wir beide zusammen sind, rief er mich an und fragte, ob ich ihm den Laptop in der Mittagspause bringen könnte.

Ich sagte zu. Dafür bin ich schließlich da – um mich nützlich zu machen. Aber so unschuldig bin ich auch nicht, ich wollte mich schon durch die Inhalte wälzen, denn da lagen sie alle vor mir und warteten auf mich.

Das war eine einfache Sache. Ich warf den Computer an, und sein E-Mailprogramm blitzte auf, dazu viele, viele Namen, die mir alle fremd vorkamen. Ich sah ein paar Nachrichten von mir und ein paar Namen von Arbeitskollegen, die ich kannte. Dann lud das Programm seine neuen E-Mails herunter. Ich starrte wie hypnotisiert auf den Bildschirm. Da spulte sein Tagesprogramm ab, dann folgten eine Nachricht von seiner Mutter und Anzeigen von Penisvergrößerungsfirmen.

Aber dann wurde ich hellwach. Da war eine E-Mail von ›Margot‹, und in der Betreffzeile stand ›Stöhnen‹. Genauer: Da stand ›Re, re, re: Stöhnen‹. Das würde bedeuten, dass mein Mann, der echte blaublütige Pierce Scotch, diese Unterhaltung mit Margot begonnen hatte.

Irgendwas sagte mir, dass dies nichts mit seinen Geschäften zu tun hatte. Was für eine besorgte Ehefrau müsste ich sein, wenn ich das nicht genauer untersuchen würde?

Nun, wenn Sie ein Wort wie ›Stöhnen‹ sehen und eine Frau mit einem Namen wie ›Margot‹, was sollen Sie davon halten? Ich wollte eigentlich nicht schnüffeln, aber als ich einmal damit begonnen hatte, konnte ich nicht mehr aufhören. Mein Misstrauen wurde bestätigt, als ich seine ersten Worte an sie las.

Ich bin ungeheuer hart, weil ich an Dich denke. Wie Du duftest, wie Du aussiehst, wie Du schmeckst. Du treibst mich in den Wahnsinn, und ein Teil von mir will auf der Stelle zu Dir fahren und Dich um den Verstand vögeln. Halte deine Pussy so schön rasiert, wie sie heute war. Hübsch glatt, damit ich sie besser lecken kann. Sonst droht dir ein Spanking. Oder vielleicht verpasse ich Dir so oder so eins. Ich will Dich wieder schreien hören, aber nicht so laut, dass die Sicherheitsleute kommen – wenn das noch einmal geschieht, muss ich Dir einen Knebel zwischen Deine prallen Lippen schieben. Vielleicht werde ich Deine Schreie mal aufnehmen, dann kann ich sie mir tagsüber anhören. Oder vielleicht auch nicht. Ich werde das

entscheiden, wenn ich das nächste Mal bei Dir bin, und Du musst
es Dir einfach gefallen lassen. P

Mein Herz pochte wie verrückt, als ich den Rest des Brief-
wechsels las. Es schien, dass Margot nur zu bereit war, seine
Wünsche zu erfüllen. Den Nachmittag hatte sie in einem
Schaumbad verbracht, ihre Nippel gequetscht und ihre süße,
köstliche Pussy rasiert – wenn sie nicht gerade ihren Vibrator
benutzte und davon träumte, den Schwanz meines Mannes
zu lutschen.

Ich wollte dem Luder rechts und links ins Gesicht klatschen, bis sich meine Handschrift auf ihren Wangen rot
abzeichnete. Ich wollte mein Küchenmesser in die Hand nehmen und es irgendwo in ihren Körper rammen. Ich wollte ihr
Gesicht malträtieren, bis es wie ein Wackelpudding aussah.

Ein paar Minuten lang ging ich immer gewalttätigere Sze-
narien durch, in denen wir beide die Hauptrolle spielten und
die jedem Fan des Frauenringkampfs einen Ständer beschert
hätten. Aber tiefer in mir, unter den Schichten des Grolls, spürte ich, dass der Ärger nicht die Erregung kippte, die irgendwo
da drinnen zu brodeln begann.

Ich las seine schmutzigen Worte und spürte, wie meine
Pussy sich fest zusammenzog. Ich wurde nass und heiß und
auf eine Weise bereit, wie ich seit weiß der Teufel wie lange
nicht mehr bereit gewesen war. Ganz gewiss nicht mit Pierce.
Oh, er war gut im Bett, aber seine Texte waren besser. Diese
rohe Leidenschaft ließ dich wagemutige, wilde, ungeheuer-
liche Dinge tun – zum Beispiel deine Frau betrügen.

Er hatte mich nie so genommen wie Margot. Okay, manchmal hatte er oben liegen wollen, dann hielt er meine Arme
fest und biss in meine Unterlippe. Einmal hatte er Wachs über
die Innenseiten meiner Schenkel tropfen lassen. Einmal hatte

er mir befohlen, über eine Stunde lang nicht zu kommen, während er mich langsam und gnadenlos fingerte. Die Agonie des Wartens wäre den Ungehorsam beinahe wert gewesen.

Ich hatte also geahnt, dass er eine perverse Ader hatte, aber ich war seine Frau. Wir redeten nicht so miteinander, obwohl ich mir das schon mal gewünscht hätte, wie ich mir auch die Art Unterwerfung wünschte, die ich bei meinem Ex Roderick kennengelernt hatte.

Ja, ich war verärgert, aber in gleich großen oder noch größeren Teilen spürte ich das Interesse. Verlangen. Neugier. Erregung. Ich wollte eine völlig andere Seite des Mannes sehen, von dem ich geglaubt hatte, alles von ihm zu kennen, und während einige – vielleicht die meisten – Ehefrauen über die rachsüchtigste Art nachdachten, wie sie ihn verlassen konnten und wem sie den Briefwechsel noch enthüllen konnten, wollte ich den Text nur für einen einzigen Zweck: Für die Pornoqualität.

Ich hatte meine Hand unter meinem Rock und in meinem Höschen, bevor es mir bewusst war, und dann fand ich ihre vorausgegangene Korrespondenz.

Um ehrlich zu sein – und das erlaubte ich mir, nachdem sich der Schock gelegt hatte – wollte ich gern zuschauen. Ich wollte sehen, wie sie seinen Schwanz saugt, wollte ihre Technik mit meiner vergleichen, wollte sehen, ob ihre Pussy hübscher war, wollte ihr Geheimnis erfahren, wie sie rote Flecken nach dem Rasieren der Scham vermied sowie das Geheimnis, wie es ihr gelungen war, einen Teil meines Mannes zu öffnen, der mir seit den Flitterwochen verborgen geblieben war.

Ich wollte dabei sein, wenn auch nur als Fliege an der Wand. Ich wollte keinen Dreier oder eine Konfrontation, aber wenn er schon eine Affäre hatte, dann wollte ich wenigstens etwas davon sehen.

Meine Pussy pochte und verlangte Beachtung, und in meinem Kopf drehten sich die schamlosen Bilder von Pierce und Margot, meinem neuen XXX Paar. Von diesem Tage an war ich süchtig nach ihnen und ihren Erlebnissen.

Wenn ich zurückdachte, fiel mir eine Zeit ein, in der er mich ziemlich grob behandelt hatte. Nicht so pornomäßig, wie er offenbar mit ihr umsprang, aber es war schon so lange her, dass ich mich nicht mehr genau erinnern konnte. Aber als ich mich auf den Küchenboden sinken ließ und ein paar Finger in mich hineinsteckte, fing ich Erinnerungen ein.

Nachdem wir ein Paar waren, konnten wir die Hände nicht voneinander lassen. Wir knutschten uns in der Öffentlichkeit, und im Kino befingerte er mich, und dann waren wir das Paar, das sich heimlich zu schnellen (manchmal auch nicht so schnellen) Blowjobs aufs Klo verdrückte.

Er textete mir unanständige Ein-Wort-Nachrichten zu wie Schwanz oder Muschi. Oder er befahl mir: Zieh dein Höschen aus und wirf es in die nächste Mülltonne. Ich würde gehorchen und sofort feucht werden, nicht so sehr wegen der Nachrichten selbst, sondern weil er in diesen Kategorien an mich dachte. Ich war nie für abgefahrenen Sex zu haben gewesen, aber als wir uns verlobten, hatte ich mir vorgestellt, dass unsere verdrehten Phantasien zu neuen Höhenflügen steigen würden.

Ich wollte diese Welt weiter erforschen, aber offenbar hatte er die Verlobung zum Anlass genommen, um uns zurückzunehmen, ›respektabel‹ zu werden, was auch immer das bedeutete. Nein, Pierce hatte nie darüber gesprochen, aber ich fühlte es. Wenn ich auch nur andeutete, dass ich vielleicht ein Spanking ausprobieren wollte, und wenn ich mich dann so hinlegte, dass mein Po in der Reichweite seiner Arme war, dann würde er mich umdrehen oder zurückschieben.

Mehr als das Körperliche lechzte ich nach dem mentalen Sprung vom Gleichen zum Ungleichen, von der liebenden

Partnerin zur schmutzigen Hure. Im realen Leben mochten sie Welten auseinander liegen, aber im Schlafzimmer konnten wir die Grenze mit einem einzigen derben Wort überspringen. Er brauchte das Wort nur zu sagen, aber es kam nie über seine Lippen. Pierce tat so, als wäre das nur eine Phase, und jetzt wären wir eben beim Blümchensex angekommen.

Verstehen Sie mich nicht falsch – ich liebe Blümchensex, aber ich liebe auch die Abwechslung. Nur ein einziges Mal hatte Roderick mich in eine erniedrigende Situation gebracht. Ich hatte mich nie einfach über einen Tisch beugen und mich von einem Mann wie eine Memme auspeitschen lassen wollen. Viele hatten versucht, mich zu brechen, aber ich musste erst jemandem vertrauen und ihm erst mein Herz geben, bevor ich ihm sonst etwas gab.

Ich hatte stillschweigend akzeptiert, was Pierce wollte, denn schließlich hatte er immer noch einen beeindruckenden Schaft, und ich sorgte dafür, dass wir es fast jeden Morgen trieben. Er hat sich meinen Anbiederungen nie verweigert, und er schaffte es immer noch, mich zu überraschen – mit romantischen Ausflügen, Paarmassagen, Festessen und ungewöhnlichen Verabredungen. Was soll ich sagen – ich war verliebt.

Ich liebte ihn immer noch, erkannte ich, obwohl er mich betrog. Diese Tatsache linderte die Schuld, die ich vielleicht wegen meines Spionierens empfinden könnte, denn plötzlich hatte er mir den Schlüssel gegeben, wie ich das Bizarre zurück in unsere Beziehung bringen konnte.

Meine Finger rieben fleißig, während ich mir vorstellte, wie die fremde Frau festgebunden wurde, und dann sah ich mich in dieser Position, dann uns beide, wie wir uns gegenüberlagen – pralle Ärsche, die darauf warteten, das zu bekommen, was sie verdient hatten.

Der Gedanke, geknebelt zu sein, zu keuchen und zu stöhnen und hinter dem Knebel gedämpfte Schreie auszustoßen, ließ mich wimmern. Seit unseren frühen Tagen war ich nicht mehr so heftig gekommen.

Ich stand auf, nur um herauszufinden, dass die *action* auf dem Schirm ohne mich weitergegangen war, genau, wie sich auch die Affäre ohne mich entwickelt hatte. Aber diesmal war ich in der *action* dabei. Ich sah wieder auf den Schirm und bekam eine neue E-Mail mit. Sie schrieben hin und her, was mir klar machte, dass ich zwar seinen Laptop hatte, aber Pierce hatte einen Ersatz – in seinem Büro.

Dann schrieb Margot in halbfetter Schrift, eine glänzende schwarze kodierte Schrift, und ich war versucht, auf die Zeile zu tippen. Eine Minute später hatte Pierce den Text offenbar gelesen, denn er ging von halbfett in mager über, was bedeutete, dass er ihn gelesen hatte. Jetzt klickte ich auf die Zeile.

»Bereit für mich?«

Seine Antwort war präziser.

»Heute um zwei. Im üblichen Zimmer. Sei dort und warte nackt und auf Knien auf mich.«

Wieder stellte ich sie mir vor – in meiner Vision hatte sie sich in eine von der Sonne geküsste natürliche Rothaarige mit vielen Sommersprossen verwandelt, das Gegenteil von meiner schwarzen irischen Farbe. Ich sah sie, wie sie nackt auf dem Boden kniete und darauf wartete, den Schwanz meines Mannes zu lutschen. Da ich nun wusste, dass sie es auch wirklich tun würde, hatte das nichts mehr mit einer Phantasie zu tun. Es war real, und das machte mich nur noch neugieriger auf die Szene.

Ein Teil von mir war wütend, aber mehr noch faszinierte mich, wie das alles funktionierte – was sie gemeinsam taten, was er mir sagen würde, wie sich seine Erfahrung mit ihr auf sein Sexualleben mit mir auswirkte.

Ich zog mich auf unser Ehebett zurück, und mit der Hilfe eines mit Batterien betriebenen Freundes besorgte ich es mir noch einmal. Ich stellte mir vor, wie sie zusammen waren, und wehrte verschiedene Eifersuchtsattacken ab, indem ich meine eigenen voyeuristischen Phantasien anzapfte. Ich habe immer gern zugeschaut, beobachtet, gelinst. Diese Eigenschaft hat mich zu einer Spitzenreporterin gemacht, damals, als ich für die lokale Kultur zuständig war.

Den heißesten Graffiti-Künstler konnte ich aufspüren, ich kannte alle Comedy-Clubs, die im Untergrund agierten, und ich erkannte einen Straßenmusikanten als späteren Hitlisten-stürmer, selbst wenn ich nur auf der anderen Straßenseite stand. Ich war ein professioneller Beobachter, aber ich schaute auch intimen Dingen zu, die ich dann speicherte und aufbe-wahrte. Pornoszenen, die mir allein zur Verfügung standen.

Ich schaute mir heiße Typen im Fitness Center an, wäh-rend ich im Pool meine Runden drehte; geschwollene Mus-keln, manchmal geschwollene Schwänze, wenn sie attraktive Frauen mit vollen Brüsten sahen. Ich hatte mich immer schon in der Umkleide der Männer verstecken wollen, um das herr-liche Männerfleisch zu sehen. Ich konnte mir auch Frauen an-schauen, herrliche Frauen, die in ihrer eigenen Liga zu Hause waren – aber sie ließen mich kalt.

Die Aufregung, die ich empfand, wenn ich Fremde beob-achtete, war nichts im Vergleich mit der Vorstellung, meinen Mann und seine Geliebte zusammen zu sehen. Wenn ich das nicht haben konnte, würde ich mir wenigstens die unanstän-digen Fotos anschauen, die sie ihm auf sein Verlangen hin geschickt hatte. Eins davon zeigte, wie sie sich mit perfekt manikürten roten Nägeln in die Brustwarze kniff.

Ein anderes Bild zeigte ihren Po, bedeckt mit einem Hös-chen aus schwarz-weißer Spitze. Dann sah ich ein Foto, das den Ansatz ihrer Pussy sehen ließ. Ich hätte gern gewusst, ob jemand die Fotos aufgenommen hatte, oder ob sie selbst auf den Auslöser gedrückt hatte. Egal – ich fuhr auf die Bilder ab.

So fing es also an, dass ich durch seine E-Mail schnüffelte. Mit Hilfe meiner Freundin Emma fand ich das Passwort des geliehenen Laptops heraus. Emma arbeitet in IT und weiß so gut wie alles über Computer. Als er dann den Laptop wieder an sich nahm, konnte ich seine Korrespondenz auf meinem eigenen Computer lesen.

Das wurde zum Ritual, ein besseres ›Hallo-wach‹ als die heiße Tasse Kaffee um neun Uhr. Er schien gleich nach dem Eintreffen im Büro mit dem schmutzigen Reden zu beginnen, während er eigentlich millionenschwere Transaktionen durchführen sollte. Ich schätze, die Finanzwelt ist auch nicht mehr so finanzierend, wie sie mal war.

Ich war besessen von ihrer Art zu korrespondieren, so atemlos, so hektisch, dass sie kaum Zeit für die korrekte Grammatik hatten. Das waren keine langen schmeichelnden Liebesbriefe, wie James Joyce sie 1909 an seine Frau Nora geschickt hatte; Briefe, über die ich gestolpert war, als ich im College eine Arbeit über den Dichter vorbereitete. Ich musste es mir an Ort und Stelle in der Bibliothek besorgen. Dabei waren die Briefe gar nicht so eloquent, dass man sie unbedingt aufbewahren musste. Ich entnahm ihnen jedoch, dass die Affäre rein sexuell war und trotzdem über einen längeren Zeitraum anhielt. Er betrog seine Liebe – wie Pierce mich betrog, was ich nur dadurch herausfand, dass er seinen Laptop an diesem Tag vergessen hatte.

Zwei Wochen lang hütete ich mein kleines Geheimnis, bis ich es schließlich meiner besten Freundin Cheryl gestehen musste. Die Bürde, meine ungehörige Neuigkeit für mich zu behalten, wurde zu schwer, und außerdem wollte ich hören, was sie dazu zu sagen hatte. Überschritt ich eine Grenze, indem ich so viel Zeit mit Schnüffeleien verbrachte? Rechtfertigte das Ergebnis mein sündiges Verhalten?

Aber was mich wirklich berührte, war die Antwort auf die

Frage, ob ich krank und pervers war, weil ich einen Orgasmus erlebte, wenn ich an Pierces Affäre mit Margot dachte. Mir kam es so vor, als verfolgte ich eine besonders heiße Soap Opera und nicht mein eigenes echtes Leben.

Ich habe mir sogar einen BlackBerry angeschafft, ein transportables Gerät zum Schreiben und Lesen von E-Mails. Ich würde also mit dem Einkaufswagen durch den Supermarkt ziehen und vor der Fleischtheke anhalten, um ein besonders frisches Stück Fleisch fürs Abendessen zu ergattern, während ich versuchte zu erfahren, was Margot und Pierce für den Abend geplant hatten; ob sie im Hotel blieben oder was Neues probieren würden. Bisher hatte ich es geschafft, alles für mich zu behalten und Pierce nichts zu erzählen. Wenn ich abends über ihn herfiel, sollte er glauben, dass ich ganz einfach nur naturgeil war, und dass meine Detektivarbeit nichts damit zu tun hatte. Wer war der wirkliche Betrüger?

Irgendwie war ich aus der Spur geworfen, seit ich immer mehr spionierte. Ich brauchte die E-Mails, um meine eigenen Phantasien zu füttern. Selbst wenn Pierce auf mir lag (das Licht gelöscht, was für ein Unterschied zu unseren früheren Experimenten und zu seinen Erlebnissen mit Margot, denn aus den E-Mails wusste ich, dass er Margot bei Schritt und Tritt beobachten wollte). Ich presste dann die Augen ganz fest zu und stellte mir ihren kleinen Mund vor, wie er sich um seine Härte schlang. Ich musste mir auf die Lippen beißen, damit ich nicht ihren Namen rief und alles verriet.

Als ich Cheryl davon erzählte, wollte sie ein Beispiel ihrer Briefe lesen. Ich zeigte ihr den Bildschirm.

»Du bist eine kleine geile Hure. Ich wette, Du nimmst es auch mit zwei Männern auf, einen im Mund, einen in der Pussy. Soll ich das nächste Mal einen Freund mitbringen? Er ist noch besser bestückt als ich … Ich würde gern sehen, wie Du uns beide bedienst.«

Cheryl errötete, dann sah sie mich mit einem entsetzten Ausdruck an, obwohl sie längst wissen sollte, dass ich eine Menge wegstecken kann. »Sag mal, hebst du diese E-Mails auch gut auf? Das sind schließlich Beweisstücke.«

»Beweisstücke?« Ich lachte. »Cheryl, ich will mich nicht von ihm scheiden lassen. Nicht mit solchen Vorlagen für meine Masturbationsorgien. Ich meine, das ist heißer als alles, was wir seit unserer Hochzeit getan haben.«

»Du meinst, du fährst ab, wenn du solche Sachen liest?« Sie sah mich zuerst schockiert an, aber dann merkte ich, dass sie auch fasziniert war. »Stört es dich nicht? Eine andere Frau treibt es mit deinem Mann. Was ist, wenn sie ihn dir stehlen will?«

Natürlich hatte ich an all diese Dinge schon gedacht, aber diese Aspekte hatte ich verdrängt. »Da kann man nichts machen.«

»Du kannst zurückschlagen. Treib ihn mit deiner Geilheit in den Wahnsinn. Du zeigst ihm durch dein Verhalten, dass er sich geirrt hat.«

Aber das war der Punkt, in dem Cheryl irrte. Die uralte Geschichte, dass Frauen um Aufmerksamkeit hecheln und sich schließlich damit zufriedengeben, nur zweite Wahl zu sein. Ich würde ihn auch nicht in flagranti überraschen – mir genügte es, wenn ich meine ganzen widersprüchlichen Gefühle auf die eine Stelle meines Körpers ausrichtete, die damit am besten fertig wurde – meine Pussy.

Genau das habe ich meiner Freundin erzählt. War ich eifersüchtig? Ja, klar. War ich wütend? Ein bisschen. Aber irgendwelche negativen Emotionen wurden überschattet von meinem Geheimnis, das Pierce und Margot betraf.

Wenn du heiratest, weiß jeder, wer du bist, aber dann wirst du eine Neue, die Hälfte einer Einheit. Wenn du allein ausgehst, hast du einen schweigenden Partner an der Seite, und wenn ihr gemeinsam ausgeht, badest du selbst auf dem kleinsten Fußweg in der glorreichen Erinnerung, dass du dieses Mannes Frau bist. Ja, für mich ist es immer noch eine großartige Sache, und ich bin dankbar, dass ich ihn habe.

Ich könnte ihn wegen seiner Affäre nicht verlassen, warum auch? Um ihm eine Lektion zu erteilen? Wenn jemand einen Fehler begangen hatte, dann gehörte ich dazu. Ich hatte das Unglück heraufbeschworen.

Aber nach dem ersten weiß glühenden Hass kühlte ich ab. Was als Zitrone begann, wurde süße Limonade, und davon würde ich mir einen Schluck genehmigen.

Cheryl mochte mir nicht aus vollem Herzen zustimmen, aber ich sah ein Glitzern in ihren Augen, das mir verriet, sie wusste jetzt, wovon ich redete: Es war spannend, die schmutzigsten Gedanken meines Mannes kennenzulernen. Es war beinahe so, als könnte ich sehen, welche Pornofilme er sich anschaute oder wie er masturbierte.

Auf einer pragmatischen Ebene verstand ich sein Tun, auch wenn es nicht meine Wahl gewesen wäre. Sollte er seine schmutzigen, perversen, sadistischen Gedanken mit mir teilen, auch auf die Gefahr hin, dass ich sie und deshalb auch ihn selbst ablehnte? Er würde sein Gesicht verlieren. Du kannst nicht deine heimlichen Phantasien hervorholen und sie dann zurück in die Kiste legen.

Wenn dies etwas war, was ihn tief bewegte, und ich begriff, dass genau das zutraf, dann musste er sein Geheimnis bewahren. Vielleicht glaubte er, dass er es nicht mit mir teilen konnte. Vielleicht hatte er Margot kennengelernt, und sie schien zu gut, um wahr zu sein. Doch dann hatte er mich unterschätzt, weil er offenbar geglaubt hatte, ich würde das nie herausfinden. Er dachte wohl, dass ich die dumme unschuldige kleine Ehefrau bin, der er etwas vormachen konnte. Er hielt sich für so clever, wollte den Kuchen und den Zuckerguss genießen und doch den ganzen Kuchen behalten.

Er glaubte, besonders schlau zu sein, aber jetzt wusste ich es besser. Schöner noch – ich hatte den Spieß umgedreht. Denn ein Teil des Kicks einer Affäre bestand darin, dass sie geheim war – jedenfalls stellte ich mir das so vor. Du musstest damit rechnen, dass du jede Minute auffliegen konntest. Das musste auch der Kick der Leute sein, die auf Sex in der Öffentlichkeit standen. Auch wenn Pierce es noch nicht wusste, ich hatte ihm den Wind aus seinen verbotenen Segeln genommen.

Ich nahm ihm einen Teil des Zaubers weg und zog ihn zu mir. Sicher, ich hätte auch eine Affäre beginnen können, aber das wollte ich nicht, und – ehrlich – ich brauchte das auch gar nicht, denn wenn man es genau betrachtete, hatte ich schon eine. Ich hatte eine Affäre mit ihrer Affäre.

Das war mein kleines schmutziges Geheimnis, das ich vor meinem Mann bewahren musste, wie er seine Geliebte vor mir bewahren musste.

Dann erhöhte ich den Einsatz. Statt nur eine passive Spielerin zu sein, die aus der Ferne zuschaut, auf die Texte der beiden reagiert und auf bestimmte Ergebnisse hofft, wollte ich einen Schritt weiter gehen. Ich wollte eine aktive Spielerin in ihrem hübschen Spiel werden und meine eigenen Zwecke verfolgen. Denn je intimer ich in ihr Leben verwickelt wurde und nach jeder schlüpfrigen Nachricht lechzte, nach jeder erregenden Anekdote, desto mehr wollte ich Abstand halten.

Es gab einige Dinge, die ich gern sehen oder mir vorstellen wollte, als wären sie Schauspieler in meinem privaten Pornofilm. Von Nachteil war, dass ich Margot nicht von Pierces Laptop aus Nachrichten schicken konnte, denn er hätte natürlich gewusst, dass die E-Mail nicht von ihm stammte.

Aber ich konnte Saat in seinem Kopf ausstreuen. Ich konnte Ausflüge vorschlagen, neues Spielzeug anregen, ihnen gewisse Positionen nahe bringen, denn schließlich schlief Pierce immer noch regelmäßig mit mir. Wenn wir sie ausprobiert hatten, konnte er sie dann mit Margot versuchen, doch das war nicht genug, weder für ihn noch für mich. Ich wollte sie dabei haben, wollte sehen, wie sie sich wand, wie sie bettelte und litt.

Ich hatte nie an einen Dreier gedacht, dafür war mein Mann viel zu besessen von Margot. Das könnten wir eher mit einem jungen Ding probieren, das uns irgendwo über den Weg lief, vielleicht in einem Club. Margot wollte ich nicht sehen, ich wollte nur wissen, ob sich meine List auszahlte.

»Heute hat mich die Polizei angehalten und mir einen Strafzettel verpasst«, sagte ich und sah, dass Pierce nur halb zuhörte. Ein Auge hatte er auf sein Handy gerichtet; offenbar erwartete er eine Nachricht von Margot. »Als er aus dem Streifenwagen ausstieg, sah ich, dass der Cop Handschellen bei sich hatte. Das hat mich auf die Idee gebracht – warum fesselst du mich nicht mal?« Ich stellte mich verführerisch vor ihn und hielt ihm meine Handgelenke hin.

»Bondage? Liebling, unsereins macht solche Dinge nicht«, sagte er und rümpfte die Nase. Ich versagte es mir, ihn daran zu erinnern, dass ich erst seit unserer Heirat zu ›unsereins‹ gehörte, und dass ein Teil von ›unsereins‹ einer der ganz abgefahrenen wüsten Kerle war, der mit einer gewissen Frau die wildesten Spiele trieb.

»Aber niemand braucht das zu wissen«, jammerte ich.

»Darum geht es nicht«, sagte er, und damit war unser Gespräch beendet. Ich wusste, dass alle meine Argumente unnütz wären, wenn er ein solches Gesicht aufsetzte. Außerdem wollte ich nicht betteln. Jedenfalls nicht so. Wenn schon betteln, dann auf eine sehr erotische Art. Wir richteten uns auf unseren Bettseiten ein, jeder mit einem anderen Buch, aber wir hätten auch in anderen Betten liegen können.

Und was lese ich am nächsten Tag? Pierce schrieb Margot, dass er eine Überraschung für sie hätte.

»Was denn? Kannst du mir keinen Anhaltspunkt geben?«

»Ja, gut. Ich spiele den Cop, und du bist die Gesetzesbrecherin.«

Es wäre mir fast sofort gekommen, als ich das las. Offenbar kenne ich meinen Mann viel zu gut.

Oh, erzähl doch weiter.

Vielleicht hätte ich eifersüchtiger sein sollen. Schließlich wurden Margots Handgelenke mit Handschellen gefesselt, die eigentlich mir, Pierces Ehefrau, gehörten. Aber nichts, erst recht nicht Sex, macht Spaß, wenn man den anderen dazu überreden muss. Ich brauchte Bilder. Wie konnte ich Pierce dazu bringen, sie aus eigenem Antrieb zu fotografieren? Das war eine viel schwierigere Aufgabe als die Handschellen, denn wenn er die Affäre dokumentiert hatte, konnten sich die Neuigkeiten schneller verbreiten. Alles andere konnte er leugnen, auch die E-Mails (sie bezogen sich auf Rollenspiele, oder ein Freund hatte seinen Laptop benutzt), aber Fotos lügen nicht.

Ich wusste, dass sie mit den Handschellen spielten. Margot erwähnte ihre wunden Handgelenke, und ein paar Sekunden lang sah ich vor meinem geistigen Auge, wie ich bei ihren Spielen mitmachte. Ich hielt ihre Arme fest, während er es ihr besorgte – ich spielte die Rolle der gemeinen Herrin, und weil sie eben die unterwürfige Schlampe war, würde ihr meine Rolle gefallen. Aber lassen wir das mal; ich musste erst Pierce für diese Idee interessieren.

Am folgenden Abend glitt ich aus dem Bett, nachdem er eingeschlafen war, und begab mich auf seinem Computer im Netz auf die Suche. Eine Bondageseite nach der anderen tauchte auf dem Bildschirm auf. Egal, ob er eine E-Mail schreiben oder eine Sportseite aufrufen wollte, jetzt schoben sich Seiten mit gefesselten, geknebelten, nackten Frauen dazwischen.

Er würde es als Müll abtun – oder Mitglied werden. Ganz egal, wie er reagierte, diese Bilder würden sich in seinem Kopf festsetzen. Ich kam mir wie eine Hexe als Ehefrau vor, aber ich bereute nichts.

Was sagen Sie jetzt? Am nächsten Tag beschrieb Pierce, wie er Margot eine Augenbinde verpassen und ihr das Höschen als Knebel in den Mund stecken würde. In ihrem Tageshotel würde er sie ans Bett binden und Fotos von ihr machen.

»Aber das kannst du nicht tun!« Ich hörte sie zuerst entsetzt keuchen, dann verlegen kichern – obwohl ich nur den Text las.

»Keine Sorge, ich werde Dich mit den Fotos nicht erpressen ... wenn Du ein braves Mädchen bleibst«, schrieb Pierce.

Ich fragte mich, ob das bedeutete, dass Margot auch verheiratet war. Wenn ja, dann forderten wir alle das Schicksal heraus und riskierten im Namen der Lust unsere Zukunft. Diese Vorstellung gefiel mir, aber dann musste ich an Margots armen Ehemann denken, der wahrscheinlich kein so großes Interesse an der Affäre der Ehefrau fand wie ich.

Dann konzentrierte ich mich wieder auf das Problem, oder besser, auf die Lösung des Problems. Die zunehmend boshafte Seite meines Mannes beeindruckte mich. Wenn er doch nur wüsste, was für ein gutes Team wir sein könnten. Doch inzwischen schmachtete ich nicht mehr nach dem Mann, den ich zur Hälfte für mich hatte. Ich war froh über das Glück, ihn gefunden zu haben.

Schließlich hätte ich auch an einen Mann geraten können, der es mir nicht so gut besorgte – von einer Affäre mit einer anderen Frau ganz zu schweigen. Stattdessen besaß ich einen potenten Mann, der eine Affäre unterhielt, mich befriedigte und auch noch Zeit fand, sein erotisches Repertoire zu verbessern.

An diesem Nachmittag ging ich zur Massage. Es gab in der Nähe einen Salon, von dem ich wusste, dass sie eine Happy End Massage anboten. Während der Mann mit den magischen Händen meine Pobacken knetete, dann tiefer rutschte, bis seine Daumen meine Labien streichelten, hielt ich fast die Luft an, um ihn wissen zu lassen, dass ich zu mehr bereit war.

Ein Teil von mir wollte, dass er die Rolle von Pierce übernahm und mein klebriges Höschen zwischen meine Lippen schob, dass er meine Augen verband und meine Handgelenke festhielt, ehe er sich bückte und sein Gesicht gegen meine Intimzone drückte.

Stattdessen schloss ich von selbst die Augen, und ich hob die Hände über den Kopf. Er neckte meine Pussy, und seine Daumen kamen der Nässe immer näher. Schließlich verbannte ich die Bilder von Pierce und Margot aus meinem Kopf und ersetzte sie durch meinen ganz privaten Hengst.

Aber er neckte mehr, als mir gefiel, und so erhielt ich nur fast ein Happy End. Seine federleichten Berührungen erhöhten die Frustrationen, da hätten eifrige Finger eine Menge mehr erreichen können. Ich hätte es ihm sagen sollen, aber wie schon bemerkt, wenn man betteln muss und der Mann mir nicht zeigen kann, wie sehr er mich begehrt, dann verzichte ich lieber. Da tut mein Vibrator bessere Dienste.

Als ich nach Hause kam, kletterte ich fast die Wände hoch. Ich wollte Pierce wissen lassen, dass ich Bescheid wusste, aber das konnte ich nicht, denn es hätte den ganzen Spaß verdorben. Er war noch nicht zu Hause, deshalb ging ich zum nächsten Elektronic Shop und sagte, dass ich eine Kamera fürs Kinderzimmer brauchte. (Schließlich konnte ich nicht sagen, dass ich eine Kamera für perverse Zwecke brauchte.) Ich installierte das Gerät, was schockierend einfach war, dann schlug ich Pierce vor, dass wir uns Amateurpornos anschauten, die irgendwie in unserem Briefkasten gelandet waren.

»Stell dir nur vor, das wären wir auf dem Bildschirm, in unserem eigenen Bett gefilmt, aufgenommen für die Ewigkeit.« Oh, ja, wenn es sein muss, kann ich ganz dick auftragen.

»Ach?«, sagte er, noch nicht ganz überzeugt, aber als der Film startete, konnte ich praktisch das Drehen der Rädchen in seinem Kopf hören und sehen. Seine Finger juckten vor Ungeduld, und ich sah seine Verwirrung: Er war scharf auf seine heiße Margot, lag aber nackt neben mir. Er machte zwar Liebe mit mir, während ich davon träumte, dass er uns mal auf einem Film einfing. Eines Tages vielleicht.

Ich war bereit, meinen neuen, verbesserten Plan in die Tat umzusetzen, und wenn ich Glück hatte, würde ich alles bekommen, was ich mir wünschte, sogar meinen Mann zurück. In meinem Kopf hielt ich die beiden immer noch für heiße Typen, aber allmählich glaubte ich, dass mein Interesse an ihnen ungesund war. Für eine Weile half es mir beim Masturbieren auf die Sprünge, aber ich war so sehr mit ihrer Affäre beschäftigt, dass ich jede Perspektive verloren hatte.

Am nächsten Tag teilte ich Pierce mit, dass ich am folgenden Wochenende nicht in der Stadt sein würde. Meine Schwester hätte mich in ihr Haus nach San Francisco eingeladen, und ich wollte sie und die Nichten nicht enttäuschen. Ich rief sie an, und sie freuten sich.

Ich wollte Pierce und Margot so viel Zeit wie möglich geben, um unsere Laken der Ehebetten zu versauen. Ja, es war die Zeit für ein letztes Hurra, sowohl für sie wie auch für mich. Deine Geliebte mit nach Hause zu bringen, ist nie eine gute Idee, und ich hatte herausgefunden, dass die bedenklichsten Ideen am erregendsten sind. Der Gedanke sprudelte aus mir heraus, und mein Vibrator musste Überstunden machen, als ich Pierces E-Mail an Margot las. Er war aufgeregt und freute sich auf diese höchst unanständige Chance.

Ich achtete darauf, dass die Kamera mit einem extra langen Videoband ausgestattet war, damit jeder Moment festgehalten wurde, der in unserem Bett geschah. Meine Flucht nach San Francisco hielt nur kurz an; ich war zu sehr mit meinem Filmregiedebüt beschäftigt, dass ich kaum ein Wort meiner Schwester wahrnehmen konnte. Ich deutete an, dass zwischen Pierce und mir etwas ablief, aber ich wollte nicht ins düstere Detail gehen.

Als ich nach Hause kam, fand ich Pierce mit einer Zigarre ausgestreckt auf der Terrasse vor, gut aussehend wie immer. In mir spürte ich die Lust nach ihm, nicht nur nach ihm und Margot. Ich hatte mich so sehr darauf versteift, nur ein Ersatz für Margot zu sein, dass ich den Schaft vergessen hatte, der in seiner Hose wohnte.

Gleich da in unserem Hinterhof hob ich mein Kleid über den Kopf und zog mich selbst und meinen Ehemann in das Hier und Jetzt, in die herrliche versexte Gegenwart. »Hast du ein schönes Wochenende gehabt?«, fragte ich, während ich mein Kleid durch die Luft warf. Beinahe wäre es in den Pool gefallen.

Bevor er Zeit zum Protestieren hatte, richtete ich es mir gemütlich auf ihm ein und mahlte meinen Po gegen seinen Schoß. Die Zigarre hatte er bald ausgeknipst, und ich beugte mich hinunter und drückte meine Lippen auf seine. Meine Brüste schafften es aus den Körbchen und in seinen Mund. Seine Lippen saugten an meinen Nippeln.

Er richtete sich auf und balancierte mein Gewicht um die Hüfte. Er trug mich ins Schlafzimmer und warf mich aufs Bett. Ich landete hart, dann schaute ich in das rote Auge der Kamera, die noch surrte. Ich winkte.

Pierce hatte in Sekundenschnelle seine Klamotten ausgezogen. Als er Margot mit in unser Bett genommen hatte, erinnerte er sich vielleicht an die Leidenschaft, die wir dort erlebt hatten. Beinahe hätte ich Pierce gebeichtet, was ich angestellt hatte, aber dann griffen seine Finger nach meiner Pussy, als hätte er sie noch nie berührt.

»Du bist so nass«, sagte er, die Stimme verwundert. Das stimmte auch. Dann drückte er meine Handgelenke nach unten, während ich so tat, als wollte ich mich zur Wehr setzen.

»Ja«, flüsterte ich, und unsere Blicke trafen sich. Er übernahm die Kontrolle, worauf ich so lange gewartet hatte. Er besorgte es mir, und mein Kopf flog von einer Seite auf die andere, und meine Schreie füllten die Luft und fügten dem Videofilm eine besondere Geräuschkulisse bei.

Den Film, der übers Wochenende gelaufen war, habe ich mir nie angesehen. Am nächsten Tag sagte er zu Margot, dass er Schluss machte, weil seine Ehe zu wichtig war, um sie zu gefährden. Ein abruptes Ende, aber ich war bereit. All die Leidenschaft, die ich in die ganze Spannerei gesteckt hatte, würde ich nun umsetzen, um unser Liebesleben neu zu würzen. Wir würden unsere Phantasien und Sehnsüchte teilen.

Ich habe ihn nie gefragt, was dazu geführt hat, dass er seine Meinung änderte. Wir haben unsere eigene E-Mail-Affäre begonnen, und sie ist noch schmutziger als ihre Korrespondenz war. Aber ich habe das Band behalten und in meinem Safe versteckt. Wenn ich wirklich mal Masturbationsfutter brauchen sollte, weiß ich ja, wo ich es finde.

Rachel Kramer Bussel ist eine sehr bekannte Lektorin und Autorin von Erotika. Ihre Kurzgeschichten sind in der Black Lace Sammlung ›Sexy Little Numbers‹ erschienen.

Auf höherer Ebene

Janine Ashbless

»Hallo, Jill.«

Ich musste zweimal hinschauen, als ich Miles so bekleidet zur Weinbar gehen sah. Ich konnte mich nicht erinnern, wann ich ihn zuletzt in einem Anzug gesehen hatte, obwohl er für eine Kanzlei arbeitet, und dort trägt man gewöhnlich einen Anzug. Albern von mir, so überrascht zu sein, aber ich hatte das vergessen, denn Dan und ich sahen ihn nur an den Wochenenden, entweder bei Orientierungsläufen, im Pub oder bei einem Essen.

»Hi, Miles«, sagte ich verwirrt. In seinem Anzug sah er wirklich gut aus, musste ich zugeben. Bei seinem schlanken, hoch aufgeschossenen Körperbau, den hohen Wangenknochen, den rotgoldenen Haaren und der kräftigen Muskulatur eines Langstreckenläufers sah er in formeller Kleidung sehr elegant aus. Aber dieser Gedanke war so ungefähr der letzte, den ich unter den Umständen im Kopf haben wollte.

»Du siehst gut aus«, sagte er mir mit seinem knappen harten Lächeln, während seine Blicke mich überrascht abtasteten. Ich verbesserte mich: Es war nicht ungefähr der letzte Gedanke, es war der allerletzte Gedanke, den ich brauchen konnte. Natürlich war er nicht gewohnt, mich in Rock und hohen Absätzen zu sehen. Trainingsanzug und Sweatshirt waren das, was er meistens an mir sah. »Was gibt es?«, fragte er und sah sich in der Bar um, in der es um die Mittagszeit viele Zecher gab, und wieder schien er zu fragen: Warum sind wir hier?

»Ehm …« Ich rang die Hände. »Ich muss mit dir reden.«

»Okay. Hast du schon gegessen?«

»Nicht hier«, sagte ich und schob mein leeres Glas mit den Fingerspitzen von mir. »Irgendwo, wo es privater zugeht.«

»Das hört sich ernst an.« Seine blassblauen Augen blickten ruhig. Die kupferfarbenen Brauen waren zu einem leichten Stirnrunzeln zusammengezogen. »Wir könnten am Fluss entlang spazieren, wenn du möchtest. Es ist ein schöner Tag.«

So gingen wir hinunter zum Park, und ich ließ mir von ihm im Kiosk ein *burrito* kaufen, obwohl ich keinen Hunger hatte. Ich fühlte mich zu schuldig, um ihm einen Korb zu geben, denn ich wusste, wie sehr ich ihn verletzen würde. Wir saßen auf einer Bank am Ufer. Ziegen nagten am kurzen Gras. Zwischen uns war eine Körperbreite Platz. Miles schaute auf seine Uhr.

»Hast du es eilig?«, fragte ich.

»Es geht. Ich habe eine Stunde, bevor ich mich mit den Seniorpartnern treffe.«

»Ach so.« Hatte ich auf einen Vorwand gewartet, um es ihm nicht sagen zu müssen?

»Was beschäftigt dich, Jill?«

»Ah.« Ich sah den Ruderern zu, die flussaufwärts zogen, und auf dem gegenüberliegenden Ufer sah ich einen Mann im Schatten der Eisenbahnbrücke angeln. »Es tut mir leid. Es ist alles so schwierig. Ich glaube, Dan hat eine Affäre.«

»Dan?« Seine Stimme klang leise. »Nein. Du machst Witze, Jill.«

»Er geht jeden Dienstagabend aus. Er soll eine Freiwilligenschicht bei den Samaritern einlegen. Jedenfalls sagt er das. Er nimmt den Bus und kommt am anderen Tag nach Mitternacht zurück, und er spricht kein Wort über das, was geschehen ist.« Meine Stimme klang schwach, dachte ich, als schämten sich die Worte, ans Tageslicht zu kommen. »Erst vor zwei Wochen rief seine Mutter an und sagte, dass sein Dad mit Schmerzen in der Brust ins Krankenhaus eingeliefert worden war – es stellte sich als harmlos heraus, und sein Dad konnte nach ein paar Tagen wieder nach Hause.«

Als ob Miles an meinen Schwiegereltern interessiert wäre. »Jedenfalls dachte ich, er sollte sofort informiert sein. Ich rief ihn auf dem Handy an, aber er hatte es abgestellt. Also rief ich die Nummer der Samariter an, damit Sie mich zu ihm durchstellen. Ich meine, es hätte was wirklich Ernstes mit seinem Vater sein können, nicht wahr?«

»Erzähl weiter.«

»Die Samariter sagten, dass er nicht da wäre. Und dass er seit Februar keine Freiwilligenarbeit mehr für sie geleistet hätte.«

»Ah, deshalb glaubst du, dass er etwas anderes macht.«

»Ich weiß, dass er was anderes macht.«

»Jill, ich kann mir nicht vorstellen, dass Dan dich betrügt. Er betet dich an. Hat er sich seit Februar verändert? Habt ihr euch gestritten?«

Die Enthüllung, die große schreckliche Enthüllung blieb mir fast im Hals stecken, und nach einem Zögern brachte ich hervor: »Wir haben uns nicht gestritten. Aber er hat sich verändert, auch wenn es mir jetzt erst bewusst wird.«

»Hat er dich ignoriert?«

»Eher das Gegenteil«, gab ich zu. »Er hat mir Wäsche gekauft – das hat er seit Jahren nicht getan. Und er hat Dinge ausprobieren wollen.« Ich errötete, was unter den Umständen Unsinn war, aber diese Erkenntnis hielt meine Röte nicht auf. »Ein bisschen schräge Sachen eben. Ich dachte mir, er hätte sich ein paar Anregungen aus dem Internet geholt.«

Das war nicht die ganze Geschichte, aber ich wollte nicht alles beichten. Seit März hatte sich unser Liebesleben verwandelt. Nachdem wir im Laufe der Jahre in eine langweilige, bequemliche Routine abgeglitten waren, gab sich Dan jetzt aufmerksamer und sehr, sehr scharf. Es war, als wäre ihm neues Leben eingepumpt worden. Er hatte auch wieder mit Fitnesstraining begonnen und baute Schultern und Arme auf.

Wir unternahmen romantische Fahrten aufs Land, aus denen sich hektische, wilde Nummern im Auto oder hinter einem Baum ergaben. Wir hatten es in den letzten Monaten auf der Küchenbank getrieben, auf dem Esstisch und in der Dusche. Er hatte einen Penisring für sich und ein sexy Mieder aus grüner Seide für mich gekauft, und er hatte meinen Po bewundernd geklatscht, als ich ihm das passende Tangahöschen präsentiert hatte. Männer verhielten sich gewöhnlich nicht so, wenn sie eine Affäre hatten, hieß es in den Frauenzeitschriften, aber meiner Meinung nach waren das alles Zeichen für seine Schuld.

»Du hast dir keine Sorgen gemacht?«, fragte Miles.

»Nein. Ich glaubte nicht, dass etwas nicht in Ordnung war. Um ehrlich zu sein, ich war verdammt glücklich.«

Miles biss sich auf die Lippe und nickte.

Ich starrte auf mein *burrito,* von dem ich noch keinen Bissen gegessen hatte. »Ich bin ja so dumm. Mir ist nie der Gedanke gekommen, dass er mich hintergehen könnte.«

»Nun, noch weißt du das nicht. Hast du mit ihm geredet?«

Ich schüttelte den Kopf. Mein Blick verschwamm. »Ich bin ihm gefolgt.«

»Du hast was . . . ?«

»Als er vergangene Woche den Bus nahm, stieg ich ins Auto und folgte ihm, weil ich sehen wollte, wo er ausstieg.«

Miles rieb sich den Nacken. Ich konnte sein Cologne riechen – an den Wochenenden roch er nicht danach, dann gab es nur Matsch und Gras und frischen Schweiß. »Und?«

»Er stieg am Ende deiner Straße aus dem Bus.« Plötzlich klang meine Stimme heiser. »Ich parkte und wartete ab, wohin er ging. Er ging in dein Haus.« Ich zwang mich, Miles ins Gesicht zu sehen; es war das erste Mal, seit wir uns gesetzt hatten. »Es tut mir leid, Miles. Ich weiß, dass du abends lange arbeitest. Ich glaube, Dan trifft Fiona.«

Miles antwortete nicht. Er hatte seinen Gesichtsausdruck unter Kontrolle und sah fast maskenhaft aus. Nur die Augen verrieten seine Bestürzung. Er starrte mich eine lange Zeit an, dann schaute er hinaus auf den Fluss. Miles wechselte die Farbe nicht, und er behielt auch seine kalte Kontrolle, aber ich sah, wie es in seinem Schlund arbeitete, als er schluckte.

Ich fühlte den unsinnigen Wunsch, mich wieder zu entschuldigen, aber den unterdrückte ich. Ich hatte noch nie erlebt, dass Miles seine Ruhe verlor, und war auch nicht erpicht darauf, aber ich wartete verzweifelt auf irgendeine Reaktion. Etwas, was mich in dem ganzen Tumult nicht allein ließ. »Was willst du jetzt tun?«, fragte ich.

Miles blinzelte; seine rotgoldenen Wimpern fingen die Sonne ein. »Was willst du denn tun?«, fragte er. »Willst du ihn konfrontieren? Ihn erschießen? Ihm verzeihen? So tun, als wäre nie etwas geschehen?«

»Ich . . . ich weiß es nicht.«

»Fragst du mich, dass ich das entscheiden soll?«

Ich fühlte so etwas wie Panik in mir aufsteigen. »Nein! Ich musste dir nur Bescheid sagen. Ich weiß nicht, was ich tun soll.« Ich leckte über meine trockenen Lippen. »Ich will die Wahrheit wissen.« Während ich das sagte, verhärtete sich mein Wille noch. »Ich muss genau wissen, was da läuft.«

»Und du bist hundertprozentig sicher, dass es unser Haus war?«

Ich nickte.

»Dann sage Dan am Dienstag, dass du nicht zu Hause sein

wirst, wenn er zu den Samaritern geht. Ich hole dich von der Arbeit ab, dann können wir uns überzeugen, ob er sich tatsächlich mit Fiona trifft. Wir können sie beide gleichzeitig mit der Wahrheit konfrontieren.«

Ich ließ einen langen Atem hören. »Ja, gut ...«

»Und Jill ...«

»Ja?«

»Du musst darüber nachdenken, welches Ergebnis du aus dieser Geschichte haben möchtest. Wie viel bedeutet dir dein Leben mit Dan?« Miles stand auf. »Ich warte am Dienstag vor deinem Büro auf dich.«

Er ging.

Ich saß wie erschlagen da. Ich hatte nicht damit gerechnet, gerade Miles in Tränen ausbrechen zu sehen, und einen Tobsuchtsanfall hätte ich ihm auch nicht zugetraut, aber sein kühler abrupter Abgang hatte mich schon überrascht. Irgendwie hatte ich von ihm ein Gefühl erwartet, dass wir gemeinsam in diesem Schlamassel saßen, dass er sich hilflos und entsetzt fühlte wie ich. Aber davon war bei ihm nichts zu spüren.

Mit Mühe konnte ich mich zusammenreißen und die Tränen zurückdrängen. Ich schaute auf meine Hände und sah, dass ich meinen *burrito* zerquetscht hatte.

Wie geplant wartete er am Dienstag auf mich, aber weil wir viel zu früh waren, um für Dan auf der Lauer zu liegen, lud er mich zu einem kleinen Thai-Restaurant ein, in dem die Kellner seinen Namen kannten. Wir aßen köstlich gewürzte Garnelen und winzige Krabbenkuchen mit süßer Sauce. Er bestellte mir einen Jasmintee, in dem eine große getrocknete Blume im heißen Wasser schwamm und kräftige Düfte von sich gab. Wir redeten über vergangene und zukünftige

Orientierungsläufe und erwähnten unsere anderen Hälften nicht.

Es war ein wenig nervig, zwei Fremdgänger zu entlarven, während wir uns verhielten, als ob wir die Bösewichter wären.

»Du bist so ruhig«, sagte ich.

Miles legte die Essstäbchen diagonal mit präziser Symmetrie zum viereckigen Teller. »Noch nie hat man einen Prozess durch den Verlust seiner Haltung gewonnen.«

Danach fuhren wir zu seinem Haus zurück. Er und Fiona wohnten am Stadtrand in einem grünen Vorort. Sie hatten beide eine Menge erreicht, er als Anwalt und sie als Lokalbeamtin, die sich um Kunstprojekte kümmerte. Ihr großes viktorianisches Haus übertraf Dans und meins bei weitem. Wir waren einige Male bei ihnen zum Essen eingeladen und liebten die modernistische Inneneinrichtung mit den Ledermöbeln und den aufeinander abgestimmten Ornamenten.

Wir waren alle gut befreundet, obwohl Fiona nicht zu uns Läufern gehörte. Groß und kurvenreich und mit warmen dunklen Augen, war sie eher die Hausgöttin als die Freizeitsportlerin, und sie vergaß nie, Miles zu loben und ihm zu schmeicheln: Sie lobte seine Mühen.

Diesmal parkten wir um die Ecke, gleich bei einer überwucherten Hecke bei der Trafostation, wo breite Äste das Auto von der Straße aus verdeckten, während wir einen direkten Blick auf die Bushaltestelle hatten. Wenn Dan seinen üblichen Bus nahm, würde er in zehn Minuten da sein.

»Wie geht es dir?«, fragte Miles und öffnete seinen Gurt.

Ich überlegte einen Moment. »Ich habe Angst«, gab ich zu. »Und ich bin verwirrt.«

»Nicht wütend?«

Ich schüttelte den Kopf. Ich hatte meine Momente der Wut, aber sie waren alle nach Sekunden verglüht. Wie konnte ich ihm das erklären? Gestern Abend war ich nach Hause gekommen, und Dan hatte mit einer Decke vor dem offenen Kamin gewartet und den Raum mit vielen Kerzen beleuchtet. Ich sagte mir, ich sollte das mitmachen, denn ich wollte ihm keinen Grund liefern zu glauben, dass zwischen uns etwas nicht stimmte.

Er hatte mich ausgezogen und mir einen Drink eingeschenkt, hatte mich mit Öl eingerieben und die Verspannungen in meinen Muskeln fast eine Stunde lang massiert, bis ich wie eine warme, schnurrende Stoffpuppe war.

Dan kuschelte sich von hinten an mich und schob seine vom Öl glitschigen Finger zwischen meine Backen und drückte sie hoch gegen eine Stelle, die gewöhnlich nicht nachgab und keinen hereinließ. Als er mich geöffnet und gespreizt hatte, war ich zu einem bibbernden Stück Fleisch geworden, und im nächsten Moment hatte er seinen Schaft in meine rückwärtige Passage geschoben.

Wie konnte ich das Miles schildern, oder wie konnte ich ihm sagen, was mir das bedeutete? Seit dem College hatte ich nicht mehr anal probiert – es war interessant, aber nicht erfolgreich gewesen. Gestern Abend war ich in Tränen ausgebrochen, dahingeschmolzen auf seinem Schaft, angetrieben von seinen Fingern.

In den letzten Monaten hatte ich die Ehe wiedergewonnen, die ich mir immer gewünscht hatte – intim, überraschend, leidenschaftlich. Aber dafür zahlte ich einen Preis.

»Noch nicht«, murmelte ich.

Miles nickte. »Du liebst ihn.«

»Ja.«

»Und ich liebe Fiona.«

Das bezweifelte ich nicht, auch wenn sie verschieden waren wie Kreide und Käse, hatten sie doch viel Liebe füreinander. Fiona war eine warmherzige Person, sie flirtete gern, egal, ob mit Männern oder Frauen. Sie gehörte zu den Menschen, bei denen man sich besser fühlte, weil man spürte, dass sie einen mochten. Aber ich hatte sie nie für eine Frau gehalten, die ihre Freundlichkeit zu weit gehen ließ. Erst recht nicht mit meinem Mann. »Wie konnten sie nur...?«

Miles strich sich mit den Fingerkuppen über die Lippen. »Es ist komisch, nicht wahr?«

»Komisch?«

»Ich dachte immer, wenn mal jemand einen Seitensprung haben würde, dann wir beide.«

Mein Herz setzte einen Schlag aus, und eine heiße Röte überzog meine Haut. Aber es stimmte. Zwischen Miles und mir hatten seit unserem ersten Treffen die Funken geschlagen. Ich hatte ihn für attraktiv gehalten, wenn auch für ein wenig einschüchternd. Er hatte Augen, die sich außen leicht senkten, was ich immer schon unwiderstehlich fand. Es hatte Zeiten gegeben, da hatten diese Augen so wissend geschaut, als hätten sie meine verborgenen Wünsche lesen können. Ja, es hatte Momente zwischen uns gegeben. Wie an jenem Weihnachtstag, als wir Holzscheiter aus dem Schuppen hereinholen sollten, während Fiona mit dem Weihnachtsessen beschäftigt war und Dan auf den Knien lag, um den Kamin im Wohnzimmer auf Touren zu bringen.

Miles hatte mich unter dem Mistelzweig auf der hinteren Veranda erwischt und einen Kuss eingefordert. Ich hatte zugestimmt, und ungeschickt und verlegen und kichernd näherten wir uns, bis Miles seinen Arm um meine Hüfte legte und zu einem richtigen Kuss ansetzte. Er öffnete meine Lippen und zog mich in eine Umarmung.

Etwas Heißes und Weiches explodierte in meinem Schoß, und als ich mich von ihm zurückzog, war ich klatschnass und knallrot, ganz zu schweigen von meinen wackligen Knien.

Den Abdruck seiner Lippen hatte ich noch Stunden später gespürt.

»Erinnerst du dich an den Lauf rund um Bishopsfell?«, fragte er liebevoll.

Ich wandte mein Gesicht ab und starrte auf das Laub, das unser Auto verdeckte. Es war mir nicht möglich, Bishopsfell zu vergessen.

Es war eine grüne Strecke gewesen, und es kämpfte jeder gegen jeden. Ich war gerade einen Hügel hinunter gerannt, einem Wäldchen entgegen, und weil ich niemanden sah, und ich dringend pinkeln musste, sprang ich in hüfthohes Farnkraut unterhalb der Laufstrecke, zog meine Leggings nach unten und hockte mich hin, entschlossen, meine Blase so schnell wie möglich zu entleeren. Aber als ich gerade fertig war und mich aufrichtete, hatte Miles mich eingeholt. Er stand neben der Strecke und zeigte ein ›Ich-weiß-genau-was-du-getan-hast‹-Grinsen.

Ich lief zu ihm und gab ihm mit meiner Streckenkarte einen Klaps in den Rücken. »Ich kann nur hoffen, dass du nicht gespannt hast.« Er hielt mein Handgelenk fest, und einen Moment lang starrten wir uns nur an, atmeten schwer, lächelten, standen dicht beisammen, berührten uns aber nicht weiter.

Dann schaute ich an uns hinab. Man kann nicht viel anstellen, um eine Erektion in einer schwarzen Lycrahose zu verstecken, und Miles hatte mehr als nur einen Halbsteifen. Ich führe es auf meine Endorphine zurück ... Ich sagte nichts, aber ich streckte eine Hand aus und strich sie über das enge, feste Material.

Ich fühlte, wie Miles anschwoll und unter meiner Hand wuchs. Ich sah den Hunger in seinen Augen, als er einen ausgewachsenen Ständer vorzeigen konnte – aber dann löste ich mich von ihm und ließ ihn im Farn stehen, als der nächste Läufer den Hügel hinunter kam.

»An diesem Tag hast du mir meine Zeiten versaut«, sagte Miles leise.

»Das tut mir leid«, murmelte ich. Ich konnte den Geist seines eifrigen Schafts in meiner leeren Handfläche spüren.

»Hast du nie . . .?« Er ließ die Frage in der Luft hängen.

»Ich liebe Dan«, sagte ich. »Er ist mein Mann. Ich möchte, dass es so bleibt.«

»Und er liebt dich, das kann ich dir versprechen. Ich kenne ihn, Jill.«

»Wie kann er dann so etwas tun?«, wollte ich wissen. Die Verwirrung wallte in meiner Brust. »Wie kommt es, dass ich ihm nicht genug bin, dass alles, was wir haben, nicht genug ist für ihn?«

Miles drehte sich auf seinem Platz zu mir. »Nun«, sagte er so leise, dass jemand, der ihn nicht kannte, ihn für liebenswürdig halten könnte: »Ich schätze, ich kann das verstehen.«

»Das ist ja schrecklich!«

»Ich meine, ich liebe Fiona, aber das heißt doch nicht, dass ich den Drang nicht spüre, wenn ich bei dir bin – den starken Drang, dir meinen Schwanz zum Verspeisen zu geben.«

Ein Ruck ging durch mich hindurch. Wie ein Stromstoß. »Das ist schlechtes Timing«, flüsterte ich.

»Meinst du?« Er strich mit den Fingern über mein Gesicht, streichelte die Schläfe und die Wange, dann huschte er sanft wie der Flügel eines gefallenen Engels über meine Lippen. Ich zitterte unter seinen Liebkosungen, als die Finger sich senkten und meinen Hals berührten. Oh, ich konnte ihn mir gut als Engel der Sünde vorstellen.

Kaltes Feuer und magnetische Überlegenheit. Aber ich konnte auch noch etwas anderes sehen, das die erste Vision überlagerte: Ich sah den mageren rothaarigen Jungen vor mir, der er mal gewesen sein musste. Er trieb sich allein auf dem Spielplatz herum, viel zu klug, sodass er nicht viele

Freunde hatte. Seine Stimme klang tief und hypnotisch. »Wann wäre das Timing denn besser?«, fragte er, lehnte sich näher und küsste mich.

Unsere Lippen waren warm. Es war wie der Kuss zu Weihnachten, aber jetzt drinnen. Einen Moment lang war es ein keuscher Kuss, aber dann spürte ich seine Zunge auf meiner, und alles fühlte sich heiß und schmelzend an. Mein Mund öffnete sich weit, und meine Brüste zitterten unter seinen Fingern, als sie unter meine weinrote Bluse zu dringen versuchten. Kleine wimmernde Laute drangen aus meinem Mund, als ich wieder allein atmen konnte. Es war ein hilfloses tierisches Geräusch, eins von der Sorte, die den Jäger provozieren. Er lächelte.

»Ich liebe Dan«, sagte ich. Es war mein Mantra.

»Ich weiß.« Seine Finger bearbeiteten den obersten Knopf meiner grauen Weste; dieser Knopf war die größte Hürde zwischen ihm und meinem Nippel. Ich trug keinen BH unter der roten Bluse. »Du liebst ihn, und du willst mit mir schlafen.«

»Oh, Himmel, Miles.«

»Schon gut, Jill. Ich verstehe.« Er küsste mich wieder und fing die geschwollene Beere durch die Seide ein. Ich stöhnte, als die Lust auf meiner Haut tanzte und wie ein Feuerwerk durch meinen Puls und meine Pussy schoss.

»Wir können nicht.« Meine Stimme klang leise.

»Und doch«, sagte er und leckte mir über den Hals, biss in mein Ohrläppchen, »werden wir es tun.« Seine Hand fiel von meiner Brust auf die Innenseite meines Knies. Es war Sommer, und ich trug keine Strumpfhose, nur glatte Haut unter seinem kräftigen Griff. »Nimm die Beine auseinander.«

»Nicht hier.« Ich suchte nach Vorwänden. Wir befanden uns in der Öffentlichkeit. Wir saßen in seinem Auto und nur hundert Schritte von seinem Haus entfernt.

»Doch, hier. Öffne deine Beine für mich, Jill.«

Ich teilte meine Schenkel, und er stieß mit einer Hand unter meinen besten Arbeitsrock, rieb über die Haut bis hinauf zum heißen Pussyhügel. Ich wand mich in meinem Sitz und brannte vor Erregung und Scham. Ich legte eine Hand auf seinen Arm, als wollte ich Miles abwehren. Unter meiner Handfläche fühlte ich seine Muskeln arbeiten. Unter meinem Höschen fand er Härchen und Falten.

Und Nässe.

Ich sah, wie seine Pupillen sich weiteten und die blassen Augen dunkel wurden. Ich war jetzt schon glitschig mit meinen Säften, nass von seinen Küssen, von seinen Berührungen, von seiner Stimme. Was immer ich an Ausflüchten gedacht oder gesagt hatte, meine Pussy lechzte nach ihm. Mein Körper hatte sich ergeben.

Seine Finger fühlten sich kühl in meiner heißen liquiden Spalte an. Er schob die Nässe zur Klitoris und umkreiste sie einige Male. Ich zuckte, ich krümmte mich, ich biss um mich und wurde von meiner Erregung geschüttelt. Diese Welle von Hitze und Gier war befreiend. Es war eine immense Erleichterung, dass ich nicht mehr denken musste – in den letzten vierzehn Tagen hatte ich viel zu viel nachgedacht.

Ich ließ den Tsunami über meine Schuldgefühle spülen, bis sie ertranken. Ich grub eine Hand in Miles' Haare, zog sein Gesicht an meins und biss in seine Lippen. Plötzlich küssten wir uns wieder, diesmal noch ungestümer. Wir griffen uns an die Kleider und schnappten nach Luft. Er schaffte es irgendwie, mein Höschen abzustreifen. Er warf es auf den Boden, und dann zog er mich über seinen Schoß.

Voller Anmut war meine Position sicher nicht. Ich hatte ein Bein zu beiden Seiten des Schaltknüppels abgelegt, und für mich war nicht ersichtlich, ob ich mit dem Rücken zu ihm sitzen sollte oder seitlich. Wir saßen verkrampft hinter dem

Lenkrad, und schon bald beschlugen die Scheiben. Aber er schaffte es, mich von seinem Schoß anzuheben, meinen Rock bis hoch zu den Hüften zu schieben und seinen Penis aus der Enge des Gefängnisses zu holen, bevor er seinen Hosenstall aufbrach.

Ich sah die Erektion gar nicht, aber ich fühlte sie, als sie wuchtig in meine nasse Pussy drang. Drei kräftige Züge, und er steckte tief verankert in mir. Meine Augen tränten. Er umschlang mich mit den Armen. Eine Hand schlich sich unter die Bluse, knetete die linke Brust und zwickte in den Nippel. Die andere Hand suchte meine Pussy und strich über die Stelle, an der wir verbunden waren. Er konnte fühlen, wie sehr mich sein Schaft ausfüllte, und nahm die Klitoris zwischen seine Fingerspitzen.

»Du willst, dass ich es dir besorge, Jill?«, flüsterte er mir ins Ohr, während er mich auf seiner ganzen Länge pfählte.

Ich griff an die Innenseiten seiner Schenkel und grub meine Nägel durch seinen teuren Anzug.

»Du willst, dass ich tief in dir komme? Ganz tief in dir?« Seine Stimme klang heiser und ungleichmäßig. Zwischen den Sätzen musste er längere Pausen einlegen, und diese Pausen füllte ich mit Stöhnlauten. Außerdem quietschten die Stoßdämpfer. »Soll ich meinen Schwanz in deinen Mund stoßen, bis du an meinem Saft ertrinkst?«

Ich stöhnte wieder.

»Soll ich dich fesseln und meine Sahne über deine hübschen kleinen Titten sprühen?« Er zupfte brutal an meinen Warzen, und ich quiekte protestierend und hob mich auf seinem Schaft auf und ab. »Soll ich dir den Hintern versohlen, bis er hellrot leuchtet, und dir dann mein Gerät in den Po schieben?«

Ich glaube, ich wollte ja sagen, aber das Wort kam als unverständliches Wimmern heraus, denn in diesem Moment durchschlug ich die Grenze zum Orgasmus. Miles hob mich an und pumpte in mich hinein, und Sekunden später kam es ihm auch. Er gab überhaupt kein Geräusch von sich, aber sein Griff schien aus Eisen zu sein, als er mich packte, um sich an mir festzuhalten.

Ich fiel rückwärts gegen seinen Brustkorb und starrte auf die beschlagene Windschutzscheibe. Draußen war es fast dunkel geworden. Mein Herz schlug schneller und härter als beim Querfeldeinlauf.

»Das war ... das war sehr gut.« Miles knabberte an meinem Hals; seine Zunge schien meinen Puls zu testen. Er schien noch nicht bereit zu sein, mich loszulassen, aber die Verwirrung, von der ich glaubte, dass ich sie verdrängt hatte, wartete schon auf mich, sobald sich meine Lust abschwächte, stärker denn je. Als mein Puls sich erholt hatte, rutschte ich von Miles hinunter und zurück auf den Beifahrersitz. Gleich begann ich meine Kleidung zu richten. Ich fummelte mit den Knöpfen und konnte das Höschen nicht im Fußraum finden. Hatte er es unter dem Sitz versteckt? Ich wurde knallrot und mochte den Mann nicht anschauen, mit dem ich gerade Sex gehabt hatte. Aber das war nicht wirklich möglich.

»Du bist also wie verrückt in mich verliebt?«, fragte er und ließ sein besonders flippiges Grinsen sehen, das er sich für solche Situationen aufbewahrte.

»Nein.«

»Die Verteidigung hat keine weitere Fragen, Euer Ehren.« Er steckte seinen Penis weg und knöpfte sich die Hose zu, dann fügte er fast wie zu sich selbst hinzu: »Zurück zum Staatsanwalt.«

»Ich will nach Hause, Miles«, sagte ich. »Bitte, bringe mich nach Hause.«

»Ist das ein Bring mich nach Hause, damit ich mich mal richtig ausweinen kann, oder willst du, dass ich dich nach

Hause bringe, damit ich dich noch einmal nach Herzenslust und diesmal im Bett vögeln kann?«

Ich traf seinen Blick, der ein wenig besorgt aussah. Eigentlich wäre es fair, nicht wahr? Ich spreche von der zweiten Option. Ich konnte mir vorstellen, dass Dan und ich unsere kleinen Affären pflegen, er mit Fiona und ich mit Miles. Mein Mann würde sein schmutziges Geheimnis haben und ich meins. Die Welt war wieder im Gleichgewicht. Ich leckte mir die Lippen, aber ich konnte nicht antworten.

»Verführerisch«, sagte Miles. »Sehr verführerisch. Aber nein. Jetzt sind wir hier. Der Bus ist vorhin, als wir beschäftigt waren, zur Haltestelle gefahren und dann weiter. Gehen wir.«

Ich hatte den Bus weder gesehen noch gehört. »Nein«, sagte ich, »das geht nicht. Nicht jetzt.«

»Das verstehe ich nicht. Dies ist unsere Chance.«

»Ich will aber nicht!«, fauchte ich ihn an.

»Okay, wenn du nicht willst«, sagte er, öffnete seine Tür und stieg aus, »dann gehe ich allein.«

»Miles!« Meine schlimmsten Ängste wurden lebendig. »Du wirst niemandem was antun!«

Er bückte sich und sah mich an. »Es gibt Leute, die warten darauf, dass man ihnen was antut, meinst du nicht auch?« Dann schlug er die Fahrertür zu.

Ich gab die Suche nach meinem Höschen auf und kletterte auch hinaus. Fast wäre ich über meine Schuhe gefallen. »Miles! Bleib stehen!« Er ging weiter und kümmerte sich nicht um mich. Ich hastete ihm nach, und er blieb endlich stehen. »Kommst du jetzt?« Er sah mit seinem strahlenden engelhaften Lächeln in mein Gesicht.

»Miles, bitte . . .«

»Du wolltest doch die Wahrheit wissen.«

»Tu nichts, was du später bereust!«

»Du kannst ja auf mich aufpassen.«

Wir überquerten gemeinsam die Straße, als wären wir nach einem Tag im Büro unterwegs zu seinem Haus. Er schritt locker und entspannt. Ich selbst war wegen meines fehlenden Höschens viel zu aufgeregt, und ich wollte auch meine Knöpfe überprüfen, damit ich mich davon überzeugen konnte, dass ich anständig angezogen war. Ich strich glättend über meine Haare, als wir durch seinen Vorgarten gingen. Ich spielte mit der Goldkette um meinen klammen Hals, und er steckte den Schlüssel ins Schloss und zog die Haustür auf.

Im Haus spielte Musik. Irgendwas aus dem Mittleren Osten mit einer Flöte und einer Trommel. Miles schaute zum ersten Treppenabsatz hoch, dann gab er mir mit einer Kopfbewegung zu verstehen, dass ich in die Diele treten sollte. »Oben«, sagte er, schloss die Tür hinter mir und drückte sie geräuschlos ins Schloss. »Du zuerst.«

Die Diele war so aufgeräumt wie immer, keine herumliegenden Schuhe oder Stapel von unerwünschter Werbung, wie das immer bei uns der Fall ist. Die Treppe aus Pinienholz, so gelb wie Butter, roch nach Bienenwachspolitur. Ich ging voraus, Stufe für Stufe, aber als ich nach dem ersten Absatz Licht durch eine offene Tür fallen sah, blieb ich stehen. Die Musik hat was Seltsames an sich, dachte ich, der Beat passt nicht. Ich hatte das schreckliche Gefühl, ungefragt einzudringen, eine Vorahnung wie Blaubarts Frau: Ich würde etwas herausfinden, das ich gar nicht wissen wollte.

»Geh du vor«, flüsterte ich und versuchte, mich zurückzuziehen, aber Miles blockierte den Weg. Ein kurzer Ruck seines Kinns genügte, um mich zurück an meinen Platz zu befehlen. Ich schluckte und schickte ein stummes Gebet, dass Dan nicht da sein möge.

Widerwillig ging ich drei weitere Stufen hoch. Die schwachen Knirschlaute wurden von der Musik überdeckt. Dann stand ich oben im dunklen Treppenhaus. Durch die offene Tür konnte ich in das beleuchtete Schlafzimmer schauen.

Dan saß auf dem Bettrand. Er war nackt, wahrscheinlich jedenfalls, denn sein Schoß wurde von Fiona verborgen, die mit dem Gesicht in seinem Schoß lag; ihr üppiger Hintern auf seinen Schenkeln. Sie trug nur einen Strumpfhalter und schwarze Strümpfe, kein Höschen. Dan hatte eine Hand zwischen ihren Beinen versteckt. Seine Finger arbeiteten in ihr. Seine andere Hand klatschte schon mal auf die wackelnden Halbkugeln ihres Hinterns, und jetzt wurde mir klar, dass dies die Quelle des unregelmäßigen Beats war, den ich über die CD-Musik gehört hatte. Jedes Mal, wenn die Hand wieder klatschte, gab sie ein miauendes Geräusch von sich und stöhnte: »Ja, ja!«

Mein Herz schien abrupt zu stoppen. Ich fühlte, dass Miles von hinten gegen mich drängte. Seine Lippen säuselten an meinem Ohr. »Ich arbeite fast jeden Abend länger«, murmelte er. »Aber nicht dienstags. Dienstags lege ich Wert darauf, früh genug zu Hause zu sein.«

Endlich begriff ich: Sie hatten mit mir gespielt. Ich fühlte, wie mir das Blut aus dem Kopf wich. Ich wandte der Szene meinen Rücken zu und versuchte, an Miles vorbeizugehen. Er stand eine Stufe unter mir, deshalb befanden wir uns mehr als sonst auf einer Augenhöhe.

»Denk an das, was ich gerade in dich hineingepumpt habe, Jill«, sagte er leise, als sprächen wir übers Wetter. »Dann kannst du immer noch entscheiden, ob deine Moral auf einer höheren Ebene liegt.«

»Du hast mich reingelegt.« Meine Stimme klang schwach, weil ich kaum Luft in den Lungen hatte. »Du Bastard.«

Seine Augen glänzten im Halbdunkel. »Es war Fiona.«

»Fiona?« Die sinnlichen Quietschlaute, die aus dem Schlafzimmer drangen, wurden lauter.

»Fiona wollte mal zwei Männer gleichzeitig erleben. Deshalb habe ich einen zweiten Mann gesucht. Es musste jemand sein, den ich für sehr diskret hielt, der sie gut behandelte und sich nicht in sie verliebte. Ich wollte meine Frau nicht verlieren. Es musste also jemand sein, dem ich vertrauen konnte.«

»Du hast dir einen verheirateten Mann ausgesucht«, zischte ich.

»Nun, wir wären beide mehr als glücklich gewesen, dich als Vierte mitzunehmen. Es war Dan, der sagte, du wärst nicht interessiert.« Er wartete einen Moment, bis ich das geschluckt hatte, dann schüttelte er den Kopf. »Um ehrlich zu sein, ich hatte meine Zweifel. Ich glaube, er wollte nur nicht zusehen müssen, wie wir vögeln, Jill.«

Die Geräusche über uns erhoben sich zu einem Crescendo. Fiona kam es. »Oh, ja, härter, härter«, kreischte sie, und die rasch verabreichten Poklatscher hörten sich wie Applaus an. Mein Herz schlug schneller. Ihr Wimmern ging in gekichertes Stöhnen über. Kurzentschlossen drehte ich mich um, marschierte die letzten Stufen hoch und gab mir nicht mehr die Mühe, leise zu sein. Ich schritt direkt ins Schlafzimmer.

Einen Moment lang war ich in der Lage, sie nicht als Dan und Fiona zu sehen, meinen Mann und meine Freundin, sondern mit den Augen einer Fremden. Eine große kurvenreiche Frau mit einem schönen cremefarbenen Po, der inzwischen erdbeerfarben strahlte. Ihre Handgelenke steckten in Wildledermanschetten, die mit einer kurzen Kette verbunden waren.

Auf ihrem Rücken stand, mit einem Filzstift geschrieben: Wärm sie erst ein bisschen auf. Ein solider, muskulöser Mann balancierte sie auf seinem Schoß. Er hatte einen behaarten Brustkorb, dunkle krause Locken vom Schweiß der Anstrengungen und der Aufregung, und seine linke Hand badete im

Saft ihrer Pussy. Sie waren in ihr Tun versunken, und sie wirkten unglaublich intim, leidenschaftlich und voller Potenz.

Sie starrten mich an.

Dann sah ich sie als die Menschen, die ich kannte, und ich sah auch etwas Unmissverständliches in ihren Gesichtern: Fiona hatte meinen Auftritt erwartet, aber Dan nicht. Die Farbe wich ihm aus dem Gesicht.

»Jill?«

»Bist du hier, um mit uns zu spielen?«, fragte Fiona mit einer Stimme wie Butter und Honig. Sie rutschte auf ihre Ellenbogen. Ihre langen Haare klebten an der feuchten Haut von Wangen und Hals.

Das Blut, das mir aus dem Kopf geflossen war, schoss doppelt so schnell zurück; ich konnte es jetzt in meinen Ohren pochen hören und fühlte den Puls im Bauch und zwischen den Beinen. Ich langte auf den Rücken, zog den Reißverschluss meines Rocks auf und ließ ihn auf die Dielen fallen. Unter dem roten Saum meiner Bluse glänzten meine Schenkel, klebrig von Miles' Samen, der noch nicht getrocknet war. Meine Pussylippen waren rosa und geschwollen, und meine Schamhaare hatten sich zu nassen Rosetten verpuppt.

Dan hob Fiona von seinem Schoß, setzte sie aufs Bett, den Blick auf das Delta meiner Schenkel gerichtet. Er war so entsetzt, wie ich auch gewesen wäre, wenn ich nicht Bescheid gewusst hätte. »Jill ...« Diese eine Silbe klang angestrengt und heiser.

Sein Penis ragte noch zwischen den Schenkeln auf, nur noch halb erigiert, offenkundig überrascht, dass sich die Umstände geändert hatten. »Säubere mich«, sagte ich ihm und erkannte fast meine Stimme nicht. »Lege dich hin und lecke jeden Tropfen mit deiner Zunge auf, und wenn du dafür sorgst, dass ich komme, will ich dir verzeihen, dass du mich belogen hast.« Dann hielt ich den Atem an.

Ohne ein Wort ließ sich Dan auf die Knie fallen und kroch auf mich zu. Er streckte die Hand aus, entsetzt darüber, meine besudelte Pussy anzufassen. Er begriff, was geschehen war. Ich schlug seine Fingerspitzen weg. »Nur mit dem Mund«, befahl ich. »Ich will, dass du mich küsst.«

Einen Moment lang dachte ich, er würde rebellieren. Seine dunklen Augen trafen sich mit meinen und blickten gequält. Aber er gehorchte, zuerst aus Furcht. Er kauerte sich neben mich und leckte mit der Zungenspitze über die Innenseiten meiner Schenkel. Ich legte meine Hand auf seinen Kopf, auf die vertrauten Konturen seines Schädels, und fühlte ihn zittern. Dann presste er sein Gesicht gegen mein Geschlecht und küsste mich. Er grub seine Zunge tief in mich hinein, um meinen Liebhaber zu schmecken. Ich gab einen leisen Seufzer von mir, und irgendwas löste sich tief in mir.

Fiona kniete auf dem Bett, und ein katzengleiches Lächeln umspielte ihre vollen Lippen. Selbst als meine Augen vor Wonne glasig wurden, brachte ich noch hervor: »Warte bloß, Fiona! Ich verpasse dir nachher ein Spanking, das du nicht so schnell vergessen wirst!«

Dann verlor ich den Fokus auf alles andere und konnte mich nur noch auf meine Pussy konzentrieren. Dan spreizte mich mit seinen Fingern und leckte tief. Beinahe hätte ich das Gleichgewicht verloren, ich wäre gestolpert, aber Miles war gleich hinter mir und bildete mit seinem Körper eine Wand, gegen die ich mich lehnen konnte.

Er schlüpfte mit den Händen unter meine Arme und öffnete meine Knöpfe. Die taubengraue Weste, dann die weinrote Bluse. Er entblößte meine Brüste und nahm sie in seine Hände; er testete die Festigkeit meiner Nippel und welchen Gegensatz sie zum weichen Fleisch der Brust bildeten.

Fiona leckte sich die Lippen, den Blick voller Gier. Ich betrachtete ihre üppigen Kurven und fragte mich, wie jemand, der so viel zu bieten hatte, an meinem hageren Körper interessiert sein könnte, aber sie kroch jetzt am Bettrand entlang, den Blick auf meine sich windende Figur fixiert, die mein Mann fest in seinen Griffen hielt.

»Hat die Moral auf höherer Ebene ihren Reiz verloren?«, flüsterte Miles und unternahm unaussprechliche Dinge mit seiner Zunge in meinem Ohr.

Ich stöhnte, verloren irgendwo zwischen Dans Zungenwirbeln auf meiner Klitoris und dem quälenden Ziehen an meinen Brüsten. Ich bin eine Querfeldeinläuferin und weiß, dass der Ausblick von einer Hochebene unschlagbar ist, aber wenn du ein Ziel verfolgst, musst du irgendwann nach unten gehen.

Und du musst bereit sein, dich schmutzig zu machen.

»Du böses Mädchen«, zankte Miles.

Janine Ashbless ist die Autorin mehrerer Black Lace Romane und hat auch zwei Bände mit Kurzgeschichten verfasst.

Sei vorsichtig, was du dir wünschst

Gwen Masters

Bei Carrie setzte der Eisprung ein.

Sie konnte es fühlen. In ihrem Bauch spürte sie kleine stechende Schmerzen. Ihre Brüste fühlten sich zart und wund an, und die Körpertemperatur stieg. Es war der vierte Monat ihres entschlossenen Angriffs auf die Unfruchtbarkeit. Während der ersten drei Monate war nichts passiert, und sie glaubte schon, es wäre Alex' Schuld. Sie machte alles richtig, aber er trank immer noch Koffein und trug die engen Jockeys statt der weiten Boxer Shorts.

Die Schachtel mit den Ovulationstests starrte vom obersten Regal des Medizinschranks auf sie herab. Die Schachtel war purpurn und rosa mit blauem Text. Carrie pinkelte auf den Streifen und blieb stehen, dann klopfte sie mit einem Fuß auf den Boden, um die Sekunden zu zählen, wie sie es als Kind beim Gewitter getan hatte. Sie war nachts aufgewacht und hatte die Sekunden vom Blitz bis zum Donnerschlag gezählt. Eintausendeins, eintausendzwei, eintausenddrei ...

Auf dem Streifen zeigte sich eine kleine purpurne Linie. Positiv. Es war erst der erste Tag, aber das bedeutete, dass sie ein Fenster von vier Tagen hatten. In vier Tagen konnten sie eine Menge Sex haben.

Alex lag in seinem Bett auf dem Rücken und schnarchte. Sie waren seit sieben Jahren verheiratet, aber sein Schnarchen hasste sie noch heute. Das war der Grund, warum sie nie bei ihm übernachtete, nachdem sie miteinander befreundet waren. In der Schublade ihres Nachttischs lagen inmitten der Kondome (deren Verfallsdaten sich näherten) mehrere Ohrstöpsel. Seit vier Jahren hatten sie nicht mehr verhütet. Und trotzdem nichts.

»Alex? Wach auf«, flüsterte sie in sein Ohr und nahm sein Ohrläppchen zwischen Daumen und Zeigefinger. Schnaufend bewegte er sich weg von ihr und wurde trotzdem nicht wach. Eine Weile betrachtete sie ihn, dann legte sie sich zurück und starrte an die Decke.

Warum gaben sie sich überhaupt diese Mühe? Alex sah nicht so aus, als würde er jemals Zeit für sein Kind haben. Er arbeitete ohne Unterlass. Seine Wochenarbeitsstunden hatten mit fünfzig begonnen und waren immer mehr geworden. Wenn sie ihn wegen eines weiteren späten Abends wieder beschimpfte, erklärte er, wenn sie ein Kind haben wollte – nun, jetzt könnten sie sich eins erlauben. Aber sobald er zu Hause war, setzte er sich gewöhnlich vor den Fernseher und ignorierte sie, bis er auf der Couch einschlief. Es war zum Verrücktwerden.

Carrie fragte sich, wie es sein würde, ein Kind allein großzuziehen. Falls es zwischen ihr und Alex aus war. Sie hatte es nicht darauf abgesehen, aber sie wollte es auch nicht mehr ausschließen. Manche würden ihren Eifer, schwanger zu werden, wenn ihre Ehe auf eher wackligen Füßen stand, für unverantwortlich halten, und sie musste einräumen, dass man es so sehen konnte. Aber sie war jetzt dreißig, und wenn sie ein Kind wollte, wurde es Zeit.

Sie stieß Alex mit dem Knie an. Er wand sich wieder zur Seite, und sie presste ihre kalten Zehen gegen seine Waden. Abrupt warf er sich herum und schnarchte noch lauter. Im trüben Licht der Nachtbeleuchtung konnte sie auf seinem Gesicht rote Falten vom Kopfkissen sehen. Seine Haare fielen ihm in die Stirn. Er hatte den Mund geöffnet, der ein bisschen verzerrt aussah. Kein sehr attraktiver Anblick.

Wieder spürte sie weiter unten einen stechenden Schmerz. Ja, das war der Eisprung. Sie brauchte den purpurnen Streifen nicht mehr. Sie kannte ihren Körper besser denn je.

Noch einmal blickte sie zu Alex hinüber, dann stand sie auf und ging durchs stille Haus. Ihr Laptop stand auf dem Küchentisch, einsam und verloren. Sie öffnete ihn und blinzelte, als Licht auf den Stuhl fiel, auf dem sie saß. Einmal klicken, und sie war mit dem Internet verbunden. Zwei weitere Klicks, und sie konnte ihren Chatroom betreten.

Alex wusste nichts davon. Carrie hatte ihn noch nie belogen, hatte ihrem Mann noch nie die Unwahrheit gesagt, und darauf war sie stolz. Aber sie erzählte auch nicht alles, und wenn er dumm genug war zu glauben, dass sie nur harmlose Seiten im Internet besuchte, dann war das sein Fehler.

Sie tippte ihr Passwort, und schon befand sie sich im Chatroom. Sie rief einen anderen Schirm auf, tippte ein paar Buchstaben und – hui! Da war der E-Mail-Account, von dem Alex nichts wusste. Jetzt wurde Carrie zu Carrine, und Carrine war meistens die Schöne der Nacht.

Vierzehn E-Mail Nachrichten waren für sie da, alle zu den Themen ›In Stimmung‹ und ›Gestern Abend war's schön‹. Sie überflog die Post, beantwortete einige Nachrichten kurz, um das Feuer weiter lodern zu lassen, dann ging sie in den Chatroom und lächelte, als drei Männer – jedenfalls nahm sie an, dass es Männer waren, aber sicher konnte sie nie sein – sofort auf ihre Anwesenheit reagierten.

Carrie lud sie in ihr Privatzimmer ein. Sie suchte sich den Erstbesten aus und arbeitete sich durch einen virtuellen Blowjob. Sie wusste genau, wie er funktionierte, was sie zu tun hatte, wie sie die einzelnen Schritte beschreiben musste, um die Wirkung zu erzielen, die sie haben wollte. Sie gab nicht eher Ruhe, bis er tippte, dass es ihm jeden Augenblick kommen würde. Offenbar machte er sich mit einer Hand fertig, während er mit der anderen Hand eine Taste bediente:

mmmmmmmmmmm

Carrie musste lächeln.

Der Nächste wollte dasselbe. Sie spielte gut mit ihm. Manchmal fragte sie den dritten Mann in ihrem privaten Zimmer, ob er eine gute Zeit hatte. Darauf erhielt sie einen virtuellen Wink. Der zweite Mann kam und verschwand so schnell, dass Carrie zu kichern begann. Kommen und rennen.

Der dritte Mann war geduldig und ließ sich Zeit. Er schrieb, er würde gern in ihrem Po kommen, und Carrie legte einen anderen Gang ein und schuf eine virtuelle Frau, die ihr Höschen nach unten zog und ihren Rock anhob. Sie blickte über die Schulter und winkte ihn augenzwinkernd heran. Der Bursche tippte weiter, und Carrie wusste, dass sie den Richtigen für den Abend gefunden hatte. Er würde ein guter Ersatz für Alex sein.

Der gesichtslose Fremde gab nicht eher Ruhe, bis Carrie eine Hand in ihr Höschen geschoben hatte. Sie spielte mit ihrer Klitoris und war überrascht, als sie feststellte, wie nass sie schon war.

Hast du Spaß?

Oh, ja. Ich triefe schon.

Gut. Das ist auch ein Vorteil, wenn ich mir deinen Arsch vornehme.

Carrie erschauerte vor Erwartung. Alex würde das nie tun. Er hielt das für schmutzig und falsch, und vielleicht war es das ja auch, aber manchmal brauchte sie es eben.

Sie geriet in die Nähe ihres Höhepunkts, übersprang die

Klippe aber noch nicht. Sie wollte warten, bis Alex in ihr kam. Das erhöhte vielleicht sogar die Chance, schwanger zu werden.

Der Bursche auf dem Computermonitor war dem Orgasmus nahe. Sie wollte, dass es ihm kam. Sie hatte das, was sie wollte – sie war scharf genug, um es mit ihrem Mann zu tun, und sie wollte es jetzt schnell hinter sich bringen, damit sie endlich schlafen konnte.

Der Bursche kam. Sie war sicher, dass es so war, weil er nichts Melodramatisches von sich gab.

Wow! Danke ... danke!

Gern geschehen.

Kann ich dich morgen wiedersehen? Das würde mir gefallen.

Mir auch.

Mit einem virtuellen Lächeln schaltete sich Carrie ab.

Alex lag auf dem Rücken. Carrie kletterte ins Bett und kroch zwischen seine Beine. Er bewegte sich nicht. Carrie leckte sanft über den schlaffen Schwanz. Langsam begann er zu wachsen, und als er halb steif war, wachte Alex auf. Er warf einen Blick auf Carrie zwischen seinen Beinen, und sie schaute mit Genugtuung zu, wie er sich innerhalb von einigen Sekunden zur vollen Größe entfaltete.

»Welche Zeit haben wir?«, fragte er, und Carrie spürte einen Stich der Verärgerung.

»Zeit zu vögeln«, sagte sie knurrend. Er regte sich nicht, als sie über ihn grätschte. Ihre nasse Pussy glitt über seinen Schaft. Sie ließ sich auf ihn sinken und nahm ihn bis zum Anschlag in sich auf. Er sog die Luft ein und stieß von unten seine Hüften gegen ihre.

»Nicht bewegen«, flüsterte sie und lehnte sich vor, sodass ihre harten Nippel über seinen Brustkorb glitten. Sie raunte in sein Ohr: »Gefällt dir das, wenn meine Pussy dich wach macht? Soll ich dich hübsch langsam reiten, oder willst du es hart und schnell haben?«

»Schnell«, sagte er sofort, und Carrie begann, mit den Hüften zu pumpen. Alex wollte nach ihr greifen, aber sie knurrte eine Warnung, deshalb hielt er sich am Kopfbett fest. Er schaute ihr zu, wie sie auf ihm hüpfte. Seine Augen sprühten vor Geilheit. Carrie studierte seine langen Wimpern und die zerzausten Haare. Sein Brustkorb hob und senkte sich heftig, weil er nach Luft rang. Carrie winkelte ihren Körper so an, dass ihre Klitoris von seinem Schaft gerieben wurde. Er fühlte die Veränderung und begann befriedigt zu stöhnen.

Dann kam es Carrie ganz gewaltig, und sie ließ sich auf ihm zusammensacken, dass es ihn schmerzte. »Ich will fühlen, wie du es in mich hineinschießt«, hechelte sie. »Ich will, dass du kommst, dass du mich abfüllst. Du sollst so hart kommen, dass du ein paar Tage lang nicht mehr kommen kannst. Und gib mir eine Menge von deinem Saft.«

Alex stöhnte und zog eine Grimasse, als hätte er tatsächlich Schmerzen. Carrie fühlte, dass er ihr tatsächlich das gab, was sie haben wollte. Sie klebte und war plötzlich noch nasser. Sie kam noch mal, gleich nach ihm, und stieß dabei einen röhrenden Schrei aus. Alex war verunsichert und fasste sie an den Schultern an.

»Bist du okay?«, fragte er außer Atem, noch bevor ihr Orgasmus abschwächte. Sie nickte und fiel schlaff auf die Seite. In ihrem Kopf drehte sich alles. So heftig war sie schon seit langem nicht gekommen, und für eine kurze Weile vergaß sie alles über Babys und Tests und Fruchtbarkeitsbehandlungen. Nachdem Alex' Atem sich normalisiert hatte und er wieder eingeschlafen war, musste Carrie an den Mann im Chatroom denken. Sie hätte gern gewusst, wie es sich anfühlte, wenn er sich ›ihren Po vornahm‹, wie er sich ausgedrückt hatte. Sie hatte es noch nie getan.

Ein paar Stunden später war Alex früh und fröhlich auf den Beinen. Er war viel zu gesprächig für jemand, der sich vor der Sonne erhob. Carrie saß in ihrem Bademantel in der Küche und schaute zu, wie er trockenen Toast aß und die Zeitung durchblätterte. Seine Aktentasche stand neben seinem Fuß auf dem Boden – wie ein getreuer Hund.

Carrie schaute ihm zu, aber sie schien weit entfernt zu sein, während sie am Kaffee nippte. Sie hätte wahrscheinlich noch einmal Sex verlangen sollen, bevor er ging, aber irgendwas an ihm stieß sie ab. Vielleicht lag es an der Art, wie er die Toastscheibe kaute, oder wie seine Haare so makellos lagen. Jedenfalls war nichts da, was die Lust bei ihr auslöste.

»Ich bin weg«, sagte er zu ihr, als er mit der Zeitung fertig war. Sein Kuss glitt von ihrem Mund ab, weil er zu hastig war. Sie hörte, wie die Haustür ins Schloss fiel. Der Motor seines Autos lief kurz, dann warf er den Gang ein und rauschte aus der Ausfahrt.

»Ich liebe dich auch«, sagte sie laut ins stille Haus hinein.

Sie setzte sich vor den Computer, ohne zu wissen, wonach sie suchte. Nach nichts Bestimmtem. Sie öffnete die E-Mails und las die Nachrichten mit der Ferne, die sie auch beim Anblick ihres Mannes empfunden hatte. Sie sollte lieber unter die Dusche gehen. Und sich anziehen. Irgendwas Produktives tun.

Dann sah sie die E-Mail. Von jemandem, der sich schlicht John Smith nannte. Vielleicht der unauffälligste Name der Welt. Sie öffnete die E-Mail und wusste schon, wer John Smith war.

Mir hat unsere Zeit gestern Abend gut gefallen, Carrine. Ich glaube, wir passen in der Cyberwelt gut zusammen. Werde ich dich wiedersehen?

Eine schlichte E-Mail, ein schlichter Name. Carrie erinnerte sich daran, dass sie mit ihm Dinge tun wollte, die sie bei Alex schon aufgegeben hatte. Er schien für alle sexuellen Dinge zu haben zu sein. Das mochte sie. Es ist nicht gefährlich, dachte sie, es passiert ja nur in der Phantasie.

Ja.

Gleich nachdem sie ihm ihre Antwort geschickt hatte, begann ihr Schirm zu blinken. Ein kleiner Kasten baute sich auf. John Smith wollte sie als Freundin unter seine Favoriten aufnehmen. Carrie lächelte ihr erstes Lächeln an diesem Tag und drückte einmal, um sein Ansinnen zu erlauben. Sekunden später unterhielten sie sich, und überraschenderweise war Sex nicht das erste Thema, das John anschnitt. Er wollte mehr über sie erfahren.

Mehr? Carrie runzelte die Stirn. Sie ließ sich Zeit und holte sich ein Glas Orangensaft. Er wollte mehr wissen? Sie benutzte das Internet nur als Vorlage für die Phantasien, die ihr den Orgasmus brachten. Sie achtete darauf, keine Spuren zu hinterlassen, die zu ihr führen könnten. Die Kerle, mit denen sie es virtuell trieb, waren wahrscheinlich ebenso verheiratet wie sie und suchten auch nach einer Erleichterung. Fein; so sollte es sein. Und dieser Kerl wollte mehr wissen?

Carrie wollte ihm gern mehr erzählen.

Als es Mittag wurde, hatte sie dem unsichtbaren Mann auf der anderen Seite der Mattscheibe Dinge gesagt, die sie niemals jemandem im wahren Leben erzählt hätte. Sie hatte ihm Dinge erzählt, die nicht einmal ihr Ehemann wusste. Warum auch nicht? John Smith kannte ihren richtigen Namen nicht, er wusste nicht, wo sie wohnte (abgesehen von der heimlichen Freude, die sie spürte, als sie herausfand, dass sie beide in einem Bundesstaat wohnten, aber das war ja nicht weiter schlimm). Er konnte ihr keine Probleme verursachen. Warum also sollte sie ihm nicht alles erzählen, was sie ihm erzählen wollte?

Also erzählte sie ihm, dass sie in Denver aufgewachsen war. Und sie erzählte von Alex. Sie verriet ihm, was sie am liebsten aß, was ihre liebsten Filme waren, und dann erzählte sie ihm sogar vom verdammten Hund.

Sie sagte nichts über die Probleme, die sie und Alex hatten, auch nichts über ihren Wunsch, schwanger zu werden. Dann fing er an, über seine eigene Ehe zu sprechen. Er war seit zwanzig Jahren verheiratet, aber sie hatten keine Kinder.

Keine? Warum?

Sie hat nie welche gewollt. Sie hat irgendwelche Ausreden vorgebracht. Wollte ihre Figur nicht ruinieren, oder sie hatte keine Zeit. Oder wollte nicht zur Übervölkerung beitragen. Blöde Entschuldigungen eben.

Carrie starrte ziemlich lange auf diese Sätze. Sie hätte gern gewusst, warum manche Menschen absolut nichts von Kindern wissen wollen, während andere verzweifelt Kinder haben wollen. Sie dachte, dass John Smith vielleicht mehr mit ihr gemeinsam hatte, als sie zuerst dachte.

Ich kann nicht glauben, dass ich dir das erzähle, Carrine. Ich ärgere mich schon seit langem über meine Frau. Deshalb räche ich mich auf die beste Art und Weise, die mir eingefallen ist: Ich gehe zur Fruchtbarkeitsklinik. Um genauer zu sein – zur Samenbank.

Carrie starrte auf den Bildschirm.

Sie würde sterben, wenn sie es wüsste. Sie wollte keine Kinder, deshalb sollte ich auch keine Kinder wollen. Aber so geht es im Leben nicht zu. Ich weiß, dass da draußen zwei Kinder mit meinen Genen herumlaufen.

Carrie wollte darauf reagieren, aber dann hielt sie inne. Was sollte sie denn schreiben?

Ich kann nicht glauben, dass ich dir das erzähle. Hast du so etwas schon mal gefühlt? Warst du schon mal so wütend, dass du etwas tun wolltest, was Alex bestimmt für falsch hielt? Nur du warst sicher, dass es absolut richtig war?

Carrie biss sich auf die Lippe. Ihre Hände glitten zur Tastatur.

Ja.
    Es ist mir schrecklich unangenehm, aber meine Frau wird bald nach Hause kommen. Wir können uns heute Abend unterhalten, wenn sie ins Bett gegangen ist. Hast du Zeit?
    Ja, ich habe Zeit. Ich bleibe lange auf.

An ihrem Ende der Internetverbindung lächelte Carrie. Sie hoffte, dass John Smith auch lächelte.
    An diesem Abend kehrte Alex kurz nach sechs von der Arbeit zurück. Er setzte sich an den Tisch, nahm das Abendessen ein, erzählte die ganze Zeit von seinem Job in der Bank und fragte Carrie nicht ein einziges Mal, wie es ihr ging. Sie sagte, dass sie den Eisprung bemerkt hätte.
    »War denn gestern Abend nicht genug?«, fragte Alex. »Aber es war wirklich gut, oder?«

»Ja, war es«, gab sie zu und sah ihn an.

Alex räusperte sich. Wenn sie ihn so kritisch musterte, fühlte er sich nicht wohl. »Ich bin müde, Babe. Ich glaube, ich gehe früh zu Bett. Willst du mich wieder wecken wie vergangene Nacht?«, fragte er plötzlich, als ob ihm die Inspiration gekommen wäre, wie sie beide glücklich sein konnten.

Carrie lächelte und knirschte hinter den Lippen mit den Zähnen. Sie hob die Schultern. Alex las ihr Lächeln als Zustimmung. Er küsste sie auf den Mund, dann schritt er pfeifend den Flur entlang.

»Ja, geh du ins Bett«, flüsterte sie und sprach das halbe Hähnchen an, das noch auf ihrem Teller lag. »Ja, Alex, geh schlafen.«

Eine halbe Stunde ging er tatsächlich ins Bett. Carrie stellte den Computer an und hielt nach John Smith Ausschau. Er war nicht zu sehen. Sie betrat den Chatroom und sah ein paar Männer, mit denen sie vielleicht Cybersex haben würde, aber ihr Herz war nicht dabei. Sie wollte mit John Smith reden und mit niemandem sonst.

Sie versuchte zu schlafen. Sie kroch ins Bett und hörte Alex' Atem zu. Sie schüttelte ihr Kissen auf. Sie stand auf und trank ein Glas Wasser. Schließlich kroch sie an den Bettrand, bis sie nicht sehr graziös aus dem Bett fiel und auf dem Boden landete. Sie zog ein Buch aus dem Bodenregal; es war ein Sachbuch über Fruchtbarkeit. Sie blätterte es durch, bis sie zum Kapitel über Spermabänke gelangte. Bisher hatte sie dafür noch keinen Blick übrig gehabt.

Sie versuchte, sich John Smith vorzustellen, wie er bei trüber Beleuchtung in einer kleinen Kabine saß, sich ein Video anschaute oder in einem Pornomagazin blätterte, und seinen Penis rieb.

Im Bett begann Alex zu schnarchen.

Das Licht vom Computer leuchtete hell in der kleinen

Küche. Sie würde es noch einmal versuchen, dann würde sie für diesen Abend aufgeben. Sie fragte sich kurz, ob alles in Ordnung bei ihm war, aber dann schimpfte sie über sich selbst: »Er ist doch nichts als ein Haufen Pixel.«

Sie klickte sich in den Chatroom ein, aber er war nicht da. Doch dann meldete er sich auf ihrem *private messenger.* Carrie lächelte und tippte:

Ich hatte keine Lust auf den Chatroom.

Seine Antwort kam umgehend.

Ich wollte mit keinem reden außer mit dir.

Irgendwo in ihrem Kopf sah Carrie das Bild eines gesichtslosen Mannes mit einem erigierten Penis, der sich selbst streichelte, während er auf den Bildschirm starrte. Sie stellte sich vor, dass er sich in eine kleine Plastiktasse ergoss.

Mein richtiger Name ist Carrie.

John Smith zögerte keine Sekunde.

Ich heiße wirklich John. John Myers.

»Das ist Irrsinn«, flüsterte Carrie, und John tippte:

Das ist Irrsinn, nicht wahr?

Und so erzählte Carrie ihm mehr. Sie erzählte von Alex. Sie erzählte, wie sie sich in ihn verliebt hatte und sich jetzt langsam entliebte. Sie erzählte, dass sie ein Kind wollte, und dass sie hoffte, ein Kind würde ihre Ehe retten. Doch im Laufe der

Zeit wusste sie, dass das nicht funktionieren würde – aber es wurde ihr auch zunehmend egal. Sie sagte ihm, dass sie den ganzen Tag an ihn gedacht hatte, weil er so gern ein Kind hätte, dass er sogar seinen Samen einer Spermabank spendete. Sie wusste nicht, ob das ehrenwert oder traurig war.

John saß lange schweigend vor dem Computer, und Carrie glaubte schon, die Verbindung verloren zu haben. Sie wollte schon auf der Tastatur wieder loslegen, als er sich meldete.

Wir sind beide in New York.

Der Satz hing zwischen ihnen. Carrie versuchte sich ein Bild von John zu machen. Bevor ihr etwas zuflog, meldete sich ihr Computer wieder.

Ich sitze hier, hart wie ein Stein, und denke darüber nach, wie es sein würde, wenn ich dich berühren könnte.

Streichle dich für mich, John.

Sie wusste, dass er schon dabei war. Sie wusste, dass er tatsächlich so hart war, wie er gesagt hatte, denn sie war nasser, als sie seit langem gewesen war. Ihre Finger flitzten bereits unter ihr Höschen. Sie wusste, dass sie heute Abend nicht zu Alex gehen würde. Stattdessen würde sie hier am Tisch sitzen und für John kommen.

Mach das zusammen mit mir.

Oh, Mann, John, ich bin doch schon dabei.

Kannst du dir meine Hände auf deinen Schenkeln vorstellen? Wie ich deine Schenkel spreize? Wie mein harter Schwanz in deine Pussy eindringt? Brauchst du das so nötig, wie ich es brauche?

Carrie schnappte nach Luft. Alex schnarchte im Schlafzimmer und merkte nichts. John Myers wollte ihr einen Orgasmus besorgen, und sie würde ihm das gestatten.

Ich will in dir kommen, Carrie. Ich will so tief es geht in dich hinein.

Sie konnte sich das gut vorstellen. Sie konnte es fast fühlen. Sie spielte mit ihrer Pussy und ließ ihn ein Garn erzählen, was er alles mit ihr anstellen würde, wenn er nur die Chance erhielte. Sie verfolgte jedes Wort auf dem Bildschirm. Ihre Klitoris wurde unter ihren Fingerkuppen immer härter. Sie spielte damit, kniff sie, drückte sie. Als er ihr sagte, dass er eigentlich mit seiner Frau schlafen sollte, dass er aber lieber mit ihr käme, flog Carrie über die Klippen. Sie hielt sich am Küchentisch fest und krümmte den Rücken auf dem Stuhl. Die Sensationen überfluteten sie, und ihre ganze Welt begann sich zu drehen.

Ihre wimmernden Laute wurden nicht bemerkt, abgesehen vom Hund, der sie mit verdutzten Augen ansah. Als Carrie wieder genug Luft bekam, blickte sie auf den Schirm. Ihre Augen weiteten sich, als sie die Worte las.

Wo bist du in New York?

Carrie biss sich auf die Lippen. Sie tippte ein Wort, eliminierte es aber sofort wieder. Sie konnte beinahe die Stille auf der anderen Seite hören. Sie schaute hoch, weil sie glaubte, Alex gehört zu haben. Aber er schnarchte noch. Sie atmete tief durch und drückte auf ENTER.

Albany.

Wieder Stille, dann drei kleine Worte.

Oh, mein Gott.

Carrie sah zu, wie Alex sich am anderen Morgen für einen weiteren Arbeitstag vorbereitete. Sie hatte kaum geschlafen, aber sie fühlte sich nicht wie gerädert. Stattdessen war sie bester Laune und geradezu enthusiastisch gestimmt. Sie war eine Frau mit einem Geheimnis.

Sobald Alex aus der Tür war, loggte sie sich ein. John war da.

Wo in Albany?

Kein Hallo, kein Wie geht es dir? Nur eine simple Frage, die durch sie hindurch ging und Stellen berührte, die sie nicht berühren sollte.

East Side.

Es hatte keinen Sinn, noch lange um den heißen Brei herumzureden. Sie wusste, was er wollte.

Ich kann dich da treffen.
    Wann?
    Heute. Ich rufe im Büro an, dann geht das.

Carrie dachte an all die Gründe, aus denen sie nein sagen sollte. Sie dachte an all die Gründe, warum sie vorsichtig sein sollte. Sie dachte an Serienkiller und Vergewaltiger und sah ihren Namen in den Abendnachrichten als die Frau, die am Morgen ihr Haus verlassen hatte und nie wieder zurückkehren würde. Aber bei John Myers hatte sie nichts zu befürchten. Er war nicht so einer. Sie wusste, dass es ein Fehler sein könnte, aber sie fühlte sich in Sicherheit.

Ja.

Ja?

Sage mir wo.

Carrie stutzte, als sie hörte, welches Hotel er nannte. Es war schrecklich teuer, aber er versicherte ihr, dass er die Kosten übernehmen würde. Frage nach der Zimmernummer, und dann fährst du mit dem Aufzug hoch. Schnell, bitte, Carrie.

Sie sprang unter die Dusche. Sie überlegte nur einen kurzen Augenblick, ob sie die Beine rasieren sollte, aber dann entschied sie, dass es noch nicht nötig war. Im nächsten Moment verwarf sie diese Entscheidung, um sie dann erneut zu revidieren. Sie zog Jeans und einen weichen Pulli an, dann entschied sie sich auch dagegen. Sie betrachtete sich kurz im Spiegel. Die Aufregung hatte ihre Haut gerötet. Dieser Anblick ließ sie innehalten. Sie wurde ganz still und zwang sich, weiter ruhig zu bleiben.

Ihr Auto startete nicht beim ersten Versuch. Ihr Herz schlug in ihrem Hals. Aber der zweite Versuch klang schon besser, und nach dem dritten sprang der Motor an. Sie fuhr aus der Auffahrt und warf einen Blick zurück zum Haus. Sie würde ein anderer Mensch sein, wenn sie zurückkam, und Alex würde von nichts was wissen.

Es war verrückt. Es war wahnsinnig. Aber es fühlte sich so richtig an, dass es absurd war.

Das Hotel war riesig. Carrie war oft daran vorbeigefahren, aber sie war noch nie drinnen gewesen. Sie wurde von parfümierter Luft empfangen. Ein adretter Page führte sie zur Rezeption, wo sie nach der Zimmernummer fragte.

»John Myers«, sagte sie. Der Mann zog die Stirn kraus.

»Könnte er unter einem anderen Namen abgestiegen sein, Ma'am?«, fragte er diskret.

Carrie fühlte, wie Panik in ihr aufstieg, dann lächelte sie.

»John Smith«, sagte sie und wurde mit einem Lächeln und einem Schlüssel für Zimmer 402 belohnt.

Sie wusste nicht, was sie erwartet hatte, aber John Myers war so, wie sie ihn sich vorgestellt hatte. Groß, ein bisschen größer als Alex, die Augen blau und die Haare fast grau. Er war etwas stämmig, aber nicht so schwer, dass sie sich abgewandt hätte. Im Gegenteil: Carrie freute sich auf jemanden, der nicht so schlank und athletisch war wie Alex.

Er trug ein Hemd mit geknöpftem Kragen, das zu seiner Augenfarbe passte, und eine schwarze Hose. Keine Schuhe, keine Socken. Er sah an sich hinunter und errötete allerliebst. »Ich wollte mich ein bisschen wie zu Hause fühlen«, sagte er, und seine Stimme hatte eine heisere Qualität, die ihre Knie zittern ließ.

»Ich wusste, dass deine Stimme so klingen würde«, sagte sie.

Lächelnd antwortete er: »Dito.«

Fünf Minuten später standen sie innen gegen die Tür gedrückt, und Johns massiger Körper presste sie hart dagegen. Seine Hände tummelten sich in ihrem BH, und seine Zunge probte den Aufstand in ihrem Mund. Er schmeckte wie Bourbon. Sie knöpfte ihre Jeans auf und schob sie nach unten. Sobald sie das getan hatte, schlüpften seine Finger in ihre Pussy. Carrie hielt sich an seinen Schultern fest, bis sie beide außer Atem waren und mehr brauchten.

»Hier?«, fragte er.

»Auf dem Bett«, antwortete sie, und er hob sie auf, als hätte sie kein Gewicht. Sie hüpfte kurz, als sie auf der Matratze landete, und sie kicherten beide. Dann war seine Zunge zwischen ihren Beinen, auf ihrer Klitoris. Sie kraulte mit den Fingern in seinen Haaren. Er blickte vom Platz zwischen ihren

Beinen hoch, und ein neckendes Grinsen verzog seine Lippen.

»Wenn wir das nächste Mal cybern und ich dir sage, was ich gerade tue, weißt du genau, wie es sich anfühlt«, sagte er leise.

Er setzte die Zunge behutsam ein, neckte ihre Labien und spielte mit der Klitoris. Dann stieß er die Zunge tief hinein und gleich darauf über den Damm und hinunter bis zum Anus. Er schob einen Finger in ihre Pussy, dann noch einen. Und einen dritten. Sie hätte sich unter ihm aufgebäumt, aber er hielt sie fest. Er leckte ihre Klit in einem langen Rhythmus, und sie musste das Gesicht ins Kissen pressen, um nicht laut aufzuschreien, als es ihr kam.

»Bist du schon mal bei einem anderen als Alex gekommen?«, fragte er. Es hörte sich seltsam an, den Namen ihres Mannes aus seinem Mund zu hören.

»Nein«, sagte sie atemlos. »Nicht seit wir verheiratet sind.«

Ihre Knie zitterten, als sie vom Bett glitt. Sie ließ sich zwischen Johns Beinen nieder. Sein Penis war hart und stand bebend von seinem Körper ab. Sie wusste, was er liebte, von all den Nächten im Chatroom. Als sie das erste Mal langsam über den Schaft in seiner ganzen Länge leckte, stöhnte er. Es überraschte sie, dass er so laut war.

Sie bearbeitete ihn umsichtig und mit viel Liebe. Sie spielte mit ihm, bis er kurz vor dem Orgasmus stand, deshalb hielt sie sich mit den Fingern zurück und spielte nur noch mit der Zunge. Dann aber drückte er auch ihren Kopf zärtlich zurück. »Oder willst du, dass ich in deinen Mund komme?«, fragte er. »Oder soll ich deine schmackhafte kleine Pussy auffüllen?«

Carrie schüttelte sich in ahnungsvoller Vorfreude. Sie wusste, was sie wollte, aber sie bezweifelte, ob er ihr zustimmen würde. »Ich habe keinen Schutz«, sagte sie.

»Das weiß ich, Darling.«

Carrie sah ihn verwundert an. Sein Lächeln blieb unbeirrt.

»Wenn du seit einiger Zeit versuchst, schwanger zu werden, wirst du wohl nicht die Pille nehmen, oder?«

»Du meinst . . .?«

»Willst du, Carrie? Willst du meinen Samen in dir haben?«

Sie nickte, die Augen weit aufgerissen. John zog sie mit sich aufs Bett. Plötzlich waren seine Hände nicht mehr zärtlich. Er zwickte ihre Nippel und spreizte grob ihre Schenkel. Er biss in ihre Schulter, und sie keuchte. »Willst du das? Du willst mit einem völlig fremden Mann schlafen und dich von ihm schwängern lassen? Du willst, dass ich deinen Bauch so oft fülle, wie ich kann?«

»Ja«, wimmerte sie.

John glitt mit einem tiefen Stoß in sie hinein. Carrie klammerte sich an seine Schultern, bis er ihre Arme nahm und rau in die Laken stemmte. Sie schlang ihre Beine um ihn und barg den Kopf an seinen Schultern, solange er ein- und ausfuhr. Es war ein wildes Pumpen, und sie würde auch einige blaue Flecken davontragen, die sie vor Alex geheim halten musste.

»Komm für mich«, befahl sie. »Komm tief in mir, verdammt, mach schon.«

John bohrte sich noch einmal in sie hinein und überschwemmte sie dann. Carrie stöhnte an seiner Schulter. John stöhnte wieder laut, viel lauter als Alex je gestöhnt hatte. Sie hob seine Hüften an und mahlte gegen ihn. Sie wollte den letzten Tropfen von ihm haben.

John brach auf ihr zusammen, und zum ersten Mal störte sie das Gewicht. Sie bekam kaum Luft. Mit einem Seufzer und einem befriedigten Kichern stieß sie ihn von sich. John öffnete seine Augen nur einen schmalen Strich breit.

»Wow«, sagte er.

»Ja, wow.«

»Willst du nochmals?«

Carrie rutschte im Bett hinunter und schloss ihren Mund um seinen Schaft. Innerhalb weniger Minuten stand er wieder bereit. Sie setzte sich auf und rieb ihn härter. Dabei schauten sie sich an. Ab und zu streckte John die Hand aus und drückte eine ihrer Brustwarzen.

»Weißt du, wovon ich geträumt habe?«, murmelte sie schläfrig.

»Erzähle es mir.«

Sie schloss die Augen und schaute den Bildern in ihrem Kopf zu. Sie lächelte. »Ich habe davon geträumt, deinen Schaft in meinem Po zu spüren. Und dann träume ich davon, dass du in meiner Pussy kommst. Ich weiß nicht, was ich am meisten davon mag.«

John gluckste. »Hast du es schon mal anal gemacht?«

Carrie schüttelte den Kopf und biss sich auf die Lippe, plötzlich verlegen. »Niemand wollte es bisher mit mir machen.«

John strich mit einer Hand über ihren Bauch. Er schob einen Finger in sie hinein und zog ihn wieder heraus, nass und klebrig mit ihren gemeinsamen Säften. Er drückte den Finger in Carries Mund, und sie lutschte wie ein Baby daran.

»Ich habe es auch noch nie getan«, gestand er.

»Wirklich?«

»Ja, leider.«

»Deine Frau hat dich nicht rangelassen?«

»Und dein Mann hat deinen Po nicht gewollt?«, schoss John grinsend zurück.

Im Bad fand Carrie eine Flasche mit einer Lotion. Es war nicht das Beste für ihre Zwecke, aber es musste genügen. Sie legte sich auf den Bauch und versuchte sich zu entspannen, während John die Lotion über ihre Hüften und Backen rieb.

In der Kerbe setzte er die sämige Flüssigkeit besonders üppig ein, und jedes Mal schob sie sich seiner Hand etwas mehr entgegen, wenn sie gegen ihre verrunzelte Öffnung stieß. Als er schließlich einen Finger in sie hineingleiten ließ, wand sie sich übers ganze Bett.

»Ich will's jetzt«, stöhnte sie.

»Noch nicht«, raunte er. »Habe Geduld. Ich will dir nicht wehtun.«

Sie hielt sich an den Kissen fest. Dann am Kopfbrett. Sie spreizte die Beine und begann zu betteln. John musste kichern und hielt sich zurück, bis sie zwei Finger aufnehmen konnte. Sie glitten hinein und stießen auf keinen Widerstand. Ihr ganzer Körper fühlte sich leicht und locker an. Johns Gewicht lag auf ihr, und er schob behutsam in sie hinein.

Carrie spürte ein langsames Brennen. Sie bekämpfte den Drang, sich ihm zu widersetzen. Stattdessen schob sie sich in die Sensationen hinein, die John in ihr auslöste, und hieß sie willkommen, und so eroberte Johns Schaft ihren Po mit nur geringen Schmerzen.

»Oh«, flüsterte sie und lächelte ins Kissen, »das habe ich so gewollt.«

John stieß tiefer in sie hinein. Seine Arme zitterten zu beiden Seiten ihres Kopfs. Sie beugte sich zu ihm und leckte seinen Arm, schmeckte die Haut seines Ellenbogens. Er stöhnte leise und stieß härter hinein. Als sie spürte, dass seine Schamhaare ihre Backen kitzelten, mahlte sie mit dem Po gegen ihn.

»Jetzt musst du es mir aber richtig besorgen«, flüsterte sie, blickte über die Schulter und zwinkerte ihm zu. John lachte laut auf.

Zuerst waren seine Stöße lang und sanft, damit sie sich an die Invasion gewöhnen konnte. Dann wurden sie kürzer und auch nicht mehr so sanft, und dann forderte die Enge ihren Tribut von seiner Selbstbeherrschung.

Bald wurden die Stöße viel kürzer und tiefer und härter, und Carrie hielt sich am Kopfbrett fest. Sie barg ihr Gesicht ins Kissen und rief seinen Namen, als die Stöße ein bisschen zu hart wurden, aber sie sagte nicht, dass er aufhören sollte. Sie wollte nicht, dass er aufhörte.

Gegen Ende lehnte sich John über sie und legte sein Gewicht in jeden einzelnen Stoß. Ihr Hintern brannte. Er knurrte in ihr Ohr: »Du bist zu einem Fremden ins Hotelzimmer gekommen und hast dich von ihm in deine Pussy vögeln lassen. Jetzt vögelt er deinen Arsch. Das macht dich zu einer schlimmen Schlampe, nicht wahr, Carrie?«

John raunte weitere unanständige Dinge in ihr Ohr, und dann spürte sie, wie der Orgasmus sie überfiel. Sie spürte das Pochen und mochte es kaum glauben. Ich habe nicht gedacht, dass Frauen auf diese Weise kommen können, sagte sie sich, aber dann dachte sie gar nichts mehr, sie stöhnte nur und schrie immer wieder Johns Namen.

Johns letzter Stoß schmerzte wie die Hölle, aber sie hieß ihn trotzdem willkommen. Er legte ein letztes Mal sein ganzes Gewicht dahinter, und diesmal drang sein Schaft so tief, wie es sein sollte. Sie fühlte, wie er in ihr pulsierte. Ihre Augen weiteten sich vor Verblüffung. So fühlt es sich also an, dachte sie verwundert.

Johns Hüften pumpten weiter, bis er vor Erschöpfung nicht mehr konnte. Diesmal legte er sich behutsam auf die Seite, um sie mit seinem Gewicht nicht zu erdrücken. Sie sahen sich an und sagten nichts.

Als die Nachmittagssonne rund zu ihrem Bett gekrochen war, hatten sie sich noch dreimal geliebt. John hatte eine weitere Ladung tief in sie versenkt, nachdem er Carrie über den Rücken einer plüschigen Couch gebückt hatte.

Sie flehte ihn an, seinen Samen so tief wie möglich zu schießen – und er tat das. Dann ließ er sich matt gegen die Wand fallen und verkündete atemlos: »Das war's jetzt aber, ich schwöre, ich schaffe es nicht noch mal.«

Carrie kicherte und ließ die Hüften gegen ihn kreisen. Er gab ihr einen Klaps auf den Po. »Ich bin kein junger Spund mehr«, erinnerte er sie.

»Aber du fühlst dich so an«, neckte sie.

Er küsste sie an der Tür. Seine Zunge schlüpfte in ihren Mund, und sie empfand plötzlich ein Gefühl des Verlusts. Sie wollte nicht zurück an den Computerbildschirm. Sie wollte ihn fühlen, ihn schmecken.

Es würde ihr nicht mehr genügen, ihn sich nur vorzustellen. John küsste sie auf die Nase und flüsterte: »Wir wiederholen das. Warten wir ein paar Wochen ab. Und wenn du glaubst, dass es keine gute Idee ist, dann treffen wir uns nur zu einem Kaffee, okay?«

Carrie warf in Dankbarkeit ihre Arme um ihn.

Alex kam an dem Abend nach Hause und nahm sie kaum zur Kenntnis. Er wollte keinen Sex, was Carrie gut passte, und als er bereit dazu war, hatte ihr Wundsein abgenommen, denn inzwischen waren vier Tage vergangen.

Jeden Abend sprach sie mit John, aber ihre Unterhaltungen hatten nicht mehr den sexuellen Unterton. Sie trieben keinen Cybersex mehr. Sie sparten es sich für die nächste Begegnung auf. Sie schmiedeten Pläne.

Wenn sie sich noch einmal trafen, dann hatten sie eine richtige Affäre – jedenfalls sah Carrie das so. Und sie war bereit für eine Affäre.

Der Freitag begann strahlend hell und sonnig. Carrie wurde wach und trottete ins Bad. Ihr Magen drehte sich, und sie verlor alles, was sie gestern Abend gegessen hatte.

Alex war schon zur Arbeit gegangen. Wieso hatte sie so lange schlafen können?

Dann dämmerte es ihr langsam. Carrie lächelte, als sie sich mit dem Rücken an die kalten Fliesen lehnte. Mit zitternden Händen kramte sie in der Schublade nach Schwangerschaftstests. Sie pinkelte über einen Streifen und schaute zu, wie sich die beiden Linien pink färbten – beide. Positiv.

Sie starrte auf die Linien und begann zu weinen. Schwere Schluchzer, die sie fast zerrissen.

Himmel, was habe ich getan?

Sie loggte sich ein, aber John war nicht da. Sie rief Alex an und hinterließ eine Nachricht bei seiner Sekretärin, die freundlich sagte, dass er mal für ein paar Minuten ausgegangen wäre. Nachdem aus diesen Minuten eine Stunde geworden war, setzte sie sich ins Auto, um ihn zu treffen.

Sie musste es ihm sagen. Sie war plötzlich von einer Liebe zu ihrem Mann erfüllt, deren Stärke sie verblüffte. Ja, sie konnten sich zusammenraufen. Jetzt hatten sie eine gemeinsame Aufgabe, für die sich zu kämpfen lohnte.

Carrie rannte ins Foyer der Bank, ein Strahlen im Gesicht. Die Kollegen ihres Mannes begrüßten sie freundlich. Sie trat durch die offene Tür ins Büro ihres Mannes. Sie erstarrte.

Alex saß lächelnd da und spielte mit einem Filzstift. Der Mann, der vor ihm saß, ließ Carries Blut gerinnen. Sie blinzelte und wollte langsam rückwärts aus dem Büro gehen. Alex hielt sie davon ab, als er sie überschwänglich begrüßte.

»Liebling! Komm doch herein. Ich bin froh, dass du da bist, dann kann ich dir gleich den neuen Präsidenten der Bank vorstellen.«

Ein großer Mann mit grauen Haaren und einer stämmigen

Figur stand auf. Seine blauen Augen leuchteten. Sein Anzug war maßgeschneidert. Er streckte seine Hand aus.

»John Myers«, sagte er. Carrie fiel in Ohnmacht.

Gwen Masters hat einen Black Lace Roman geschrieben und mehrere Kurzgeschichten, die in den verschiedenen Black Lace Anthologien veröffentlicht worden sind.

Der Richter

Alegra Verde

Verdammt, er war ihr Mann, da hatte sie das Recht, alles zu tun, um ihre Ehe zu retten. »Lupe, er sieht mich nicht mehr. Ich meine, er kann sehen, aber er sieht mich nicht mehr, verstehst du, was ich meine?« Das würde Georgy mich fragen, und ich würde nicken. »Lupe«, würde sie zwischen zwei Schlucken *café con leche* sagen, »Sex mit ihm ist so langweilig geworden.« Sie würde wieder einen Schluck nehmen, und manchmal war da eine Feuchtigkeit in ihren Augen, wenn sie mich ansah. »Er war doch immer so gut zu mir. Aber jetzt hackt er schnell hintereinander in mich hinein. Ich bin ja so frustriert.« Ich drückte ihre Hand. »Danach liege ich rastlos neben ihm und kann nicht schlafen.« Ich nickte voller Sympathie und schlürfte meinen Kaffee.

Eines Tages, das war vor ein paar Monaten, lächelte sie mich vom kleinen Bistrotisch bei Border's an und sagte: »Ich habe beschlossen, was dagegen zu unternehmen, und dazu brauche ich deine Hilfe.« Ich stellte meine Tasse auf den Tisch und setzte mich. »Alles, was du haben willst, Georgy.« Und das meinte ich auch so. Georgy war eine gute Freundin und war immer großzügig, wenn sie mir mal was leihen musste, wenn ich nicht genug Geld für ein Buch hatte. Oder wenn ich durch Victoria's Secret schlenderte. Meine Laune wurde sofort besser, wenn ich wieder eine sündige Reizwäsche erstanden hatte.

Wir hatten uns bei einem Schriftsteller-Seminar kennengelernt und uns sofort gut verstanden, auch wenn sie gut eine Dekade älter war als ich.

Der Workshop ›Wie schreibt man Fiktion?‹, den wir belegt hatten, wurde von einem chauvinistischen Italiener geleitet, der mich an meinen Vater erinnerte, nicht nur wegen seinen Pfeffer-und-Salz-Haaren und seinem gedrungenen Körperbau, sondern auch wegen seiner Hartnäckigkeit, dass seine Art die einzig richtige Art war. Ich hatte für meine Kurzgeschichte ein paar besonders brutale Kritiken einstecken müssen und war zurück auf mein Zimmer gelaufen, um mein Los im Leben zu betrauern, als Georgy in der Tür stand. Sie hatte eine Flasche Merlot und zwei Gläser dabei, wies auf die gelungene Arbeit hin, machte sich über den dicken Bauch und den italienischen Akzent unseres Folterers lustig und achtete darauf, dass mein Glas gefüllt blieb.

An diesem Abend saßen wir zusammen, lasen uns abwechselnd Geschichten vor und endeten nackt und aneinander gepresst im klösterlichen Kinderbett, das zur Standardausstattung der Zellen gehörte. Nach dem Seminar trafen wir uns ein oder zwei Mal im Monat zum Essen, oder wir lasen aus unseren Arbeiten, und gewöhnlich endete der Tag mit uns nackt und tollend in einem schönen breiten Bett.

Ich bin nur eine Studentin kurz vor den Examen, aber Georgy, Georgina Marin, ist eine Schriftstellerin. In englischer Sprache hat sie zwei Romane veröffentlicht, und in spanischer Sprache einen Gedichtband. Die Romane waren bescheidene Verkaufserfolge, aber der Gedichtband, *Cosas Hermosas*, befindet sich in der dritten Auflage. Sie hat einen Sohn und eine Tochter in der High School, und sie ist verheiratet mit dem ehrenwerten Osvaldo Marin, dem ersten Latino, der als Richter am 36. Bezirksgericht Recht spricht. Kürzlich ist er zu einer zweiten Amtszeit wieder gewählt worden.

»Ich liebe mein Leben. Ich liebe meinen Mann«, versicherte sie mir, als wir in einer Nische der Sportbar in der Altstadt saßen. »Aber ich fürchte, dass das Feuer unserer Liebe erstickt ist.«

»Aber Georgy«, hielt ich dagegen, »es gibt andere Möglichkeiten, ein Feuer neu zu entfachen. Du nimmst alles so extrem.«

»Es muss was Extremes sein, damit er es überhaupt zur Kenntnis nimmt, Lupe. Er ist total konsumiert von seinem Leben, aufgezehrt von der Wahlkampagne, genervt von der Langeweile am Gericht und von seinen Pflichten als Vater. Es ist meine Aufgabe, die Monotonie zu bekämpfen, die sich nach zwanzig Jahren in eine Ehe schleicht.«

»Aber ist es nicht sehr extrem, dass ich deinen Mann verführen soll, der dich noch nie betrogen hat? Ich glaube auch nicht, dass es ihn so richtig durchschütteln wird, wenn er mit mir schläft.«

»Es geht nicht um eine Sexnacht. Ich will ihn in eine Affäre verwickeln, in der seine Emotionen ebenso in Anspruch genommen werden wie seine Libido. Sie soll seine Lust erneuern, seine Erinnerung an die Leidenschaft.«

»Wenn die Affäre also vorbei ist, wird er dann zurück in dein Gemach stolpern, von Schuld geplagt, aber erfrischt und zur Buße bereit?« Ich schürzte die Lippen, um meine Zweifel zu zeigen.

»Genau«, sagte sie, ignorierte meine Zweifel und hob ihr Glas. »Und bis dahin werde ich deine Schauspiellehrerin sein und die Regisseurin dieser kleinen Farce.«

Wir kauften mit Bedacht ein für meine erste Begegnung mit dem Richter. Wir waren nach Somerset gefahren, wo es ein teures, exklusives Einkaufszentrum gibt, das ich so gut wie nie besuche. Aber dies war Georgys Schau, und sie kostete des Richters Geld, deshalb dachte ich, sollte er bekommen, was er haben wollte. Aber Georgy meinte auch, dass er mich das erste Mal eher prüde sehen wollte, denn halb ausgezogene Frauen sah er jeden Tag im Gerichtssaal: Brüste und Schenkel aller Formate sprengten enge Blusen, Miniröcke und enge Kleider. Offenbar glaubten alle Frauen, dass sie ein ihnen genehmeres Urteil erhielten, wenn es ihnen gelang, den Richter abzulenken. Natürlich gab es auch weibliche Anwälte, in strenge Anzüge gekleidet, die ihre Weiblichkeit eher unterdrückten. Georgy versprach, dass wir diese Phantasien später erforschten.

Sie sagte, wir sollten mit meiner Jugend spielen und etwas Frisches nehmen, das Verspieltheit andeutete und Reinheit verkündete. Offenbar war der Ehrenwerte Ozzie ein schmutziger Typ, der seine lüsterne Latino-Seele nicht verhehlen konnte, wenn die Verlockung nahe war.

Ja, Georgy kannte ihn gut, schließlich waren sie über zwanzig Jahre verheiratet. Georgy war ein Mädchen von achtzehn gewesen und hatte die High School gerade hinter sich gehabt, während Ozzie die Juristenschule abgeschlossen hatte, als sie heirateten. Aber sie hatten sich schon lange vor der Feier geliebt, die ihren Bund legalisierte. Sie und Ozzie hatten im selben Block in Levittown am Stadtrand von San Juan gelebt. Ihre Mütter waren befreundet gewesen, und Ozzie war zusammen mit ihrem älteren Bruder Victor zur Schule gegangen.

Als unsere Absätze auf den rosa Fliesen des Einkaufszentrums klackten, erzählte Georgy, wie sie Victors Freund Ozzie das erste Mal als etwas anderes als ein Ärgernis wahrnahm. Damals war sie etwa dreizehn Jahre alt.

»Er muss damals zwanzig gewesen sein.« Sie schaute mich an und grinste.

»Dieser Lustmolch!«

»Nein, nein. Er hat sich untadelig benommen. Zuerst hat er

mich nur angestarrt, wenn er glaubte, dass niemand hin-schaute.« Sie lachte, und ich konnte sehen, dass es eine ange-nehme Erinnerung war.

»Es war Sonntag, und ich hatte dieses kleine gelbe Kleid im Empire-Stil mit einem Peter Pan Kragen an. Meine Figur hatte sich zu formen begonnen und füllte das Kleid sehr schön aus; meine Brüste wurden betont, und der Stoff schmiegte sich an die Hüften. Ich fühlte mich sehr erwach-sen, und obwohl ich sonst nach Hause lief, um Jeans und T-Shirt anzuziehen, hatte Mami mir gesagt, ich sollte mein Sonntagskleid anbehalten, weil wir Gäste zum Essen hatten. Ich war ein wenig enttäuscht, als ich erfuhr, dass es nur Ozzie und seine Mutter waren. Er war die Weihnachtsferien über zu Hause. Zum Glück war das Essen schon vorbereitet. Meine Mutter und ihre Schwestern deckten den Tisch, sie wärmten die *pasteles* und die *yucca* auf und servierten den Spießbraten. Ich hatte den Auftrag, die Getränke auszuteilen. Dabei merkte ich, dass er mich mit diesen trüben Welpen-augen ansah.« Georgy lachte und schüttelte den Kopf.

»Was hast du gemacht?«, fragte ich.

»Ich dachte, er wäre krank, deshalb reichte ich ihm ein Glas Cola und fragte ihn, ob es ihm nicht gut ginge. Er stammelte nur etwas über einen langen Flug, nahm sein Getränk und ließ mich da stehen, während er zu meinem Bruder zurück-ging.«

Wir schlenderten durch Nordstrom's, die Gänge mit Kos-metik entlang. An einer Verkaufstheke aus Glas und Chrom blieben wir stehen, und eine freundliche Frau mittleren Alters fragte, ob sie uns helfen könnte. Georgy wollte ›Oscar‹ probieren. Die Frau suchte sich durch die Testflaschen und reichte ihr eine. »Dies ist ein alter Duft, ich habe die Flasche manchmal vom Frisiertisch meiner Mutter stibitzt. Ozzie mag den Duft.« Sie nahm mein Handgelenk und sprühte leicht darüber, dann wartete sie einen Moment und hob das Gelenk an ihre Nase. »Ja, er passt gut zu dir.«

Ich bückte mich über den Arm. Es war ein angenehmer Duft. Nach meinem Nicken kaufte Georgy die Flasche, bezahlte und zog weiter.

Wir schlenderten zur Wäscheabteilung, in der ich mich am liebsten aufhalte. »Du hast 34 C, nicht wahr?«, fragte Georgy, während sie einen Spitzen-BH mit String in Pfirsich aussuchte. Ich nickte und entschied mich für eine blassblaue Garnitur, aber mit Panty statt String. Georgy stand an der Kasse und unterhielt sich mit der Verkäuferin, die sich bückte und unter dem Verkaufsstand eine Schachtel hervorholte. Sie öffnete die Schachtel und holte etwas Weißes aus Spitze heraus. Es sah wie ein Strumpfgürtel aus. Ich schaute genau hin.

Die Verkäuferin, eine junge Frau in meinem Alter, strahlte mich an. »Sie sind sehr populär bei jungen Bräuten.« Sie hielt die Teile aus Spitze und Plastik hoch. »Das sollte Ihrer Schwester perfekt passen, und das Weiß wird ihre olivfarbene Haut noch unterstreichen.«

»Das glaube ich auch«, stimmte Georgy zu. »Aber ich möchte, dass sie ihn anprobiert und die hier auch.« Sie reichte ihr die Garnituren, die wir ausgesucht hatten.

»Aber gewiss.« Die junge Frau führte uns zu einem geräumigen Anprobezimmer mit einer breiten Ottomane in einer Ecke. Sie ließ die Wäsche zurück, reichte Georgy die Schachtel mit dem Strumpfhalter und schloss die Tür, als sie das Zimmer verließ.

Georgy nahm auf der Ottomane Platz, und ich begann mich auszuziehen. Zuerst schlüpfte ich aus den Schuhen. Dann streifte ich die Bluse ab, ein kleines Stück aus Seide, das den Nabel unbedeckt ließ. Ich ging langsam vor und hoffte, dass Georgy das bemerkte. Ja, es entging ihr nicht. In ihren

Augen sah ich ein Funkeln, und sie schenkte mir ein Lächeln der Bewunderung.

»Wie hat Ozzie dich schließlich wissen lassen, dass er interessiert war?«, fragte ich und langte hinter mich, um den BH zu öffnen. Ich ließ ihn nach vorne fallen und entblößte meine hart werdenden Nippel.

»Er hat mich während des ganzen Essens immer wieder angeschaut, hat mich mit diesen sehnsüchtigen Blicken bedacht, von denen ich nun weiß, dass sie aus dem Verlangen geboren werden, aber damals war ich mir nicht sicher. Ich dachte, er hätte sich irgendeine Krankheit gefangen. Mir fiel ein, wie kalt es in den Staaten sein kann. Leute kamen fast immer mit schniefenden Nasen und hartnäckigem Husten zurück.« Sie lachte und dachte an ihre naiven dreizehn Jahre. Ich musste auch lachen, wodurch meine Brüste zu hüpfen begannen.

»Komm her«, sagte sie. Ich ging zu ihr und blieb dicht vor ihr stehen. Sie strich über die Linie zwischen meinen Brüsten, und ich fuhr mit den Fingern durch ihre Haare, massierte ihren Schädel und ließ die langen Strähnen ihrer dunklen Haare durch meine Finger gleiten.

»Nach dem Essen kam er im Garten meiner Mutter zu mir auf die Terrasse. ›Du bist wirklich zu einer Schönheit herangewachsen‹, sagte er. ›Ich habe es immer gewusst.‹ Ich war überrascht und sehr angetan. ›Du warst immer schon ein attraktiver Mann, Osvaldo.‹ Ich erinnere mich, dass er lachte, was mich verlegen machte. Er musste gesehen haben, dass ich errötete, denn er zog mich an sich, um mich zu trösten.«

Georgy zog mich an sich, nahm meinen linken Nippel in ihren Mund und rollte ihre Zunge um ihn, als wäre er eine Köstlichkeit, die sie sich auf der Zunge zergehen lassen wollte. Nachdem sie ihn geschmeckt und hart gesaugt hatte, saugte sie ihn noch weiter hinein, als ob die ganze Brust in ihren Mund wollte.

»Seine Hände legten sich durch den dünnen Stoff um meine Brüste, und er raunte süße Worte in mein Ohr.«

Ihre Hände spiegelten ihre Worte wider, aber bei mir gab es keinen Stoff; ich spürte die Wärme ihrer Finger auf meiner heißen Haut. »Dann küsste er mich«, sagte sie in meinen Mund. »Zuerst leckte er, dann nagte er an meiner Unterlippe. Als sie zu pulsieren begann, nahm er sich die Oberlippe vor. Er ließ die Zunge über meine brennenden Lippen gleiten, dann schob er sie wie ein Pfefferminz in meinen Mund. Die Zunge huschte über meine Zähne, sie leckte über das Innere meines Mundes, als wollte sie mich schmecken. Ich konnte ihn auch schmecken, den Wein, den er während des Essens getrunken hatte, die Kräuter von Mamis Yucca, und seine Hitze.«

Wieder spiegelten die Hände ihre Worte wider, bis ich von ihrem Mund und ihrer Zunge nicht genug bekommen konnte. Ich schmiegte mich an sie. Sie strich mit den Händen, die jetzt kühl und lindernd wirkten, über meinen Rücken und dann in die Jeans, um die Backen drücken zu können. Ihre kühlen Finger pressten und kneteten.

»Da wusste ich, dass ich ihn heiraten würde«, sagte sie.

Sie löste sich behutsam aus der Umarmung und kehrte zu ihrem Sitz zurück. »Zieh deine Jeans aus, du musst den Strumpfhalter anprobieren. Ozzie befindet sich in einem Alter, in dem ihm der Kitsch eines Strumpfhalters gefällt. Er wird ihn unwiderstehlich sexy finden.« Ich öffnete den Reißverschluss und ließ die Jeans über meine Hüften gleiten.

»Und hat er es getan? Im Garten deiner Mutter?« Ich trat aus den Jeans heraus.

»Nein, ich war doch ein braves Mädchen. Aber er hat mich berührt. Ich war entsetzt. Nachdem wir uns eine Weile geküsst hatten und ich mich zu winden begann, schlüpften seine Hände unter mein Kleid und seine Finger in mein Höschen. Ich erinnere mich, vor Scham fast zu sterben, weil ich da unten so nass war, aber ihm schien das zu gefallen. Er schob einen Finger hin und her und drückte sich gegen mich. Ich fühlte mich so desorientiert, dass ich mich nur an ihn klammern konnte. Und als er sagte: ›Versprich mir, dass du dich für mich aufbewahrst‹, da konnte ich nichts sagen. Er schob einen Finger hinein und streichelte mich ein wenig. Ich presste mich gegen diesen Finger. Mein ahnungsloser Körper wollte trotzdem mehr von dem haben, was Ozzie mir geben konnte. Aber er hielt mich zurück, und als er den zweiten Finger dazu nahm, fühlte es sich so gut an, dass mir ganz schwindlig wurde. Ich konnte nicht mehr stehen.«

Sie nahm den Strumpfhalter aus der Schachtel und reichte ihn mir. »Zieh auch dein Höschen aus. Dann wirkt es erst richtig sexy.«

»Ist es dir bei ihm gekommen?«, fragte ich, während ich versuchte, welches Ende des *garter belts* wohin gehörte.

»Ja, er hat mir den ersten Orgasmus beschert, aber das habe ich gar nicht gewusst. Er zog ein Taschentuch aus seiner Hose. Er trägt immer noch Taschentücher bei sich, gewaschen und gebügelt von seiner Mutter. Damals war ich dankbar dafür. Er tupfte mein Höschen ab und wischte über die Innenseiten meiner Schenkel, bevor er seine Hände säuberte und das schmutzige Taschentuch zurück in seine Hose steckte. Er küsste mich, dann sagte er wieder: ›Versprich mir, dass du dich für mich aufbewahrst.‹ Ich nickte, denn sprechen konnte ich immer noch nicht.«

Ich stand vor dem Spiegel, die weiße Spitze eng auf den Hüften. Es fühlte sich sexy an, weil der Strumpfhalter die dunklen Locken einrahmte, die meinen Schamberg bedeckten. Die Verkäuferin hatte Recht; die weiße Spitze ließ meine

Haut noch dunkler aussehen, schwüler und sinnlicher. Das federleichte Wäschestück hielt meinen Bauch fest umschlungen, und die kleinen Strapse, die an den Schenkeln hinunter hingen, gaben mir ein Gefühl von Macht. Ich wollte herumstolzieren, mich bücken und mein Geschlecht präsentieren. Ich wollte mich berühren oder berührt werden.

Wenn ich über meine Schulter schaute, konnte ich sehen, wie die weiße Spitze meine Backen umschmiegte und drückte. Ich bückte mich, damit ich sehen konnte, wie sich die Lippen unterhalb der Backen wölbten. Wenn ich die Beine spreizte, konnte ich besser sehen.

Dann war Georgy plötzlich auf den Knien hinter mir. Ihre Hände griffen an meine Schenkel, und im nächsten Moment spürte ich ihre Lippen auf meiner Pussy. Sie leckte über die rapide anschwellenden Labien und nagte ab und zu mit den Zähnen an ihnen, um die Lippen dann wieder mit der Zunge zu versöhnen. Ich konnte es kaum noch aushalten. Wenn sie meine Schenkel nicht in den Griff genommen hätte, wäre ich hingefallen.

Ich rückte immer mehr zur Wand, damit ich meine Handflächen gegen das kühle Holz drücken konnte, und Georgy folgte mir nagend und leckend. Die Muskeln meines Geschlechts begannen genau in dem Moment zu zucken, in dem Georgys Zunge in meine Öffnung drang.

Meine Schenkel zitterten, als Georgy mit ihren kleinen Zähnen an meinen Backen nagte, dann erhob sie sich und stellte sich hinter mich. Sie zog mich heran, mit dem Rücken gegen die Seide ihres Kleids. Ihre Finger zupften an meinen langen harten Nippeln, dann glitten die Hände hinunter. Eine schmale Hand drückte tief gegen meinen Bauch, und die Finger spielten weiter in den klammen Locken.

Mit der freien Hand presste sie mich wieder vor, bis ich gebückt dastand. Meine flachen Hände drückte ich jetzt gegen die Tür. Sie streichelte über meinen Po und fand den Weg zurück zu den geschwollenen Labien. Ohne jede Vorankündigung schob sie drei Finger in meine gut getränkte Öffnung und begann, in einem erbarmungslosen Rhythmus ein- und auszufahren, und so blieb mir nichts anderes übrig, als nach wenigen Strichen in ihren kundigen Händen zu kommen.

Was würde ich nicht alles für diese Frau tun? Sie hielt mich fest, die Arme um meine Schulter, ihre Lippen auf meine gepresst, als wollte sie meinen Mund beanspruchen. Eine Hand streichelte meinen Rücken; die langen Finger massierten die Wirbelsäule. Nach einem Moment führte sie mich hinüber zur Ottomane. Wir setzten uns, einen Arm um meine Hüfte, mein Kopf auf ihrer Schulter.

»Georgy«, begann ich.

»Pst«, machte sie und streichelte meine Haare. »Ein anderes Mal.«

Sie tippte gegen meine Hüfte, um mir zu zeigen, dass ich mich hinsetzen sollte. »Ich glaube, wir sollten sie alle nehmen.« Sie deutete auf die BHs, die ich noch gar nicht anprobiert hatte. »Und dies auch«, sagte sie, als sie mir den Strumpfgürtel abnahm und zurück in die Schachtel legte.

Georgy griff in ihre Handtasche und nahm ein Taschentuch heraus. »Eine Sitte, die ich von Ozzie übernommen habe.« Sie wischte ihre Finger ab und reichte mir lächelnd das Tuch. Ich betupfte die Innenschenkel und gab ihr das Tuch zurück. Es fiel auf den Boden ihrer Tasche, deren Schloss sie laut zuschnappen ließ. Dann sammelte sie alles ein, was sie kaufen wollte, und ging zur Tür.

»Zieh dich an. Wir treffen uns an der Kasse. Wir müssen dir noch ein Kleid kaufen.«

Ich stand da und hörte die Tür klicken.

Schließlich entschieden wir uns für einen rosa Fummel,

den wir bei Saks kauften. Er hatte keinen Peter Pan Kragen –
er hatte gar keinen Kragen, aber der Stil war Empire. Der
Rock war kurz, aber nicht zu kurz, und die kurzen Ärmel
erinnerten an das unschuldige Schulmädchen. Das Kleid
passte zu meinen jungenhaft glatten Haaren und sorgte für
einen Anflug von weiblichem Charme. Wir tranken zwei
Latte, dann musste ich zur Schule und Georgy zu ihrem
Mann.

Es war ein Wasserloch, aber ein edles, eine Bar, wo sich die
Leute nach der Arbeit treffen, Selleriesticks kauten und einen
Eistee schlürften oder einen Courvoisier. Sie spielten Jazz,
Sarah Vaughan, Miles und Mingus. Eine Musik, die mehr zu
den Konservativen passte, meist ältere Angestellte bei der
Stadt oder Anwälte und Richter. Ich war noch nie hier gewesen, dafür aber in vielen anderen Bars, die *happy hours* für
müde Arbeiter anboten. Die Bar neben der Schule hieß
Verne's, aber da gab es keine *hors d'œuvres* oder *Tapas*. Dort
liefen meistens Bänder von Fall Out Boys, U 2, vielleicht ein
bisschen Reggae, und man musste seinen Burger hier kaufen,
wenn man was essen wollte – aber dafür war das Fassbier
preiswert.

Ich befand mich jetzt im Flood's, und hier gab es nichts,
was preiswert war.

Ich entdeckte ihn an der Bar neben einem seiner Kollegen.
Er sah besser aus als auf dem Foto, das Georgy mir gegeben
hatte, und vorher hatte ich ihn auch schon während der
Wahlkampagne auf Plakaten gesehen. Er war groß, etwas
über einsachtzig, und hatte eine breite Brust. Seine schwarzen Haare waren nur wenig angegraut und streng zurückge-
kämmt, ein paar Strähnen fielen ihm allerdings über das
linke Auge.

Er lachte, und um seine haselnussbraunen Augen bildeten sich Falten wie bei dem Bild von Santa aus meinem Weihnachtsbuch. Ich musste lächeln. Er sah mich, und sein Blick verweilte einen Moment, aber dann schaute er weg, nahm einen Schluck seines Getränks und sagte etwas zu einem noch größeren schwarzen Mann, der bei ihm stand. Der Schwarze schaute mich an und lächelte, aber ich schaute weg. Auch er sah gut aus und trug einen Maßanzug, der seinen schlanken Körper umschmiegte – aber seinetwegen war ich nicht hier.

Ich nahm einen Sitz an der Bar, dem Richter direkt gegenüber, und bestellte Wodka und Cranberry Saft. Ich wollte nicht nach Schnaps riechen. Das hohe Glas war eisgekühlt. Ich war ein bisschen nervös, und der leckere Drink war weg, bevor es mir bewusst wurde. Kaum hatte ich das Glas geleert, stellte der Barkeeper ein neues vor mich hin. Ich sah ihn fragend an, und er wies mit dem Kopf auf den Richter und seinen Kollegen. Der Kollege hob sein Glas und lächelte mich an. Der Richter lächelte auch, aber es war ein trauriges Lächeln.

Ich lächelte sie beide an, nahm das Glas in die Hand und wollte ein bisschen durch das Lokal schlendern, ehe der Freund des Richters seine Ansprüche anmelden konnte. Es gab nur eine kleine Tanzfläche, aber einige Paare hatten Platz gefunden und tanzten langsam. Immer mehr Gäste kamen herein, und plötzlich gab es keine Plätze mehr. Des Richters Freund hatte eine Beute gefunden, von der er sich mehr versprach; er hatte sich mit ihr an einen Tisch gesetzt. Ozzie saß jetzt allein da, er hörte Musik und nippte an seinem Drink.

Mühsam zwängte ich mich durch die Menge und stand plötzlich an Ozzies Seite. Ich schwankte ein bisschen, stieß gegen seine Seite, aber nur ganz leicht. Er rührte sich nicht, aber er schaute mich an. Der Barkeeper hatte eine Menge zu tun, und ich unternahm ein paar schwache Versuche, ihn auf mich aufmerksam zu machen.

»Es tut mir leid«, sagte ich. »Ich trinke sonst nicht viel, und mein Magen ...« Ich presste meine Hand auf meinen Bauch. »Gibt es hier was für meinen Magen?« Ich muss zugeben, dass es skandalös war, wie ich sogar ein bisschen Puerto Rico unter meine Sprache mischte, genau wie Georgy mir empfohlen hatte. Ich rückte ihm auch nie zu dicht auf den Pelz: Immer Respekt zeigen.

Ich fühlte, wie seine Blicke mich abtasteten, dann gab er nach. »Seltzer. Sie müssten eigentlich Seltzerwasser haben. Aber ich weiß nicht, ob das hilft. Wollen Sie sich setzen?« Er rutschte von seinem Hocker. Was für ein Gentleman.

Ich versuchte, mich auf den Hocker zu heben, aber nur mit geringem Erfolg. Er musste mich am Ellbogen auf den Hocker hieven, und er blieb bei mir, um mich im Falle eines Sturzes aufzufangen. »Danke«, sagte ich und drückte eine Hand gegen meine Stirn.

»Haben Sie gegessen?«, fragte er, ganz der besorgte Vater.

Innerlich musste ich lächeln. »Ich kann dieses Zeug nicht essen«, sagte ich und zeigte auf die Tabletts, auf denen die Gemüsestäbchen und die verschiedenen Dips standen. »Ich treffe meine Freundin, dann gehen wir zum Essen.«

»Wann treffen Sie sie denn?«

»Um sechs.«

»Jetzt ist es fast sieben. Sie sollten besser nach Hause gehen, besonders, da Sie sich nicht gut fühlen.«

»Ich bin mit dem Bus hier. Sie ist diejenige, die ein Auto hat. Ich bin sicher, dass sie bald hier sein wird.«

Ich unternahm einen weiteren schwachen Versuch, den Barkeeper auf mich aufmerksam zu machen.

»Smitty«, rief der Richter etwas lauter als üblich, »bring mir ein Glas mit Seltzerwasser.«

»Danke«, sagte ich und gab ihm ein schwindendes Lächeln. »Und es war sehr lieb von Ihnen, mir Ihren Hocker anzubieten. Es ist sehr heiß hier.« Ich begann mir Luft zuzufächeln.

»Ja, ein wenig«, sagte er und sah mich besorgt an.

Vor mir stand plötzlich ein Glas mit Seltzerwasser. Ich nippte daran.

»*De donde eres?*«

»Bayamon.«

»Ah, dann kenne ich wahrscheinlich einige Ihrer Leute. Nicht weit von hier bin ich aufgewachsen.«

»Gut möglich«, sagte ich lächelnd. »Mein Vater ist Quadalupe Castillo, und ich bin Lupita.«

»*Mucho gusto,* Lupita«, sagte er und streckte seine Hand aus.

»*Encantada*«, sagte ich und schüttelte seine Hand.

»Kommen Sie, Lupita, ich bringe Sie nach Hause. Es wäre mir nicht recht, Sie allein hier zurückzulassen. Ihr Vater würde mir dankbar sein.«

»Ich weiß nicht, ob mein Vater glücklich wäre, wenn ich eine Bar mit einem fremden Mann verlasse, selbst wenn er in der Nähe von Bayamon aufgewachsen ist.«

Jetzt lachte er, und die Fältchen um seine Augen ließen ihn wieder wie Santa aussehen. »Sie haben Recht. Ich bin Osvaldo Marin, ein ehrenwerter Mann, das kann ich Ihnen versichern.«

Ich verengte die Augen und starrte ihn an, als zweifelte ich an seinen Worten.

»Ich habe Kinder fast in Ihrem Alter und eine Frau, die ich anbete. Bei mir sind Sie sicher.«

»Ich fühle mich wirklich nicht gut.«

»*Venga.*« Er zeigte zur Tür.

Ich nickte und glitt von meinem Sitz. So ein Gentleman: Er

schirmte mich mit seinem Körper ab, als er vorausging und einen Pfad durch die Menge bahnte. Die ganze Zeit hielt seine Hand meinen Ellenbogen umfasst. Sein Freund, der mir den Drink spendiert hatte, bemerkte ihn und nickte anerkennend. Ozzie lächelte und sagte: »Es ist nicht so, wie du denkst, mein Freund. Du verwechselst mich mit dir.«

Draußen war die Luft knackig herbstlich. Er musste bemerkt haben, dass ich tief einatmete, denn er fragte, ob es mir besser ginge. Ich nickte. »Viel besser«, sagte ich, »die frische Luft tut mir gut.« Der Parkplatzwächter brachte Ozzies Auto, einen schwarzen Lincoln Towncar. Ich musste daran denken, dass solche Autos meistens auch als Leichenwagen gefahren werden, aber dieses hier hatte eine luxuriöse Innenausstattung; Ledersitze, die sich drehen ließen und ein Klangsystem auf dem Stand der neuesten Technik. Nachdem er mir auf den Beifahrersitz geholfen hatte und darauf achtete, dass wir uns beide anschnallten, fragte er, wo ich wohnte. Ich nannte ihm meine Adresse, und wir fädelten uns in den Verkehr ein.

Er stellte die Musik an, und die Congas mit dem Puls des *Merengue* Tanzes füllten das Innere des Lincolns, und ich wusste, dass Georgy Recht hatte: Dieser Mann, der einen Leichenwagen fuhr, gestärkte weiße Hemden und graue Anzüge trug, dessen einziges Laster ein paar Drinks nach der Arbeit waren, hatte Leidenschaft in seiner Seele. Sein Feuer war vorübergehend mit Asche belegt, und es war meine Aufgabe, die Glut neu zu entfachen.

»Haben Sie was dagegen, wenn ich mir beim Imbiss was zu essen hole? Ich habe nichts zu Hause, und ich habe Hunger.« Ich wusste von Georgy, dass sie und die Kinder das Wochenende in New York bei einer Tante verbrachten, deshalb würde Ozzie zu Hause auch allein essen müssen.

»Dieses Zeug ist nichts für Sie. Sie brauchen richtiges

Essen.« Ohne weiteres Wort wendete er und fuhr zurück in südliche Richtung. »Wir gehen zu Dona Lola. Das ist zwar kein Essen wie in Puerto Rico, aber es kommt ihm nahe. Sie macht großartige *empanadas* mit Meeresfrüchten, und ihr *bacalao* ist *como mi madre*.«

Ich ließ mich in die Polster sinken. Ich hatte schon bei Dona Lola gegessen und wusste, dass sie keine Alkohollizenz hatte. Die Gäste brachten meist Bier oder Wein mit. Es überraschte mich also nicht, als er vor einem Schnapsladen anhielt und eine Flasche Zinfandel, einen Rosé und eine kleine Flasche Seltzerwasser kaufte.

»Ich war nicht sicher, wie Sie sich fühlen und was Sie trinken möchten«, sagte er, als er mir die Tüte mit seinem Einkauf reichte.

Ich öffnete die braune Tüte und schaute hinein. »Es geht mir viel besser. Die frische Luft hat geholfen.«

»Sie brauchen was zu essen. Danach werden Sie sich noch besser fühlen.«

Bei Dona Lola wurden wir freundlich begrüßt. Er stellte mich als Freundin von zu Hause vor, und Dona Lola selbst sprach in schwingendem ecuadorischem Spanisch zu ihm, und sie sah ihn lächelnd über die Schulter an, als sie uns zu einer Nische im hinteren Teil brachte. Sie bestand darauf, dass sie ihm einen Red Snapper mit Reis zubereitete, wie er in ihrer Heimat serviert wurde. Während wir warteten, schickte sie uns eine mächtige Suppe mit kräftigen Gemüsestücken und kleinen Rindeinlagen. Wir aßen und tranken, priesen das Essen und versuchten, die verschiedenen spanischen Akzente, die wir um uns herum hörten, der Herkunft nach zu ordnen. Die ganze Zeit wurden wir mit Latino Jazz, brasilianischem Bossa Nova und Afro-Kubanischen Trommeln zugedröhnt.

Als wir das Restaurant verließen, hielt seine Hand nicht

mehr meinen Ellenbogen, sondern lag auf der schmalen Stelle zwischen Rücken und Po. Nachdem wir saßen und angeschnallt waren, schob er Eddie Santiago in den CD-Spieler, und ›Lluvia‹ begann zu spielen, während wir uns in den Verkehr einordneten.

»*Me gusta salsa romantica*«, sagte ich und legte mich zurück ins Polster.

»*Mi tambien.*« Lächelnd sah er mich an. Er saß nicht mehr steif in seinem Sitz, und seine Hände hielten das Lenkrad auch nicht mehr so vorschriftsmäßig wie vorher. Er hatte sich entspannt und fuhr mit einer Hand.

Während des Essens hatte er herausgefunden, dass ich Studentin war, keinen *novio* hatte und allein in einem winzigen Apartment auf dem Campus lebte. Er hatte mir auch anvertraut, dass ich ihn an seine Frau erinnerte. Er glaubte, dass es an den Augen lag. Nein, es war das Lachen. Vielleicht, sagte er dann, waren es die Lippen. Danach füllte er mein Glas und berührte meinen Oberschenkel mit seinem. Ich wich nicht zurück, im Gegenteil, ich fütterte ihn mit dem Rest meines Fischs. Ich hatte Georgy versprechen müssen, ihn nicht zurückzuweisen. Jetzt lag es an ihm. Ich konnte hören, wie sich die Rädchen in seinem Kopf drehten, um die Risiken abzuwägen und die Belohnungen. Ich setzte mich zurück und summte mit Eddie.

Er fuhr den Lincoln auf einen Platz nicht weit von meiner Tür entfernt und stellte den Motor ab. Ich richtete mich auf und wartete, dass er mir die Tür öffnete, aber stattdessen beugte er sich zu mir und küsste mich. Ich zuckte zurück, ehrlich überrascht. Er folgte meiner Rückwärtsbewegung, beugte sich weiter in mich hinein, schob eine Hand um meinen Schenkel und seine Zunge zwischen meine verdutzten Lippen.

»Nur für heute Abend«, sagte er, als er sich aufrichtete, sich abwandte und aus dem Fenster schaute. »Sie sagen, Sie haben niemanden, und heute Abend habe ich auch keinen zu Hause. Deshalb würde ich gern bei Ihnen bleiben.«

Ich wartete, ließ ihn eine Minute lang schmoren und berührte seine Hand. »Aber nur diese Nacht.«

Nachdem er mir aus dem Auto geholfen hatte, folgte er mir wie ein Junge, der zur Beichte geführt wird, stumm und den Kopf gesenkt.

»Ich habe nicht viel zu bieten«, sagte ich, als ich den Schlüssel ins Sicherheitsschloss steckte und das Licht einschaltete. »Wohnzimmer, Küche, Schlafzimmer. Um ins Bad zu gelangen, muss ich durchs Schlafzimmer.« Ich ging voraus in die Küche. »Ich muss einen Schluck Wasser trinken. Sie auch?«

»Ja«, sagte er und streifte die Schuhe an der Tür ab, wie ich es getan hatte. Er ließ Jackett und Krawatte aufs Sofa fallen, bevor er mir in die Küche folgte. Ich füllte zwei Gläser mit Mineralwasser aus dem Kühlschrank. Er zog sich einen Plastikklappstuhl heran und setzte sich. Ich stellte das Glas vor ihn auf den Tisch, aber er nahm mir mein Glas aus der Hand, nippte anerkennend daran, stellte es neben seins und zog mich zwischen seine Schenkel.

»Das Kleid ist sehr attraktiv«, sagte er, während er seine Hand unter den Stoff schob und über nackte Haut strich. Er streichelte und knetete, bevor er den Tanga nach unten und über meine Hüften schob. Als er ihn ganz abgestreift hatte, legte er ihn auf den Tisch.

»Ich habe dich den ganzen Abend schon vögeln wollen«, sagte er, griff wieder unter mein Kleid und zog die Backen auseinander. Seine Finger glitten in der Feuchte zwischen meinen Beinen vor und zurück. »Beim ersten Mal möchte ich, dass du das Kleid anbehältst. Es ist ein süßes Kleid.« Das sagte er, während er durch den Stoff in meine Brust biss. Es waren schöne runde Bisse, die keinen Schmerz brachten.

»Willst du mehr Wasser?«, fragte er.

Ich nickte, und er reichte mir das Glas. Ich trank, und er streichelte mich. Ich gab ihm das Glas zurück, und er nahm auch einen Schluck. Dann stand er auf, nahm meine Hand und führte mich durch das Wohnzimmer ins Schlafzimmer. Die Beleuchtung vom Wohnzimmer richtete im Schlafzimmer ein Spiel aus Licht und Schatten an.

Er führte mich zum Bett und drückte mich behutsam an den Schultern nieder, sodass meine Beine über den Rand baumelten. Der Saum meines Kleides rutschte die Schenkel hoch. Dann trat er einen Schritt zurück, schnallte seinen Gürtel auf und öffnete den Reißverschluss der Hose. Er schaute auf mich hinunter, während er sich streichelte; die Hand lief über die ganze harte Länge. Er streichelte sich fester, und ich wand mich hin und her. Ich öffnete meine Schenkel weiter, als wollte ich meine Einladung verdeutlichen.

Ich fühlte, wie die Feuchtigkeit zwischen meinen Beinen stärker rann. Ich schloss die Augen, und als ich sie wieder öffnete, kniete er vor mir, und seine Zähne knabberten an den empfindlichen Innenseiten meiner Schenkel, und seine Nase stieß gegen den zitternden Mund meines Geschlechts.

»Öffne dich für mich, Lupita«, flüsterte er zwischen meinen Schenkeln und schob das Kleid bis über die Hüften.

»So süß«, sagte er, als er nagte und leckte. Die Zunge strich über die harte Knospe, die aus den Labien deutlich hervortrat. Er saugte sie in den Mund, und ich wand mich unter ihm und hielt seinen Kopf zwischen meinen Schenkeln fest.

»Ozzie.« Ich zog an seinen Haaren, und er schob meine Beine weiter auseinander. Ich konnte den Gürtel scheppern hören, als er die Hose ganz nach unten drückte.

»Lupita, ich muss dich jetzt fühlen. Ich will in dich hinein. Du bist sehr nass, deshalb sollte es nicht schmerzen«, sagte er, als er sich über mich erhob.

Ich nickte und langte hoch zu ihm, um ihn auf mich zu ziehen.

Ich fühlte, wie er in mich hineinpresste. Mit einer Hand hielt er seine Position, mit der anderen steuerte er seinen Schaft. Zuerst zwängte er sich langsam hinein, aber er stieß auf Widerstand. Ich hatte noch nicht viele Männer gehabt, und er war größer und breiter als alles, was ich bisher gespürt hatte. Ich ahnte, dass er mit Wucht in mich hineinstoßen wollte, aber er ließ mir Zeit, mich daran zu gewöhnen. Er stützte sich über mir auf den Ellenbogen ab, dann stieß er langsam zu, weiter in die Nässe hinein.

»Tue ich dir weh?«, fragte er.

Ich schüttelte den Kopf, und er beugte sich über mich und küsste meine Nase.

»Du bist so verdammt eng und heiß. Ich will dir nicht wehtun, aber es fühlte sich so verdammt gut an, deshalb kann ich es nicht erwarten, ganz in dir zu sein.«

Er verstärkte seinen Schub, glitt vorwärts, zog sich zurück und stieß härter zu. Dann küsste er mich, er schlüpfte die Zunge in meinen Mund, während sein Schaft sich immer tiefer bohrte. Der rammende Kopf mahlte gegen die Gebärmutter.

»Oh, Mann.« Er schwitzte jetzt. »Du bist so verdammt nass, Mami. Ich will die ganze Nacht in diese süße Pussy rammeln.« Er packte meine Backen, zog sich weit zurück und glitt dann langsam hinein. Er ließ seine Muskeln in mir spielen, als wollte er jeden Teil von mir berühren. Nachdem er sicher war, dass er jeden Winkel erfasst und gerieben hatte, begann er wieder mit den Bewegungen zurück und hinein, wobei er einen pochenden Rhythmus aufnahm. Er war heiß und unglaublich hart, und jeder Stoß schien einen neuen Nerv in meiner Pussy zu finden.

Ich wollte ihn in dieser Position festhalten – nein, in dieser, um die Sensationen länger zu genießen. Ich versuchte, ihn mit den inneren Muskeln zu greifen, aber dadurch bewegte er sich noch schneller und stieß tiefer. Als letzte Lösung fiel mir ein, seinen Hintern zu umklammern, damit ich ihn auf mir halten konnte, aber ich rutschte von seiner glitschigen Haut ab. Er wusste, dass ich ihn festnageln wollte, aber er neckte mich nur, stieß mich schneller, hielt dann inne, gerade mal lange genug, dass meine Muskeln an ihm saugen konnten. Sie molken seinen harten Schwanz. Ich konnte nicht denken, ich wollte nur die Fülle seines Fleisches spüren, und er sollte tief in mir bleiben.

Ich küsste seinen Kopf und seine Lippen, und er begann voller Wucht in mich hineinzustoßen.

»Es ist wunderbar, Mami«, sagte er. »Ich will in dir kommen. Darf ich in dir kommen? Halt dich an mir fest, Mami, dann stoße ich noch härter zu und fülle dich.«

Lichter tanzten um meine Augen, als er ein härteres Tempo anschlug. Er schien in mir noch zu wachsen, wodurch alles noch enger wurde. Dann krümmte er den Rücken, und er röhrte wie ein großer Löwe mit schwarzer Mähne. »Oh, Mami«, grunzte er. Ich fühlte, wie eine flüssige Hitze mich füllte. Meine Pussy begann zu zittern, und Zuckungen schüttelten meinen Körper. Ich schloss die Augen und sah die tanzenden Lichter noch viel deutlicher.

Ich weiß nicht, wie lange wir so an Ort und Stelle lagen, aber als ich die Augen öffnete, wurde es draußen hell. Ozzie schnarchte ein bisschen. Sein Kopf ruhte an meiner Schulter, und sein halb aufgerichteter Penis steckte noch ein Stück in mir. Ich schüttelte seine Schultern, und er schaute mich an, ein verschlafenes Grinsen auf dem Gesicht.

»Eine Dusche«, sagte er. »Wir brauchen eine Dusche und eine Portion Schlaf.« Er stand auf, und ich folgte ihm ins Bad.

Es blieb beim Duschen: Er wusch mich mit den Händen und neckte mich mit den Fingern, aber wir waren beide viel zu müde. Wir rieben uns gegenseitig trocken und fielen ins Bett. Ich schlief in seinen Armen ein.

Während ich schlief, war er einkaufen gewesen. Er machte Rühreier mit Käse und Toast und Kaffee. Die Ärmel seine zerknautschten Hemds hatte er bis zu den Ellenbogen hochgerollt. Als ich in meinem üblichen Unterhemd mit den Spaghettiträgern in die Küche stolperte und gähnte, führte er mich zu einem Stuhl und stellte einen Teller vor mich.

»Hungrig?«, fragte er und schob eine Tasse Kaffee und einen kleinen Karton mit Milch an meinen Platz.

»Ich könnte was essen«, murmelte ich und griff nach der Zuckerdose, die immer mitten auf dem Tisch stand.

»Gut. Ich dachte schon, du könntest zu den ›Ich-mag-kein-Frühstück-Mädchen‹ gehören.« Mit Kaffee und einem Teller setzte er sich mir gegenüber.

»Das ist auch oft so, aber nur, weil ich zu faul bin, das Frühstück zu bereiten, und außerdem habe ich selten was zu essen im Kühlschrank.« Es war gut, dass er die Eier nicht zu lange im Kessel gelassen hatte, und der Kaffee war stark genug, »Aber ich habe kein Problem damit, wenn ein attraktiver Mann meine Küche benutzen will, um seine kulinarischen Fähigkeiten zu demonstrieren.«

»Ich hatte viel Spaß gestern Abend, Lupita«, sagte er, nippte am Kaffee und sah mich an. Ich konnte mir vorstellen, dass er diesen Blick auch im Gerichtssaal drauf hatte.

»Ich auch«, sagte ich mit einem Mund voll von Rühreiern und Toast.

»Dies ist eine neue Erfahrung für mich.«

Ich nickte und nahm einen großen Schluck Kaffee mit Kondensmilch.

»Ich habe so etwas noch nie getan.«

Ich konnte mir nicht helfen – ich verdrehte die Augen.

»Nein, Lupita.« Er wurde richtig ernst, ein gepeinigter Blick auf dem Gesicht. »Ich liebe meine Frau und meine Kinder.«

Ich stand auf, ging zu ihm und drückte seinen Kopf an meine Brust.

»Keine Sorge, Ozzie. Ich bin ein großes Mädchen. Und wir haben uns geeinigt, dass es nur für eine Nacht sein sollte.«

Er zog meine Hüften gegen seine, sein Gesicht noch an meinem Busen geborgen. »Aber ich will mehr«, flüsterte er.

Ich verbarg mein Lächeln in seinem Haar. Seine Worte machten mich glücklich, nicht nur, weil Georgys Plan aufging, sondern weil ich auch mehr haben wollte. Mehr von seiner großen Leidenschaft, mehr vom Lieben dieses freundlichen Mannes.

Er schob die Träger nach unten und hob mich auf den Tisch. Mein nackter Po drückte sich auf den kühlen Kunststoff, während seine Lippen an meinen Brustwarzen zogen und saugten. Er stieß die Zunge in meinen Mund, und die Spitze seiner Erektion klopfte gegen meine schon glitschige Öffnung. Ich öffnete mich für ihn, schlang die Beine um seine Hüften und spürte, wie er in mich hineinpresste und die Wände meiner schon brennenden Passage versengte. Er hob mich vom Tisch, seine Finger griffen in meine Backen, und er begann kräftig zu stoßen, während ich verzweifelt Halt suchte.

Ein paar Wochen später erhielt ich einen Anruf von Georgy. Sie war ekstatisch. »Was hast du wirklich mit ihm angestellt, Lupe?«, fragte sie. »Er ist wie ganz am Anfang unserer Ehe, freundlich und zuvorkommend, und diese Energie ...«

»Ich habe mich nur an deine Anweisungen gehalten«, sagte ich lachend. »Ich dachte schon, dass du nicht zufrieden sein würdest, weil er nie zurückgekommen ist. Wir hatten eine Nacht schnellen Sex, aber keine Emotionen.«

»Nun, dann habe ich mich eben getäuscht. Was immer du mit ihm angestellt hast – es hat gewirkt. Ich bin dir was schuldig.«

»Nein, es hat Spaß gemacht. Ozzie ist ein feiner Kerl und ein richtiger Gentleman.«

»Ich kaufe dir was Schönes. Wir gehen zusammen einkaufen.«

»Nein, nicht nötig, Georgy. Er hat eine Nacht bei mir verbracht, und sie hat uns beiden gefallen.«

»Aber ich möchte dich trotzdem sehen, Lupe. Ich vermisse dich.«

»Warte einen Moment, Georgy. Ich habe einen anderen Anruf in der Leitung.«

»Lupita?« Die Stimme ließ mein Herz stillstehen.

»Ja.«

»Ich kann nicht aufhören, an dich zu denken.«

»So geht es mir auch«, sagte ich und presste das Telefon fest an mein Ohr. Meine Hand begann zu schwitzen.

»Ich muss dich sehen.«

»Wann?«

»So schnell wie möglich.« Er stieß die Worte hervor. Ich lächelte ins Telefon.

»Warte mal, ich habe vorher einen Anruf auf der anderen Leitung gehabt, den muss ich beenden.«

»Ich kann dich zurückrufen.«

»Nein, es ist nicht wichtig. Eine Sekunde.« Ich schaltete zurück zu Georgy.

»Ich muss das Gespräch leider annehmen, Georgy.«

»Wann können wir uns treffen?«, fragte sie schnell, um auf das Drängen in meiner Stimme zu reagieren. »Morgen zum Mittagessen?«

»Ich muss eine Arbeit zu Ende schreiben.«

»Vielleicht kann ich dir dabei helfen.«

»He, das wäre Betrug.« Ich lachte. »Ich muss leider aufhören.«

»Ruf mich an, sobald du Zeit hast. Ich möchte dich wirklich gern sehen.«

»Sobald ich hiermit fertig bin.« Wieder umschalten. »Hallo?«, sagte ich und hoffte, dass er noch da war.

»Ich kann hier um drei Uhr fertig sein. Ich kann Sachen für ein Essen mitbringen.«

»Ich bin da«, sagte ich und legte auf.

Alegra Verdes Kurzgeschichten erscheinen in der Black Lace Sammlung Misbehaviour, die in Kürze unter dem Titel »Ungezogen« auch in deutscher Sprache veröffentlicht wird.

Das Interview

Justine Elyot

»Wenn er zu spät kommt, werde ich ihn gar nicht erst in Betracht ziehen. Ich habe in meinem Arbeitsleben genug unter der verdammten Unpünktlichkeit gelitten, da weigere ich mich, sie nun auch in meinem Privatleben zu ertragen.«

Die jähzornigen Bemerkungen meines Mannes sind voreilig ausgesprochen, denn es sind noch fünf Minuten bis drei Uhr. Unser Kandidat mag zwar auf den letzten Drücker kommen, aber ihm bleibt Zeit, sein Auto zu parken und über den Kiesweg zu unserer Haustür zu schreiten.

Ich nehme die letzte Chance wahr, einen kritischen Blick auf die Fotos zu werfen, die er seiner Bewerbung hinzugefügt hat, obwohl das Wort ›kritisch‹ wohl nicht der zutreffende Begriff ist. Der Mann, der die Konkurrenz aus dem Feld geschlagen und diese Phase des Auswahlprozesses erreicht hat, ist atemberaubend anzuschauen. Ein Foto zeigt sein Gesicht im Halbprofil und fängt die genaue Diagonale seines Wangenknochens ein, die Umrisse seiner wirklich schönen Nase und ein schelmisches Zucken in den Augen. Nichts enttäuscht in diesem Gesicht, aber vielleicht könnten die Lippen etwas voller sein. Doch wer will Perfektion? Mein Mann, nehme ich an, aber er war immer schon ein eigenwilliges Tier.

Die anderen beigefügten Fotos seines gespannten Oberkörpers, die Daumen in den Bund seiner Jeans gesteckt, sowie ein Vollkörperbild in Schwarzweiß, erfreuen mein weniger strenges Auge. Gibt es nicht die Theorie über die Relation von Nase und ... na, Sie wissen schon, der unteren Region? Ich kann meinen Mann schimpfen hören, wenn ich das laut geäußert hätte. »Nenn die Sachen beim Namen, Jacqueline. Ein Schwanz ist ein Schwanz.«

Genau darum geht es. Die Hemmungen einreißen, die sich in unserem Schlafzimmerleben als nachteilig erwiesen haben. Vielleicht ist es ein unkonventioneller Versuch, aber Ralph Watson-James ist ein unkonventioneller Mann.

Wir haben uns bei einem Fototermin für eine der Zeitschriften kennengelernt, die ihm gehören. Ich präsentierte Miniröcke auf einer zugigen Feuertreppe hinter einem anrüchigen Haus in Soho; ich glaube, es ging um ein Revival der Sechziger Jahre, aber ich hielt nicht viel vom Wiederaufleben – der Bienenkorb auf meinem Kopf ließ mich nur lächerlich aussehen, aber Ralph war anderer Meinung, er stand steif neben dem Fotografen und schaute mir mit einer Begeisterung zu, die mir das Gefühl gab, nackt zu sein.

Ich posierte eine lange, zittrige Stunde lang, schlang mich um Geländer und setzte mich auf kalte Metalltreppen, und ich musste befürchten, dass das Team, das von unten zuschaute, unter meinen kurzen Vinylrock gucken könnte. Als das Martyrium zu Ende war, hastete ich dankbar auf meine Tasche zu, denn ich brauchte eine Zigarette und einen Schluck oder zwei Diät-Cola. Dann noch eine Zigarette.

Ich ließ mich gegen die Wand fallen, schützte die Flamme des Feuerzeugs mit einer Hand, während ich das Gift einatmete und die ersten zwei Sekunden des Schwindels genoss.

»Es ist eine Schande«, sagte eine kultivierte Stimme zu meiner Rechten, »dass eine makellose Schönheit wie Sie den Drang in sich spürt, ihren Körper mit diesen Sachen zu zerstören.«

Ich hatte eine scharfe Replik auf der Zunge, aber sie erstarb in meiner Kehle, als ich sah, dass es sich bei dem Anti-Raucher-Propagandisten um Mr. Watson-James handelte, in dessen Händen meine zukünftige Karriere liegen könnte.

»Tabak zügelt den Appetit«, erklärte ich. »In diesem Beruf kann ich mir keine zusätzlichen Pfunde leisten.«

»Ich verstehe«, sagte er und kam hoch zu mir. »Meiner Auffassung nach ist es schade, dass junge Frauen in Ihrem Beruf zu einem so enthaltsamen Leben gezwungen sind. Essen und Trinken sind zwei der großen Vergnügen im Leben. Amphetamine können da nicht mithalten.«

Ich starrte ihn schuldbewusst an. Wusste er, dass ich Speed benutzte, um mein Gewicht zu kontrollieren? Wenn ja – woher?

»Ich schätze, Sie haben Recht«, sagte ich, inzwischen nervös geworden. »Um ehrlich zu sein, ich könnte töten für eine Scheibe von Mums Hühnchen-und-Pilz-Pastete. Jetzt auf der Stelle.«

»Warum lassen Sie sich nicht von mir zum Essen einladen? Unter der strikten Bedingung, dass Sie alles bestellen, was Sie mögen, unabhängig vom Fettgehalt. Und ich werde darauf bestehen, dass Sie Pudding zum Nachtisch nehmen.«

Er lächelte mich an, und ich musste zugeben, dass er mich ab sofort nicht nur als reicher alter Mann interessierte, der meiner Karriere helfen könnte.

Wir speisten festlich bei einem kleinen intimen Italiener, zu dem eine dunkle, verstaubte Treppe in einer der engen Gassen in der Nähe führte. Nahrung, die ich längst in der Recyclingtonne der Geschichte wähnte, stand plötzlich vor mir auf meinem Platz, eine obszöne Parade von Kohlehydraten, mächtigen Saucen, Butter, Käse, rotem Fleisch, Brot und Öl. Nach diesem Essen würde ich eine Fettabsaugung brauchen. Ich protestierte, aber Ralph ließ nicht einmal den Verzicht einer einzigen Morchel zu. Er sah mir zu, wie ich mit der Gabel im Berg Pasta stocherte und meinen überraschten

Gaumen bediente, was ihn zu einem leisen zufriedenen Lächeln brachte. Er ließ seinen eigenen grünen Salat stehen ignorierte seinen Becher mit Wasser, um mir den vollmundigen Rotwein einzuschenken.

»Das ist also Ihr Leben, Jacqueline?«, fragte er, während ich unlustig die Dessertkarte überflog. »Sie sind von Berufs wegen mager. Haben Sie sich Ihre Zukunft so vorgestellt?«

Ich hörte auf, zwischen Tiramisu und Pfirsich Semifreddo hin und her zu überlegen. Ich hob die Schultern. »Ich weiß nicht, was ich tun will. Im Moment gefällt mir die Arbeit, aber ich weiß, dass sie nicht für immer ist.«

»Nein, Jacqueline, für immer wird sie nicht sein. Ihr zauberhaftes Gesicht wird Falten bekommen, vor allem, wenn Sie vom Rauchen nicht lassen können. Die Aufträge bleiben aus. Sie werden immer verzweifelter nach Möglichkeiten suchen, sich zu verkaufen. Vielleicht werden Ihre Knochen brüchig, weil Sie sich nicht vernünftig ernährt haben. Sie werden vor der Zeit schwach und ältlich.«

Danke für die fröhliche Prognose, wollte ich sagen, aber stattdessen starrte ich ihn nur an.

»Kate erhält immer noch eine Menge Aufträge, und das trifft auch auf die anderen Supermodels zu.«

»Sie sind kein Supermodel. Sie sind wunderschön, sogar perfekt, aber Sie gehören nicht in diese Liga, und das wissen Sie auch.«

Er hatte Recht. Ich wusste es im tiefsten Winkel meines Herzens. Ich hatte weder die Ausdauer noch den Biss, und beides war erforderlich, wenn du zu den Großen gehören wolltest. Für mich war Modeln okay, solange es nicht in harte Arbeit ausarbeitete.

»Sie sind für dieses Leben nicht geschaffen, Jacqueline«, diagnostizierte er. »Sie sind ein bisschen zu zierlich, ein bisschen zu kostbar, ein bisschen zu naiv. Man muss sich um Sie kümmern wie um eine Treibhauspflanze; Sie brauchen Zeit und Platz zum Gedeihen.«

Seine Worte trafen genau den Punkt. Ich konnte keine Replik finden, obwohl ich ihm gern was Derbes an den Kopf geworfen hätte, um ihn auf Distanz zu halten. Er hatte mir einen Schrecken eingejagt, ich fühlte mich abgestoßen und gleichzeitig angezogen. Ich hatte Angst.

Ich bestellte Tiramisu. Als der Likör serviert wurde, hatte er mir einen Heiratsantrag gemacht, und ich hatte angenommen.

Natürlich kannten wir uns kaum, aber wir schienen überraschend gut miteinander zu harmonieren. Auf einer oberflächlichen Ebene genoss ich den extravaganten Lebensstil, und die Vorzüge, die sich dadurch ergaben, dass ich Mrs. Watson-James war, konnten sich sehen lassen. Ich nehme an, dass er ein hübsches junges Model am Arm hatte, schadete seiner Reputation in der Stadt nicht.

Aber es war viel mehr als das. Er engagierte sich als Sponsor in der Kunstwelt, und er führte mich in Theater, Oper und Ballett ein. Obwohl unsere jeweiligen Leben unterschiedlicher nicht hätten verlaufen können, gab es bestimmte Punkte, an denen sich unsere Erfahrungen trafen, und wir teilten sogar einige philosophische und ethische Prinzipien. Wir hielten nicht viel von den vorherrschenden gesellschaftlichen Gepflogenheiten und neigten dazu, unseren eigenen moralischen Empfindungen zu folgen, die sich zum Glück überschnitten. Er war freundlich zu mir, und er versagte mir nie etwas. Doch er hielt mich an, das Rauchen aufzugeben.

Aber etwas sorgte für Misstöne.

Er war sexuell viel erfahrener als ich. Zuerst begriff ich das als Bonus. Unsere Hochzeitsnacht – die für uns die echte Premiere sein sollte, nicht aus moralischen Erwägungen, sondern weil er den Aufbau der hohen Erwartungen auskosten wollte – war wie eine wunderbare Enthüllung für mich.

Meine sexuellen Erlebnisse waren, nachdem ich das Internat verlassen hatte, unterdurchschnittlich gewesen, gewöhnlich ausgelöst von zugekoksten Fotografen oder lüstern-geilen Fußballern in glitzernden Nachtklubs, die auf dem Platz mehr Erfolg hatten als außerhalb. Niemand hatte sich je Zeit für mich genommen oder hatte Geduld zu warten, bis ich bereit war, oder versuchte, meinen Körper kennen und verstehen zu lernen. Ralph war ein sensationeller Liebhaber.

Ich war keine gute Liebhaberin.

Ich war zögerlich, zaghaft und ängstlich. Ich wollte schrecklich gern alles für ihn tun, ich wollte mich als die Geliebte beweisen, nach der er all diese Jahre gesucht hatte, ich wollte ihn zu diesen Höhen der Ekstase bringen, die ich mit ihm schon erreicht hatte. Aber ich machte alles nur falsch. Mitten während der Fellatio biss ich in seinen Penis, ich bekam Krämpfe zur falschen Zeit und musste meine Position verändern. Und die ganze Zeit war ich so gehemmt.

Er wollte, dass wir uns im Spiegel beobachten, aber ich lehnte ab. Er wollte uns filmen, und ich lehnte ab. Er wollte ein paar bizarre Dinge treiben, damit sich das Vertrauen zwischen uns entwickeln konnte, und ich verzog nur das Gesicht und nannte ihn pervers. Heute schäme ich mich dafür.

Und das eine Ding, was ich nie, nie, nie fertig brachte – das Einzige, war er wirklich von mir wollte – war, darüber zu reden. Ich sollte ihm sagen, was ich wollte, ich sollte meine Phantasien erklären und die derbe Sprache des Sex benutzen. Dafür fehlte mir jedes Verständnis.

»Warum kannst du nicht mit mir reden?«, fragte er, aufgebracht, obwohl er es nicht sein wollte. Es war ein düsterer

Sonntagmorgen, nachdem ich beim Koitus zu weinen begonnen hatte.

»Ich will nicht, dass du schlecht von mir denkst«, stammelte ich. »Ich will nicht, dass du glaubst, ich wäre so ein Mädchen. Ein Mädchen, das solche Sachen sagt. Das ... oh, es ist wegen dir. Ich muss mit dir leben. Ich bin irgendwie verliebt in dich. Das erschwert ...«

Ich schaute weg, die Augen wieder voller Tränen.

»Jacqueline«, sagte er und hielt mein Gesicht so, dass ich ihn ansehen musste. Er nannte mich nie Jacqui oder Jax, wie alle anderen – immer nur Jacqueline. »Es ist nichts Falsches daran, ›so ein Mädchen‹ zu sein. Wie oft muss ich dir das noch sagen?«

Ein starres Lächeln, ein Achselzucken. Vielleicht vierzig Mal? Ich wusste es nicht mehr.

»Nun«, sagte er traurig, nahm meine Hand und streichelte sie, »weitere Wiederholungen des Themas scheinen nutzlos zu sein, nicht wahr? Wie können wir dich aufschließen, Jacqueline? Wie können wir die sexuelle Frau finden, die in dem verängstigten Mädchen schlummert? Denn ich weiß, dass sie da ist. Sonst hätte ich dich nicht geheiratet.«

»Vielleicht ... eh ... eine Therapie?«, schlug ich vor.

Er gluckste. »Das glaube ich nicht. Ich halte nichts von klinischen Lösungen von persönlichen Problemen.«

»Aber das ist eine alberne, altmodische Sichtweise«, rief ich. Er legte einen Finger über meine Lippen.

»Ich bin ein alberner, altmodischer Mann«, sagte er. »Ich weiß, du kannst mir nicht viel sagen, aber hast du schon mal ein sexuelles Erlebnis gehabt, das dich erfüllte?«

»Du erfüllst mich.«

»Danke, aber ich meinte, wo du dich hemmungsloser gefühlt hast? Ein Erlebnis, bei dem du gespürt hast, dass du deine wirkliche Sexualität auslebst?«

Ich dachte darüber nach. Es stimmte, dass keiner meiner vorausgegangenen Freunde auf diesem Gebiet irgendwas taugte, aber da hatte es diese eine Gelegenheit gegeben ... der Sex war nicht phantastisch, aber ich hatte etwas ausgesprochen, das mir zuvor und auch wieder danach nicht mehr über die Lippen gekommen ist ... »Fick mich.«

»Da war mal was«, sagte ich zögernd. »Aber es ist ... oh, es ist wirklich entsetzlich. Ich schäme mich dafür, das getan zu haben.«

»Hört sich vielversprechend an. Weiter.«

»Es war bei einer Wrap Party nach einem Fototermin. Du kennst diese Partys, auf denen es die gefüllten Tortillas gibt ... nun, ich habe da einen sehr attraktiven Mann gesehen, groß und dunkel. Noch nie habe ich so heftig nach einem Mann gedürstet; es war, als hätte er eine magnetische Kraft an sich. Wenn ich tanzte, dann nur für ihn. Sexy Bewegungen – nur für ihn. Er verfolgte mich eine halbe Stunde lang mit seinen Blicken. Ich dachte schon, er würde zu mir kommen und mit mir tanzen, aber das tat er nicht. Es war sehr frustrierend. Ich wollte nicht auf ihn zugehen, das sieht doch nur so aus, als wäre man verzweifelt, deshalb verließ ich den Tanzboden und ging zur Toilette. Er folgte mir. Ich sagte irgendwas Albernes wie ›Suchen Sie jemanden?‹, und er erwiderte: ›Ja, dich.‹ Und dann sind wir irgendwie in der Besenkammer gelandet und machten leidenschaftliche Liebe ... nein, nicht Liebe, aber du weißt schon ...«

»Ficken«, sagte mein Ehemann.

»Ja, so kann man es nennen. Es war ein bisschen verrückt. Ich war nicht ich selbst. Ich habe all diese Sachen gesagt.«

»Welche Sachen?«

»Unständige Sachen.« Ich errötete.

»Unanständige Sachen. Du kannst sie also aussprechen. Sie sind in dir drin. Irgendwo.« Er küsste mich, ein langer, zärtlicher Kuss, dann fragte er: »Lag es daran, dass er ein Fremder war? Er wusste nichts von dir und konnte später auch nicht schlecht über dich reden.«

»Ja, ich glaube, so wird es gewesen sein.« Meine Stimme klang ganz leise.

»Wenn ihr euch verabredet und vielleicht eine Beziehung begonnen hättet, wäre es dann anders verlaufen? Hätte sich die Dynamik verändert?«

»Ich weiß es nicht«, sagte ich überlegend. »Weil wir so angefangen haben, hätten wir vielleicht auch so weitermachen können.«

»Ich verstehe. Was ich also hätte tun sollen, statt auf dich zu warten – ich hätte dich auf der Feuertreppe am ersten Tag, als wir uns begegneten, ficken sollen.«

Ich kicherte. »Vielleicht.«

Wir versuchten auch noch einige andere Dinge. Rollenspiele. Inszenieren. So tun, als hätten wir uns erst an diesem Abend kennengelernt. Nichts funktionierte.

Und jetzt sind wir hier am Rande der gesellschaftlichen Akzeptanz. Ehebruch in stillschweigendem Einvernehmen. Ich hatte keine Ahnung, dass es solche Dinge gibt, aber als Ralph den Plan vor zwei Monaten entwarf, hörte er sich ganz normal an. Ralph hat es drauf, selbst das Empörendste als durchaus üblich darzustellen – zum Teil ist das der Trick, mit dem er sein Empire aufgebaut hat.

»Wie wäre es, wenn du einen neuen Fremden findest, Jacqueline? Einen ähnlich attraktiven Mann mit magnetischer Anziehungskraft, der dich anmacht und bereit ist, dich überall durchzuziehen? Glaubst du, dass dir das was bringt?«

»Aber das kann doch dann nur eine Phantasie sein«, stammelte ich.

»Warum kann das nur eine Phantasie sein?«

»Weil wir verheiratet sind.«

»Ja, wir sind verheiratet. Wir haben eine Partnerschaft. Solange wir einig sind, wie wir diese Partnerschaft leben, ist doch alles okay, oder?«

»Du meinst . . . ?«

»Jacqueline, ich habe alles versucht, alles, bis auf deinen Therapievorschlag. Ich habe das Gefühl, dass wilder Sex mit einem fremden jungen Mann genau das ist, was es braucht, die leidenschaftliche Frau in dir zu befreien.«

Ich blinzelte. War er verrückt geworden? Er war älter als ich, aber zu jung für eine Demenz.

»Du willst, dass ich es mit einem anderen Mann treibe?«

»Unter streng kontrollierten Bedingungen, Jacqueline, halte ich das für einen vitalen Schritt zu einem gesunden Sexleben. Ich meine nicht, dass du in dunklen Gassen nach der gelegentlichen Nummer suchst. Ich will auch nicht, dass du dich in Gefahr begibst. Nein, was mir vorschwebt ist . . .«

Er hatte in einer seiner Zeitschriften eine anonyme Anzeige aufgegeben. Er hatte die Antworten sortiert und psychometrische Tests für die zehn Bewerber ausgearbeitet, die er für geeignet hielt. Vor drei Wochen hatte er dann die fünf, die übrig geblieben waren, interviewt. Er hatte die Kandidaten hinter einem Einwegspiegel befragt, damit seine Identität geschützt blieb, obwohl sein Gesicht längst nicht so bekannt war wie sein Name. Der erfolgreichste Kandidat wurde für medizinische Tests in eine Klinik gebracht, und als sie alle negativ waren, unterzeichnete der Bewerber einen Vertrag, in dem er sich zu lebenslangem Schweigen verpflichtete und einen Betrag von zwanzigtausend Pfund akzeptierte, sobald der Job erledigt war.

Sein Name ist Aaron, und unserem Treffen sehe ich mit Angst und Spannung entgegen.

Ich höre die Uhr ticken, dann folgen bald drei Schläge. Es gibt einen schrillen Ton an der Haustür.

Ich halte den Atem an und werfe einen letzten Blick in den Spiegel. Ich sehe gut aus. Mein Haar glänzt, und der Wickelrock aus lockerer Seide – leicht abzustreifen – deutet die teure Wäsche darunter an.

»Ralph, ich bin nervös«, sage ich und höre, wie die Haushälterin Fran die Tür öffnet. Gleich darauf eine tiefe Stimme.

»Du brauchst nicht nervös zu sein. Du bist in keiner Gefahr. Ich bleibe während des ganzen Interviews bei dir, und ich gehe erst, wenn du die Sache weiter verfolgen willst. Wie du weißt, zeichnen wir die ganze Session auf, und ich werde zuschauen und zuhören. Ich will, dass du deinen Spaß hast, Jacqueline.« Er lächelt mich versonnen an. Ich schüttle verwundert den Kopf. Was für eine Situation!

Es klopft an die Tür, und Fran bringt den Gast herein.

»Aaron Lewis für Sie, Mr. Watson-James«, sagt sie.

Er ist alles, was ich mir erhofft hatte. Fast ein Meter neunzig groß, schreitet er männlich-arrogant aus. Er ist für Phantasien illegaler Begegnungen wie geschaffen.

Ralph steht auf, geht dem Kandidaten entgegen und streckt eine Hand aus.

»Danke, dass Sie gekommen sind«, sagt er, und sie tauschen ein gespenstisches Grinsen. »Darf ich Ihnen meine liebe Frau Jacqueline vorstellen?« Ich lasse mich von Aaron auf meine Wangen küssen und nehme den würzigen, maskulinen Duft wahr, der ihn umgibt. Ich trete einen Schritt zurück und versuche, ihn anzuschauen. Aber das fällt mir wegen meiner Schüchternheit schwer. Dieser Mann ist da, um mich ... eh ... um mich zu nehmen.

Eine eigenartige Strömung läuft mein Rückgrat rauf und runter. Der gut aussehende Aaron hat den weiten Weg auf sich genommen, hat all diese Hürden genommen und darf mich jetzt ausziehen, bevor es so richtig intim wird. Mein Bauch schlägt einen Salto nach dem anderen.

»Was meinst du, Jacqueline?«, fragt Aaron leise. »Entspreche ich deinen Vorstellungen?«

»Sehr gut«, sage ich.

»Du bist schön«, sagt er. »Ich habe dir ein Geschenk mitgebracht.« Er reicht mir eine Samtschachtel, in der ein Halsband aus Bernstein liegt.

»Oh, es ist wunderschön.«

»Lege es um, Jacqueline«, bittet Ralph. »Lass dir von Aaron helfen.«

Ich gehe rückwärts zu ihm und halte meine Haare hoch, während er mir das Halsband umlegt und im Nacken befestigt. Seine Berührung fühlt sich glatt und sicher an, er fummelt nicht lange herum. Das Streicheln der Finger am Hals lässt meine Schultern zittern.

»Es steht ihr gut«, sagt Ralph. »Sie haben einen guten Geschmack, Aaron.« Er geht zurück zum Korbsessel am breiten Fenster. Die Sonne strahlt ihn an, und er sieht ein bisschen gottgleich aus, wie er mit gekreuzten Beinen da sitzt. »Wir haben in den vorausgegangenen Gesprächen alles angeschnitten, was Sie wissen müssen, Aaron. Dieses Treffen soll lediglich dazu dienen, ob Sie glauben, der Richtige zu sein. Jacqueline, hältst du ihn für attraktiv?«

Die Art und Weise, wie er die Frage abschießt, bringt mich ein wenig aus dem Gleichgewicht, weil auch sein Ton so zackig ist. Er will, dass ich ja sage. Er will, dass es geschieht.

»Ja, sehr«, antworte ich wahrheitsgemäß.

»Glaubst du, dass er der Mann für den Job ist?«

»Willst du?«, frage ich Aaron verschämt.

»Das liegt völlig bei dir«, erwidert er, aber seine Lippen zucken leicht, und seine Augen teilen mir mit, ich soll bloß nicht wagen, ihn abzulehnen.

»Gut, gut«, sagt Ralph, klatscht in die Hände und erhebt sich aus dem Korbsessel. »Ich lasse euch allein. Die Szene verträgt keinen Smalltalk.«

Auf dem Weg hinaus hält er inne, nimmt mich in seine Arme und küsst mich sehr zart. Er schiebt eine Locke aus meiner Stirn. »Ich danke dir für dies, Jacqueline«, flüstert er.

Ich schaue ihm nach und fürchte mich davor, Aaron anzusehen, für den Fall, dass ich – als moralische Vergeltung – vom Blitz getroffen werde. Ist ein Akt des außerehelichen Verkehrs auch dann Untreue, wenn es sich um einen Kompromiss handelt? Unser gegenseitiges Vertrauen ist nicht gebrochen, kein Partner hat vor, den anderen zu hintergehen. Und warum fühle ich mich dann schuldbewusst?

»Es ist nur natürlich, dass du dich so fühlst«, sagt Aaron. Seine unheimliche Fähigkeit, meine Gedanken zu lesen, schüttelt mich aus meinem Grübeln. Ich sehe ihn staunend an. Er hat die Arme verschränkt und neigt den Kopf zu mir.

»Glaubst du?«

»Du fragst dich, ob du es fertig bringst, Ehebruch zu begehen«, sagt Aaron. »Obwohl du das schon lange planst und oft darüber nachgedacht hast, bist du dir nicht sicher, wenn es zur Sache geht.«

»Glaubst du, dass ich ein böser Mensch bin?«, frage ich mit zitternder Stimme.

Er lacht leise und geht einen Schritt auf mich zu. »Himmel, nein«, sagt er. »Wir sollen auch gar nicht in solchen Dimensionen denken, findest du nicht auch? Wir sind Fremde, vergiss das nicht. Keine Beurteilungen, keine Hemmungen. Ich möchte jedenfalls völlig ungehemmt sein.«

Er grinst mich an, und dabei sieht er aus wie der Bösewicht aus einem sexy Comic. Der böse Gutsherr, der sich das Recht der ersten Nacht herausnimmt. Plötzlich glaube ich, dass ich weiß, wie man das spielt.

»Nun, die wichtigen Dinge zuerst«, sage ich, gehe zu ihm und streichle über seinen Brustkorb. Wie flach und hart er sich unter der warmen Baumwolle seines Hemdes anfühlt. »Ich weiß, ich habe dein Foto gesehen, aber ich war mal ein Model und weiß, wie man Fotos mit der Airbrushtechnik verfeinern kann. Ich will sicher sein, dass ich das bekomme, was ich sehe.«

»Ach?« Er grinst jetzt viel breiter, ich sehe seine perfekten Zähne und seine prägnanten Wangenknochen.

»Ja. Ich glaube, ich sollte dich ausziehen. Ist es warm genug im Zimmer?«

»Ob im Zimmer, das weiß ich nicht – aber ich bin heiß genug.«

Ich beginne, sein Hemd aufzuknöpfen, und dann sehe ich, dass sich darunter eine feine Matte dunkler Haare ausbreitet. Ich fahre mit gespreizten Fingern durch die Härchen und sehe, wie meine ovalen Nägel durch den Wald gleiten. Sie kreisen um den Nabel und folgen dann der Spur zum Hosenbund. Ich ziehe die Hemdschöße heraus. Aaron ist groß genug, dass ich meine Wange an seine Brust drücken kann.

Es kitzelt leicht, und ich genieße die Hitze seiner Haut. In der Zwischenzeit hat er die Arme gehoben und die Manschetten geöffnet. Er fummelt noch mit den Manschettenknöpfen herum, bevor er das Hemd ausziehen kann, dann entblößt er beeindruckende Schultern und Arme.

Ich atme seinen Geruch ein, die Essenz eines Mannes unter dem teuren Aftershave. Mein Kopf fühlt sich leichter an. Seine Arme halten mich in der jetzigen Position gefangen, an ihn gepresst, seine Hände in meinen Haaren. Die Skalpmassage lockert mich, ich lehne mich in ihn hinein und seufze glücklich. Ich hebe eine Hand und zwicke seine Arme und Rippen, denn ich will sehen, ob ich eine Stelle finden kann, an der sein Fleisch sich nicht hart wie Stahl anfühlt.

»Entspreche ich deinen Vorstellungen?«, murmelt er, und ich entdecke eine schwache nördliche Modulation in seiner Stimme, die tief, knirschend und irden klingt.

»Mmm, du fühlst dich ganz wunderbar an«, sage ich, meine Stimme von seinem Brustkorb gedämpft.

»Ich habe noch Schuhe und Socken an«, erinnert er mich.

Ich kichere und knie mich vor ihn. »Ich komme mir wie eine Magd vor«, sage ich und öffne seine Schnürsenkel.

»Eine Magd habe ich mir immer gewünscht.« Ich ziehe ihm die glänzenden braunen Schuhe aus, dann rolle ich die Socken nach unten und streife sie ab.

»Du hast schöne Füße«, sage ich und überrasche mich selbst, aber ich gehe nicht so weit, sie zu küssen.

»Danke. Weißt du, was ich sonst noch habe?«

Er lehnt sich zu mir, zieht mich an einem Ellenbogen heran und platziert beide Handflächen auf den Gürtel seiner Hose. Verunsichert blicke ich zu ihm hoch. Meine Nerven kehren zurück, obwohl ich sie nicht gebeten habe.

»Bitte sehr«, sagt er und weist mit einer Kopfbewegung auf seinen Gürtel.

Ich atme tief ein, schiebe das kurze Lederstück durch die Schlaufe und löse die Zunge. Ich komme mir wie ein Rodeo-Cowboy vor, als ich den Gürtel aus den Schlaufen schnalzen lasse. Ich liebe das Geräusch, das vom Leder verursacht wird; knirschend und knackend hört es sich an. Der Gürtel fühlt sich schwer in meinen Händen an, denn er hat eine gute Qualität, gut getragen, aber noch nicht steif. Ich lege ihn auf den Boden und nehme mir die Knöpfe vor. Oh, ja, da sehe ich die Beule.

Sie wird von weicher weißer Baumwolle umgeben, aber sie lässt sich trotzdem nicht ignorieren. Ich schiebe die Hose über seine Hüften und lasse sie auf den Boden fallen. Er sieht ein wenig distanziert aus, verloren. Ist dies eine Phantasie von ihm? Die Phantasie eines Gigolos?

Ich weiß, ich sollte nicht neugierig auf ihn als Mensch sein, aber wie will ich das verhindern?

»Warum machst du das?«, höre ich mich fragen.

»Liebling, ich will nicht die Vereinbarungen brechen«, gibt er zurück, legte eine Hand unter mein Kinn und sieht mich stirnrunzelnd an. »Ich soll nicht über mich selbst reden, und du sollst nicht solche Fragen stellen. Umgekehrt trifft das natürlich auch zu.«

Ich hebe mein Kinn aus seiner Hand und betrachte ihn von oben bis unten. »Und was soll ich als Nächstes tun?«

Eine Wolke schiebt sich vor die Sonne, und im Zimmer wird es plötzlich dunkler, was zu meiner Stimmung passt: Ich werde immer unsicherer, weil ich dem gefürchteten Anhängsel so nahe bin.

»Was willst du denn als Nächstes tun?«

»Nun, ich schätze, ich sollte deine Unterhose ausziehen.«

»Aber was willst du als Nächstes tun?« Er hört sich so geduldig an, so eigenartig beschützend.

»Können wir vorher nicht ein bisschen kuscheln? Vielleicht kannst du mich küssen?«

Er lächelt und zieht mich an sich. »Ich glaube, das verstößt nicht gegen die Vereinbarungen.«

Im Gegensatz zum unbarmherzig glatt rasierten Ralph trägt Aaron einen Stoppelbart, und ich möchte gern mein Gesicht gegen seine warme Haut reiben. Seine Lippen fühlen sich fest an, und seine Umarmung ist zuerst tröstend, dann erregend.

Er gibt seinen Händen mehr Freiheiten und lässt sie über meinen ganzen Körper wandern, hinunter zu Hüften und Po. Dann staksen die Finger die Wirbelsäule hoch, sie spielen in Hals und Nacken, bis ich mich bereit fühle, härter und länger und voller zu küssen.

Ich will ihn anschieben, will mich auf ihn legen, aber es ist

köstlich schwierig, diesem harten Fleisch eine Reaktion ab-
zutrotzen; ich versuche, seinen Mund mit meiner Zunge zu
verschlingen, aber er nimmt die Zunge einfach gefangen und
schlägt mich mit meinem eigenen Spiel. Ich versuche, mit
ihm zu verschmelzen, will mich durch seine Poren zwingen,
aber die Beule unterhalb seines Bauches hält unsere Zentren
getrennt. Früher oder später wird die Beule Beachtung verlangen, und nicht zu knapp.

»Ich will dir die Unterhose ausziehen«, sage ich heiser und
schnappe nach Luft.

»Gut.«

Ich entschleiere die Bestie, die groß ist, größer vielleicht
als Ralphs, aber ich will das nicht beurteilen, denn ich schaue
nie so genau hin. Ich zucke und schaue wieder in Aarons
Augen.

»Gefällt er dir nicht?«

»Ich bin sicher, dass er sehr hübsch ist.«

»Hübsch? Nein, Jacqueline, hübsch ist er nicht. Er ist ein
gieriger eigensüchtiger Bastard, der sich rücksichtslos durch-
setzt, um das zu bekommen, was er haben will. Er sorgt
dafür, dass es dir gut geht, aber das trifft auch auf Kokain zu,
und niemand sagt, dass Kokain hübsch sei.«

»Es tut mir leid. Ich habe was Falsches gesagt. Ich weiß
nicht, was ich hätte sagen sollen.«

»Du brauchst überhaupt nichts zu sagen. Fass ihn an.
Mach dich mit ihm vertraut.«

Der Surrealismus der Situation entgeht mir nicht. Adonis
steht splitternackt in meinem Wohnzimmer, und ich weiß
nicht, was die Etikette in einem solchen Fall vorsieht . . . also,
eh, soll ich sein Ding anfassen oder . . . ?

Ich strecke eine Hand aus und tupfe leicht gegen die Seite.
Die Beule ist hart und steif und springt mir sofort entgegen.
Auf dem Kopf haben sich ein paar Flüssigkeitstropfen ge-

sammelt. Ich kann ihm immer noch nicht ins Auge blicken, und ich trübe meine Sicht ein wenig, um das krasse Starren zu vermeiden. Meine Finger ziehen nach unten und fahren die Umrisse der schweren Hoden nach, bevor ich sie wiegend in die Handflächen nehme.

»Du kannst danach greifen, sie zerbrechen nicht«, drängt mich Aaron. Ich zögere, deshalb greift er mein Handgelenk und führt die Hand zum Schaft zurück. Es gefällt mir, wie er sich anfühlt, die Haut ist samten und geschmeidig, auch wenn er sich stolz aufrichtet. Er passt in meine Hand. Ich beginne ihn zu streicheln und versuche, meinen Griff nicht zu lockern, als ich mit der anderen Hand über den Hodenbeutel streiche und ein bisschen zudrücke.

Ich blicke hoch und sehe, dass er die Augen geschlossen hat, und sein Kopf liegt tief im Nacken. Ein ermutigendes Zeichen, deshalb reibe ich etwas schneller. Er öffnet die Augen und räuspert sich hüstelnd, ehe er sagt: »Vielleicht solltest du ihn auch schmecken.«

»Ihn schmecken?«

»Ja. Aber du musst mich fragen. Fragen, ob du ihn für mich saugen darfst.«

»Das kann ich nicht.«

»Doch, du kannst. Du musst es nur sagen. Denk nicht darüber nach.«

»Ich kann nicht . . . nein, ich kann das nicht.«

Meine Hand hält ihn gepackt, aber ich schaue weg und fühle, wie Tränen in mir aufsteigen. Warum kann ich die Worte nicht über die Lippen bringen?

»Okay«, sagt er und bückt sich, sodass wir jetzt auf einer Höhe sind. »Du bist noch nicht bereit. Versuchen wir etwas anderes.« Er drückt sich an mich und küsst mich wieder. Er weiß, wie man küssen muss, und offenbar weiß er, dass heiße Küsse mich aufschnüren. Er hält eine Hand auf meinem Hinterkopf und achtet darauf, dass ich in Position bleibe. Als meine Gliedmaßen nur noch Pudding sind, greift er mit seinem Arm hinter mich, hakt ihn unter meine Schultern, und plötzlich hänge ich in der Luft. Er bleibt an meinen Lippen dran, während er mich hinüber zu dem größeren Sofa trägt.

Sobald er mich auf den Rücken deponiert hat, bricht er den Kuss ab und bewegt sich zur Mitte. Er zupft an den Schnüren meines Wickelkleids.

»Das kann man kaum fair nennen«, knurrt er. »Ich bin nackt, und du hast noch alle Kleider an.«

»Ja, damit hast du Recht«, sage ich seufzend und kichere heiter, als hätte sein Kuss mich mit einer Dosis Helium beatmet. Was eingewickelt war, wird ausgewickelt. Der Stoff öffnet sich fast von selbst. Ich werde in meiner rosa und orangen Spitzenpracht enthüllt. Er bewundert mich schmeichelhaft lange, dann legt er eine Hand auf meinen Bauch. Sie beschreibt Kreise, dehnt sie zu den Seiten und nach oben und unten aus, deckt jeden Zentimeter nackter Haut ab.

Er beugt sich über mich, und sein Mund berührt meinen Hals, küsst ihn sanft, während seine Hand die Grenze meines BHs überquert und die Hügel meiner Brüste besteigt. Ich schließe die Augen und strecke mich wie eine Katze in der Sonne. Einladend krümme ich den Rücken. Ich will mehr davon, soviel er geben kann.

Er versteht meine unausgesprochene Not. Seine Lippen ziehen und knabbern an meiner Haut, während seine Hände jetzt über die Hänge gleiten. Sie schmiegen sich in die Körbchen des BHs, dann flüchten sie und öffnen die Häkchen. Er ist kein Anfänger, denn er hat meine Nippel in Sekunden entblößt und vertraut BH und Kleid dem Boden unter uns an. Seine Zunge stößt zurück in meinen Mund, deshalb kann ich keinen Kommentar über seine Finger abgeben, die sich mit meinen geschwollenen Knospen beschäftigen.

Er ist rauer als Ralph, und seinen Berührungen mangelt die Finesse meines Mannes, aber sein Drängen zieht mich mit, und ich drücke meine Zunge gegen seine, ziehe seine Zunge in meinen Mund, beiße auf seine Unterlippe und höre vergnügt, wie er einen gedämpften Überraschungsruf von sich gibt.

»Unter deiner Oberfläche entpuppst du dich als wildes Mädchen, was?«, neckt er mich.

»Ooooh«, ist alles, was ich sagen kann.

»Was willst du? Was sollen wir als Nächstes tun?«

Ich möchte ihm sagen, dass er seine Hand in mein Höschen schieben und dann mit meiner Klitoris spielen kann, wenn er will, aber die Worte bleiben stur auf der falschen Seite meiner Zunge. Stattdessen wackle ich mit den Hüften und versuche, seine Hand nach unten zu locken.

»Nein, nein«, sagt er streng und schüttelt den Kopf. »Du fragst gefälligst, Jacqueline, wenn du etwas haben willst.«

»Ooooh«, protestiere ich, aber er drückt seinen Mund auf einen Nippel und lässt die Hände rund um meinen Nabel flattern, und manchmal streichen sie über den Elastikzug des Höschens, berühren aber nie die Haut darunter.

Er lutscht am Nippel, bis er ein wenig wund ist. Die brennenden Sensationen werden direkt hinunter zu meinem Schoß geschickt.

»Bitte . . .«, stöhne ich.

»Hmm?« Ein Finger kriecht unter den Höschenbund und gleitet hin und her. Er wartet, dass ich etwas sage.

»Könntest du . . .?«

»Könnte ich?« Seine Zungenspitze stößt den anderen Nippel an. Er wird ihn genauso intensiv saugen wie den ersten.

»Fass mich an!«

»Aber ich fasse dich doch an, Jacqueline.«

Ich bäume mich auf und versuche, seine Hand tiefer in die Spitze zu schieben, aber er gibt mir mit der anderen Hand einen Klaps auf den Schenkel und sagt: »Nein, so geht das nicht. Sage mir, was du willst.«

Ich gehe einen Kompromiss ein. »Zieh mein Höschen hinunter.«

»Gut.« Er lacht. »Das ist kein Problem.« Er beginnt, das hauchdünne Ding über meine Schenkel zu schälen. Sein Atem streift die enthüllte Nacktheit. Er lässt sich Zeit, den Stoff über die Hüftknochen zu ziehen. Die Wärme meines Schoßes und der Labien ist himmlisch. Am liebsten würde ich mich aufbäumen und meine Pussy gegen seine Zunge drücken, aber so bin ich nicht erzogen worden. Stattdessen presse ich meine Schenkel zusammen und hoffe, dass er nicht bemerkt, wie sehr sie kleben. Er fährt fort, mir das Höschen auszuziehen, bis hinunter zu den Knöcheln.

»Nun denn, Jacqueline, da du jetzt nackt bist ... herrlich nackt, möchte ich bemerken ... was möchtest du jetzt tun?« Er grätscht über mich und lehnt sich über mein Gesicht. Er ist mir so nahe, dass seine weißen Zähne mich blenden. Ich lasse meine Hüften wogen und versuche, ihn tiefer zu ziehen. Seine Hände liegen auf meinen Hüften, und die Kuppen seiner Finger pressen in meine Backen.

»Willst du mir was sagen?«

»Oh ... ach, mach doch was du willst mit mir!«, rufe ich frustriert, denn ich weiß genau, dass ein so vager Wunsch nicht erfüllt wird. Aber ich kann es wenigstens mal versuchen.

»Jacqueline, schau mich an«, sagt er ernst. Er legt eine Hand auf meinen Venusberg, dem Ziel so quälend nahe, dass ich zu wimmern anfange, während die andere Hand wieder mit den geschwollenen Nippeln spielt. »Ich will, was du willst. Du kannst mich um alles bitten, um wirklich alles. Ich bin offen für alles und stehe auch auf abgefahrene Dinge, wenn es sein soll. Ich glaube nicht, dass du mit deinen heimlichsten Wünschen meine Grenzen sprengen kannst. Also sprich. Du kannst mich um alles bitten, und ich verspreche, ich werde es dir erfüllen.«

»Bring deine Finger«, flüstere ich.

»Ja?« Sie schweben über meiner Pussy und warten darauf, hinabzutauchen.

»In meine ...« Ich rucke meinen Schenkel gegen seinen und deute an, dass ich mich für ihn öffnen will.

»In deine ...?«

»Zwischen meine Beine ...«

Er langt hinter sich und schiebt eine Hand zwischen meine Knie. »Hier?«

»Nein! Quäl mich nicht!«

»Du quälst dich selbst! Und mich! Sage es endlich! Sprich aus, was du willst.«

»Oh ... berühre meine Klitoris.« Ich drücke meine Augen fest zu, aber, oh Wunder, seine Finger greifen sofort zur hungrigen Knospe, und er beginnt, die ganze Region mit beiden Händen zu bearbeiten; er öffnet die Lippen und erforscht die Falten kundig und gründlich.

»So?«

»Oh ja, genau so und auch so, ja ...«

Er nimmt eine neue Position ein, kniet sich zwischen meine Schenkel und hockt sich über mich und lässt seine Hände reiben und kneten. Meine Säfte müssen seine Fingerspitzen bedecken. Er hält inne und sagt: »Du bist nass.« Ich grunze, denn mir fällt nichts ein, was ich ihm sagen soll. Er gibt nicht nach. »Warum bist du so nass?«

»Du machst mich so nass«, sage ich ihm.

»Freut mich zu hören.« Plötzlich drückt einer seiner Finger in meinen Eingang und demonstriert den leichten glitschigen

Zugang. »Da gibt es gar keinen Widerstand mehr. Wie fühlt sich das an?«

»Oh, Himmel, es fühlt sich gut an, so gut . . .«

Er drückt einen weiteren Finger hinein, während die andere Hand noch mit der Klitoris beschäftigt ist, sodass alle Basen unter Großalarm stehen. Ich beginne ein bisschen schneller zu atmen, wenn ich fühle, dass sich ein zittriges Zucken einstellt; dann wird er langsamer, er zieht sich zurück und wartet eine Weile, bevor er die Sensationen wieder anzieht. Als er diese Prozedur das dritte Mal wiederholt, jammere ich vor Enttäuschung und versuche, mich ihm aufzuzwingen, und ich reibe mich an ihm und will seine Hände dabehalten.

»Ich kann das den ganzen Tag durchhalten, Jacqueline«, sagt er und wartet geduldig darauf, dass ich mich wieder beruhige, damit er erneut von vorn beginnen kann. »Ich gehe nicht weiter, bevor du nicht darum bittest.«

»Darum bitten?«, stöhne ich. »Aber ich bitte doch die ganze Zeit schon darum!«

»Das weiß ich«, sagt er grinsend. »Aber ich meine, dass du mit deiner Stimme darum bitten sollst. Wenn du willst, dass ich dich mit den Fingern zum Orgasmus bringe, musst du das sagen. Oder möchtest du lieber meine Zunge auf deiner Klitoris spüren? Oder meinen Schwanz in deiner Pussy? Egal, wie du kommen willst, es ist dir überlassen. Aber du musst es mich wissen lassen.«

Die Art und Weise, wie er die Worte ausspricht, hört sich so lässig an, so erdverbunden und natürlich. Irgendwas regt sich dumpf in meinem Kopf, es scheint aus der Zeit zu stammen, als ich den leidenschaftlichen, animalischen Sex mit dem Fremden hatte.

»Oh, ich will, dass du es tust«, sage ich. »Ich will, dass du mich . . . eh . . . nimmst.«

»Dass ich dich nehme?«

»Ja, du kannst mich haben.«

»Dich haben?«

»Ja, nimm mich.«

»Wohin soll ich dich nehmen?«

Ich bin so verzweifelt, dass ich meine Schenkel so weit wie möglich spreize, dann stoße ich zu beiden Seiten seiner Ohren die Füße in die Luft.

»Steck deinen verdammten großen Schwanz hier rein und fick mich!«, schreie ich, völlig neben der Spur.

Er lacht laut und lange, rutscht zwischen meine Beine und drückt die runde Spitze seiner steifen Länge an meine gut vorbereitete Öffnung. Es ist die Arbeit von Sekunden, bis er tief in meine Grotte eingetaucht ist. Er hält die Rückseiten meiner Schenkel mit den flachen Händen fest, sodass ich ihm hilflos ausgeliefert bin.

»Sehr gut, Jacqueline«, grunzt er. »Jetzt liegt es an mir, die richtigen Dinge zu sagen. Ich werde dich durchziehen, und wenn ich das nicht so mache, wie du es willst, musst du es mir sofort sagen, verstehst du?«

Ich nicke und bin völlig verdattert am Ende seines Hakens. Es gibt keinen Zweifel, dass ich darauf vorbereitet bin, von ihm durchgepflügt zu werden.

»Wenn du es härter haben willst, brauchst du es nur zu sagen. Wenn ich langsamer stoßen soll, sagst du das einfach. Wenn du willst, dass ich dich auf Hände und Knie werfe und dich von hinten nehme, sage es. Okay?«

»Ja«, verspreche ich. »Ja, das werde ich tun. Aber kannst du mich jetzt ficken, bitte?«

»Mit Vergnügen.«

In den folgenden fünfzehn Minuten ist das einzige Geräusch im Zimmer – abgesehen vom Klatschen von Haut auf Haut, die immer nasser und glitschiger wird, und abgesehen vom Grunzen und von den quietschenden Sofafedern – der Klang meiner Stimme.

»Oooh, ja, das ist genau richtig. Ja. Etwas langsamer, ja, aber nicht beißen ... oh, jetzt wirst du schneller und härter, ja, ja, noch härter ... oooooh ...«

Ich komme hart, will seinen Namen sagen, habe ihn aber vergessen. Sogar meinen eigenen Namen habe ich vergessen. Er ruft ihn mir in Erinnerung zurück, als er dröhnt: »JACQUELINE! JA.« Das ist genau in dem Moment, in dem er seinen Höhepunkt erlebt.

Er fällt auf mich und haucht einen Kuss auf meine Augenbraue, auf der sich Schweißperlen gesammelt haben. »Gut gemacht! Das war ganz hervorragend. Ich bin stolz auf dich, und dein Mann wird es auch sein.«

Kurz darauf betritt er das Zimmer, als Aaron seine Hose gerade anzieht. Er kniet sich neben das Sofa und sieht mich mit glühenden Blicken an.

»Ich habe alles gehört«, flüstert er. »Du warst umwerfend. Glaubst du, es hat dir geholfen?«

Ich setze mich auf und schaue hinüber zu Aaron. »Ich glaube ja.«

»Da ich jetzt gehört habe, dass du diese Wörter sagen kannst ...«

»Ja, ja, du hast sie alle gehört.« Ich lächle ihn an und lasse mich von ihm in die Arme nehmen. Wir küssen uns lange, so lange, dass ich gar nicht höre, wie sich die Tür hinter dem Interviewpartner schließt.

Justine Elyot hat eine Erotika-Sammlung *On Demand* geschrieben, die bei Black Lace veröffentlicht wurde. In mehreren anderen Black Lace Anthologien sind weitere Short Storys von ihr erschienen.

Izzy French

Die Rolle übernehmen

»Du – schön, dunkelhaarig, wie eine Sirene aus den Vierziger Jahren mit roten Lippen. Ich – gewöhnlicher Mann mit großen Ambitionen. Treffen wir uns da, wo ich Dich vor zwei Wochen das erste Mal gesehen habe und wo Du mich angelächelt hast: Costa Coffee, Waterloo, acht Uhr morgens am Montag, 24. Ich werde eine Ausgabe von Time Out bei mir haben und eine rote Rose im Knopfloch des Revers tragen. Du wirst mich erkennen.

Lily blies gegen das Fenster und schuf einen Kondensationsring, als der warme Atem auf das kalte Glas traf. Sie wartete einen Moment, dann malte sie ihre Initialen in den Nebel und starrte hinaus in die immer größer werdende Stadt. Sie wischte mit dem Ärmel übers Glas und hinterließ einen Schmierfilm.

Sie würde ihr Ziel bald erreicht haben, und dann würde sie ihn kennenlernen. Sie war sich ganz sicher, dass er da sein würde. Er war ihr wie ein zuverlässiger Typ vorgekommen.

Sam war überrascht gewesen, dass sie so früh anfangen sollte. Sie hatte den Wecker auf Viertel vor sechs gestellt. Sie brauchte Zeit, um sich vorzubereiten. Nichts würde leicht und locker von der Hand gehen. Morgen bestimmt nicht.

»Du nimmst den Zug um Viertel vor sieben? Bist du verrückt? Das wird zur Gewohnheit am Montagmorgen, was? Hast du was Eiliges einzuräumen, oder was soll das? Ich dachte, bis zur Eröffnung dauerte es noch Wochen. Und dass du die Sache im Griff hast – wie immer. Ich dachte, von nun an könntest du es gemächlich angehen lassen.«

»Es gibt immer was zu tun, du kennst das doch. Ich muss Geschäftspartner empfangen oder besuchen. Morgen habe ich einen frühen Termin. Aber ich werde auch früh zu Hause sein.«

»Nun, dann sollten wir das Beste aus diesem Abend machen, da der Morgen komplett ausfällt.« Er zog sie aufs Bett und schob ihren Rock die Hüften hoch. »Ich bringe dich mit dem Auto zum Bahnhof«, flüsterte er und nagte an ihrem Hals. Sam war immer loyal und fürsorglich. Und zwingend.

Sie lächelte jetzt in der Erinnerung, und sie drückte ihre Beine zusammen, während sie an die hoffnungsvolle Vorfreude dachte. Der Mann, der ihr gegenüber saß, sah sie offenbar fasziniert an. Er schien sie für interessanter zu halten als die *Times*. Er lächelte und wollte ihren Blick einfangen.

Sie sah weg, schaute auf die glänzenden Bürohäuser mit den Spiegelglasfronten, die die grimmigen Towerblöcke ersetzten. Lily liebte die Stadt, aber ihr Herz gehörte dem Theaterdistrikt. Sie fühlte sich am glücklichsten, wenn sie durch viktorianische Passagen bummeln konnte. Sie stellte sich vor, wie angesehene Herren der Gesellschaft an den Bühneneingängen auf die Tänzerinnen warteten, deren gesellschaftlicher Status nur wenig höher war als der von Huren.

Damals hätte sie sich bestimmt zu Hause gefühlt, aber sie freute sich auch über den Wandel und den Fortschritt. Der Wechsel hielt sie lebendig. Das verstand Sam auch. Sie waren seit drei Jahren verheiratet, und sie hatten beide darauf geachtet, dass ihr Sexleben nicht auf eine gelegentliche Missionarsstellung reduziert wurde, wie es bei vielen ihrer Freunde der Fall war. Sie jedenfalls strebten keine Blitzscheidung an und ein Leben mit unzufriedenen One Night Stands.

Gestern Abend war eine Bestätigung dafür. Wegen des frühen Aufstehens hatte Lily zuerst gezögert, als sie Sams Hände auf ihren Schenkeln spürte, seinen Atem im Nacken. Sie hatten fast den ganzen Nachmittag im Bett verbracht und sich gegenseitig verwöhnt.

Aber dann hatte sie gefühlt, wie seine Finger sich unter ihr Höschen schoben und in ihre Spalte eindrangen. Er duldete keinen Widerstand – nie. Er liebte es, die Kontrolle zu haben, und sie konnte gut damit leben. Bis zu einem gewissen Punkt. Ihr war bewusst gewesen, dass sie mit der Heirat einen gewissen Teil ihrer persönlichen Freiheit aufgegeben hatte. Das war unvermeidlich.

Sie fiel aufs Bett, Po in die Luft gereckt, und lud ihn ein, sie von hinten zu nehmen. Sie streifte sich das Höschen ab, schob sich ein Kissen unter den Bauch und erlaubte seinem Penis, mit ihrer hinteren Öffnung zu spielen, sie zu necken. Sam drückte sich auf sie und nagelte sie auf der Matratze fest. Er zog ihre Hand weg, als sie nach ihrer Klitoris greifen wollte. Er hielt ihre Hände über ihren Kopf und stieß tief in sie hinein. Er blieb ruhig, während sie keuchte und die intensive Lust genoss. Die Klitoris rieb gegen das Kissen und sorgte dafür, dass der Orgasmus sie bald überwältigte. Ihre Muschi krampfte sich um seinen Penis zusammen, und die Wellen ihrer Gier schlugen immer höher. Schließlich schliefen sie ein, irgendwie noch miteinander verbunden, halb angezogen und ganz befriedigt.

Sie warf dem Mann gegenüber einen flüchtigen Blick aus dem Augenwinkel zu und fragte sich, ob er auch nur den Hauch einer Ahnung haben konnte, was sie in Gedanken nacherlebte, während sie sich London näherten. Wahrscheinlich schon, dachte sie. Vielleicht erfreute er sich gerade auch einiger Phantasien. Er hustete, überkreuzte die Beine und ließ seine Zeitung in den Schoß fallen.

Heimlich bewegte sie sich in winzigen Kreisen auf dem Sitz. Sie fühlte, wie sich die Klitoris gegen den Stoff rieb, und warme Säfte tröpfelten in das Delta ihrer Schenkel. Sie hatte sich heute natürlich mit besonderem Bedacht gekleidet. Die Sirene aus den Vierzigern.

Eine solche Beschreibung konnte auf sie passen. Ihr Kostüm war Original. Schwarze Wolle, raffiniert geschneidert. Der Rock umschmiegte die Hüften, und das Jackett saß auf der Taille und war breit in den Schultern, wie der Stil es vorschrieb. Darunter trug sie eine weiße Seidenbluse, und ihre Nylonstrümpfe waren mit einer Naht versehen. Die Tasche aus Schlangenhaut vollendete die Mode aus vergangener Zeit. Sie hatte ein enges Tuch in ihr Haar gebunden, und ihr Make-up hatte sie den Vierzigern angepasst; tiefroter Lippenstift, gepudertes Gesicht, schwarzer Augenstift. Als sie den letzten Strich gezogen hatte, blies sie dem Spiegelbild einen Kuss zu, dann ging sie. Sie fühlte sich gut.

»Ich bin ein glücklicher Mann«, sagte Sam, als er vorbeiging und die Autoschlüssel klimpern ließ. »Wir müssen los, wenn du diesen Zug noch erwischen willst. Obwohl – wenn du ihn verpasst, wäre es auch kein Härtefall.«

Lily wusste, dass er nichts lieber getan hätte, als ihr das Kostüm vom Leib zu reißen, ihre Bluse aufzuknöpfen und den BH aus Satin zu öffnen. Vielleicht kam es ja dazu noch. Aber später. Am Ende dieses Tages. Jetzt musste sie gehen. Sie hatte eine ganz bestimmte Verabredung.

Der Zug verlangsamte die Fahrt, als er sich Waterloo näherte. Lily fühlte sich ein bisschen nervös. Würde er da sein? Sie schaute auf ihre Uhr. Viertel vor acht. Sie hatte genug Zeit. Es wäre ihr lieber, wenn er vor ihr da wäre und auf sie wartete. Sie trat vorsichtig aus ihrem Abteil; der enge Rock und die Höhe ihrer Absätze schränkten ihre Bewegungsmöglichkeiten ein. Sie musste seitlich gehen, als sie auf den Bahnsteig trat. Es war schon gut, dass kein Dampf sich über Frisur und Kostüm legte. Die Annehmlichkeiten des einundzwanzigsten Jahrhunderts nahm man wie selbstverständlich hin.

Ihr wurde bewusst, dass sie ihre Kleidung nach Stil und Eleganz ausgewählt hatte, nicht nach Bequemlichkeit. Ihr war auch klar – nicht zum ersten Mal –, dass Kleider eine wunderbare Verkleidung sein konnten. Oberflächlich betrachtet, sah ihr Kostüm charmant und anheimelnd aus, vielleicht auch ein bisschen altmodisch.

Aber dem geübten Auge würde nicht entgehen, dass auch unanständige Absichten nicht ausgeschlossen waren. Sie war gezwungen, mit einem Hüftschwung zu gehen, der ein wenig übertrieben war, und deshalb überraschte es sie auch nicht, dass der Mann, der ihr gegenüber gesessen hatte, jetzt mit einem leisen Pfeifton an ihr vorbeiging. Kleider konnten soviel mehr über die Person erzählen als der nackte Körper, dachte Lily. Deshalb liebte sie es, mit ihnen zu arbeiten. Als Gewandmeisterin an einem Londoner Theater konnte sie mit ihrem Aussehen experimentieren. Sie konnte sein, wer sie sein wollte.

Sie ging in Richtung Coffee Shop. Er war da. Lange dunkle Haare, die er sich hinter die Ohren gesteckt hatte. Lässig gekleidet. Jeans, Jacke, T-Shirt. Rote Rose im Knopfloch. Kitschig, aber süß. Er war ein hübscher Kerl, obwohl sie nicht annahm, dass er das selbst von sich dachte. Oder auch nur darüber nachgedacht hatte. Es schien die meisten Männer nicht zu kümmern, ob sie gut oder nicht gut aussahen. Sie liebte die Ebenen seines Gesichts, seinen schlanken Körperbau und die Lässigkeit, mit der er seine Kleider trug.

Er griff immer wieder nach seinem Becher Kaffee und nahm einen kleinen Schluck. Er war nervös, dachte sie. Er konnte nicht sicher sein, dass sie auch wirklich kam. Die Zeitschrift lag auf dem kleinen runden Tisch. Sie wartete ein paar

Momente lang und betrachtete ihn von hinten, bevor sie zu ihm ging.

»Darf ich?« Sie wies auf den Nachbarstuhl. Er sah zu ihr auf; seine Augen weiteten sich, dann nickte er. Was konnte er auch sonst tun? Sie wusste, dass er nicht wirklich frech werden würde. Oder unhöflich. Oder würde er ihr sagen, dass er auf jemanden wartete, auf eine Frau, die fast so aussah wie sie, und würde es ihr etwas ausmachen, wenn sie sich einen anderen Platz suchte?

»Kann ich Ihnen was bringen?«

»Espresso, bitte.«

Er kam bald mit einer winzigen Tasse der dunklen Flüssigkeit zurück. Sie hielt sein Magazin in den Händen und blätterte durch die Rubrik der ›Einsamen Herzen‹. Er errötete, als er sich wieder hinsetzte.

»Sie sind nicht sie«, stammelte er, aber er schien sich nicht sicher zu sein. Das überraschte sie nicht. Wie hätte er ihren Aufzug erwarten können? Darauf war er nicht vorbereitet.

»Nein«, antwortete sie.

»Aber Sie sind ihr sehr ähnlich.«

Sie nickte zustimmend. Sie setzten sich zurück und warteten schweigend. Die Bahnhofsuhr zeigte auf zehn Minuten nach acht. Sie wussten beide, dass sie nicht kommen würde. Die andere Frau. Er schaute auf seine Uhr.

»Ich muss gehen.«

»Kommen Sie mit mir«, sagte sie. Er zögerte und starrte sie an. In diesem Moment wusste sie, dass er mitkam.

»Ich arbeite im Theater als Gewandmeisterin. Um diese Zeit ist niemand da. Ich kann Ihnen ganz ungestört zeigen, was ich tue.« Er stand auf. Er zauderte nicht, er brachte keine Vorwände vor, und er ging nicht seiner Wege. Sie griff nach ihrer Tasche und ging zum Taxistand. Er folgte ihr und steckte die Zeitschrift unter seinen Arm.

»Drury Lane«, wies sie den Fahrer an. Er zog die Tür hinter sich zu. Ihre Arme berührten sich, als sie nebeneinander saßen. Der Taxifahrer lächelte und blinzelte ihn im Spiegel an.

Er hält uns jetzt schon für ein Liebespaar, dachte Lily. Die Fahrt dauerte, denn der Fahrer musste sich durch die morgendliche Rush Hour quälen. Die Leute hetzten aneinander vorbei und stießen nur selten zusammen, als befänden sie sich in einem sorgsam choreographierten Tanz, dem sie sich jeden Tag hingaben. Lily war stets erstaunt, wie wenig körperlichen Kontakt sie in der Stadt sah. Das machte sie traurig.

Es begann zu nieseln. Sie saßen warm und trocken im Taxi. Lily war froh, dass die Fahrt so lange dauerte. Man konnte glauben, dass sie sich miteinander bekannt machten. Stumm. Einige Male wandte er sich ihr zu, als ob er etwas sagen wollte, und sie empfand aufsteigende Erregung. Seine Berührung war warm. Sie fühlte seine Hand, die ihre berührte.

Wie ein Pärchen beim ersten Treffen, dachte Lily lächelnd. Er, unsicher, wie der Abend verlaufen war und wie er empfangen würde, unternahm schüchterne Annäherungsversuche. Sie reagierte darauf und ließ ihn wissen, dass auch intimere Berührungen freundlich aufgenommen würden.

Dies war der Morgen. Der Beginn des neuen Tages. Und sie hatten sich noch nie gesehen. Doch, hatten sie. Sie hatte ihn viele Male beobachtet. Er war ein Gewohnheitsmensch. Jeden Morgen trank er eine große Latte, bevor er zur Arbeit ging. Er war Fotograf. An einem Morgen war sie ihm zur Arbeit gefolgt, zu seinem Studio. Er hatte sie nicht erkannt, denn sie hatte sich absichtlich unauffällig gekleidet. Auch jetzt erkannte er sie nicht, denn sie hatte – wie so oft – ihr Erscheinungsbild verändert. Wenn er sehen könnte, wie sie um diese Zeit vergangene Woche ausgesehen hatte, wäre er sehr verwundert gewesen. Eines Tages würde sie gern von ihm fotografiert werden.

Es war wirklich ein verrückter Zufall gewesen, dass sie ihn an diesem Morgen vor drei Wochen gesehen hatte. Am späten Sonntagabend war sie angerufen worden. Es hatte eine Katastrophe gegeben. Bestimmte Kostüme waren auf dem Transport verloren gegangen. Sie würde anfangen müssen zu nähen. Der Regisseur vertraute ihr. Er wusste, dass sie es in der knappen Zeit noch schaffen würde.

Aber der Druck lastete jetzt auf ihr. Sie brauchte einen großen Espresso, um diesen Tag anzuschieben und um ihre Kreativität zu beleben. Und das war der Morgen, an dem sie ihn gesehen hatte. Sie war nie da an einem Montagmorgen um acht; ihr Tag begann viel später.

Sie musste rechtzeitig vor den Aufführungen da sein, um die Kostüme zu begutachten, ob alles richtig saß, ob der Stoff nicht zwickte. Aber an diesem Morgen hatte sie gesehen, wie er die andere Frau beobachtet hatte. Sie schien keinen Sinn für seine schmachtenden Blicke zu haben, war Lilys Eindruck. Offenbar war sie auf einen Typ festgelegt, und dem entsprach er nicht. Lily nahm an, dass er das auch wusste, tief im Herzen wenigstens, aber er weigerte sich, die Hoffnung aufzugeben, und ihre abweisende Art hinderte ihn auch nicht, sie weiter anzuschauen.

Lily beneidete die Männer um ihr Selbstbewusstsein. Er nahm jedes Detail von der Frau auf und bewunderte ihre strenge Schönheit. Er schien ein geübtes Auge dafür zu haben. Sie wusste sofort, dass er es war, als sie die Anzeige in *Time Out* gelesen hatte. Sie bewunderte seine Entschlossenheit. Und sie wollte nicht, dass er eine Enttäuschung erlebte. Dafür war er zu schön. Deshalb hatte sie während der Arbeit die Kostüme betrachtet, bis sie das gefunden hatte, was zu dem passte, was die andere Frau getragen hatte.

Seine Hand lag jetzt auf ihrem Oberschenkel. Fortschritt, dachte Lily. Das Taxi hielt am Straßenrand.

»Drury Lane, Miss. Passen Sie beim Aussteigen auf. Es ist nass und rutschig.«

Lily drückte dem Fahrer einen Schein in die Hand und verzichtete aufs Wechselgeld. Er half ihr beim Aussteigen, dann standen sie da und stürmten in den Theatereingang. Der Regen war stärker geworden. Alle, die vorbeigingen, hielten die Blicke auf den Bürgersteig gerichtet. Niemand kümmerte sich um sie. Lily zitterte. Der Regen ließ sie frieren. Er legte beschützend einen Arm um sie. Sie lehnte sich gegen ihn und fühlte seine Wärme. Er drehte sie leicht herum und küsste sie verlegen auf den Mund. Dann löste er sich von ihr, immer noch unsicher, und wartete auf ihre Erlaubnis.

Sie langte hoch zu ihm und erwiderte seinen Kuss. Er schmeckte nach Minze und Kaffee. Seine Lippen waren weich, sie passten zu ihren, und dann küssten sie sich ganz lange, zuerst noch zurückhaltend, dann aber dringlicher. Seine Zunge erforschte ihren Mund, und ihre Zähne nagten an seinen Lippen. Er gab einen leisen Schrei von sich. Lust, nicht Schmerz. Das würde neu für ihn sein, dachte Lily. Seine Hände fummelten mit den Knöpfen ihrer Jacke.

»Hier arbeite ich«, flüsterte sie ihm zu. »Komm herein, wo es warm ist.« Sie zog ein Schlüsselbund aus der Handtasche und führte ihn ins Gebäude. Hinter einer Tür lag ein dunkler Korridor. Ihre Absätze klackten laut auf dem Weg zu ihrem Arbeitsplatz. Er zog sie am Arm und drückte sie gegen die Wand. *Er wird mutig,* dachte sie, *richtig kühn.*

Sein Kuss war diesmal fordernder, überzeugender und etwas gewaltsamer. Er zog die Bluse aus ihrem Rock und fuhr mit den Händen drunter her. Er streichelte die Haut und schickte heftige Lüste durch ihren Körper. Ihr Körper reagierte auf ihn. Sie war jetzt nass. Ihre Pussy brauchte die Beachtung, aber sie wusste, dass es besser war, darauf zu warten.

Sie hatten es nicht eilig. Er begann wieder zu fummeln; diesmal nahm er sich die vielen Perlmuttknöpfe ihrer Bluse vor. Aus modernen Kleidern konnte man leichter schlüpfen, dachte sie. Die Männer waren es nicht mehr gewöhnt, aufzuknöpfen und loszuschnüren. Das hatte viel an sinnlichem Vergnügen genommen. Auch deshalb hatten die Menschen heute keine Zeit mehr.

»Lass mich«, flüsterte sie, dann hatte sie die Bluse und das Unterhemd ausgezogen. Er trat zurück und schaute zu, wie sie den BH aus Satin enthüllte und zugleich das Tal zwischen ihren Brüsten. Seine Augen starrten sie an und labten sich am cremigen Fleisch. Er langte nach ihr, hakte seine Finger unter ihren Kragen und zog ihn von der Haut weg. Die Finger berührten ihr Schlüsselbein, strichen am Hals entlang bis zum Kinn und dann ums Ohr.

Seine Berührungen waren leicht aber beharrlich. Er ließ die Bluse von ihren Schultern gleiten und schimmernd auf den Boden fallen. Einen Moment hielt er sie an den Schultern fest, sah Lily an, drehte sie mit dem Gesicht zur Wand und hakte ihren BH auf. Er enthüllte ihre Brüste und drehte sie wieder zurück. Er schaute auf ihre dunklen, festen Nippel, umkreiste sie zuerst mit den Fingern, bevor er sich bückte und mit der Zunge umspielte.

Sie seufzte, als seine Zunge erst die eine und dann die andere Warze tief in den Mund schob. Seine Zähne schlossen sich um den rechten Nippel, und sie schrie auf, denn sie fühlte einen wunderbaren Mix von Lust und Pein. Er hielt die Hände über ihrem Kopf, und ihre Haut wurde wund, als er sie heftig gegen die raue Steinwand drückte. Aber der

Schmerz hatte einen süßen Beigeschmack. Sie konnte sich vorstellen, dass er die Stellen später mit den Fingerkuppen streichelte. Doch sie wollte nicht die ganze Zeit im Flur bleiben.

»Folge mir.« Sie nahm seine Hand und führte ihn in ihr Arbeitszimmer. Instinktiv drehte sie den Schlüssel im Schloss. Dies war nicht die Zeit, in der sie von neugierigen Assistentinnen gestört werden wollte. Sie wollte Lust erleben. Als sie das Licht einschaltete, sah man den Tumult der Farben und Stoffe, der den ganzen Raum bestimmte; ein scharfer Kontrast zum dunklen Flur, in dem sie sich bis jetzt geküsst und gestreichelt hatten.

Aber er achtete so gut wie gar nicht auf die Umgebung; stattdessen hob er sie auf den großen Pinientisch, der die Mitte des Zimmers beherrschte, und begann wieder mit ihren Brüsten zu spielen. Er bewunderte ihre Gewichte und die Fülle, und er konnte nicht genug an den Nippeln saugen. Lily spürte, wie das Verlangen durch sie raste. Sie liebte es, wenn ein Mann sich mit ihren Brüsten abgab. Die Nässe zwischen ihren Beinen nahm noch zu, aber sie zeigte Geduld. Sie konnte warten.

Sie wollte an diesem Tag nichts überstürzen, dafür hatte sie alles zu sorgsam geplant. Sie knöpfte sein Hemd auf und zog es über Schultern und Brustkorb. Sein Körper war schlank und muskulös. Perfekt. Sie strich mit den Handflächen über seine Brust und fühlte, wie seine Muskeln zuckten. Sie konnte sich vorstellen, dass er stark war und sie überwältigen konnte, wenn er wollte.

»Du schmeckst wunderbar«, flüsterte er und strich mit den Händen hinunter zu ihrer Taille. Seine Finger hakten sich in den Rockbund ein. Die andere Hand schob sich unter den Rock und hob ihn langsam hoch. Er hielt erst inne, als er das Ende ihrer Strümpfe erreichte.

Er grinste sie an. »Du hast dir den Hinweis auf die Vierziger zu Herzen genommen«, sagte er und sah entzückt aus. Sie ließ sich auf den Boden sinken.

»Wäre es nicht einfacher, meinen Rock auf diese Weise auszuziehen?« Sie öffnete den Knopf und zog den Reißverschluss auf, und er zog den Rock zentimeterweise über die Hüfte, bis er ihn abstreifen konnte. Noch eine Überraschung wartete auf ihn. Seine Augen weiteten sich.

»Kein Höschen. Wie modern.« Er legte die Hände um ihre Taille und hob Lily zurück auf den Tisch. Er schob die Hände jetzt zwischen ihre Schenkel, um sie zu teilen. Lily hatte sich ausgiebig für den Tag vorbereitet. Ihre Schamhaare waren sorgfältig getrimmt, und ihre Haut hatte sie mit ihrer liebsten, süß duftenden Lotion eingerieben. Sie konnte den kühlen Zug auf ihrer Haut fühlen.

Die Beule seiner Erektion presste gegen seine Jeans. Er beobachtete Lily. Sie atmete tief ein, offenbar inhalierte sie ihren eigenen Duft. Er berührte sie nicht, jedenfalls im Moment nicht. Schließlich trat er näher und langte mit den Fingern an jene delikate Stelle auf den Schenkeln, wo die Strümpfe endeten. Ihre Haut war blass, gegen das schwarze Nylon sah sie fast wie Alabaster aus.

Es war wie ein Schock, der sie durchschlug, als sie endlich wieder seine Berührung fühlte. Er strich ihre Schenkel entlang und zog die Strümpfe hinunter. Ihre Haut fühlte sich geschmeidig an. Instinktiv presste sie die Schenkel wieder zusammen, nicht aus Schamgefühl, sondern um die Sensationen noch zu intensivieren, die in ihr zu wachsen begannen. Sie fing seine Hand mit den Schenkeln ein, aber er drückte sie wieder auseinander und setzte ihre Pussy der Luft und seinen Blicken aus.

Er betrachtete ihre Pussy, und sie hoffte, dass sie einladend und rosa aussah. Sie langte nach unten und berührte sich selbst; sie fühlte ihre Nässe, teilte ihre Labien und bot ihm einen besseren Blick.

»Willst du das?«, fragte sie und schob einen Finger tief hinein, dann leckte sie ihren Saft ab.

»Ich will dich.« Er kniete und begann sie wieder zu lecken; zuerst über die Schenkel, die er zwickte und biss. Sie überlegte, ob sie blaue Flecken bekommen würde. Vielleicht würde Sam glauben, dass sie von ihm stammten.

Er hatte jetzt ihre Labien erreicht, teilte sie mit der Zunge und erforschte ihre Falten. Er trank ihren Saft, als wäre es Nektar. Sie lehnte sich zurück und schob ihm ihre Muschi entgegen. Sie konnte jeden Augenblick kommen, solange sein Gesicht tief in ihr steckte. Seine Zunge schnellte hinein und heraus, dann bewegte sie sich zwischen Klit und Muschi, und Lily hatte das Gefühl, dass er immer schneller wurde.

Ihre Hüften gaben einen unfreiwilligen Stoß von sich. Seine Hände schoben ihre Schenkel noch weiter auseinander, und sie spürte, wie seine Finger in sie pressten, während die Zunge sich auf die Klitoris konzentrierte. Sie stöhnte vor Wonne. Mit der anderen Hand öffnete er seinen Gürtel, dann schob er Jeans und Boxer über die Hüften. Er zog sich für einen Moment von ihr zurück, richtete sich auf und rieb seinen Schaft. Er streifte die Schuhe ab und trat aus seinen Kleidern, die er in eine Ecke des Zimmers feuerte.

»Gib's mir«, wisperte sie und langte nach seinem Penis. Sie schob seine Hand weg und übernahm. Sie hielt ihn fest gepackt, streichelte die volle Länge und sah winzige Tropfen, die sich aus dem Auge auf der Spitze zwängten. Sie wollte, dass er sie nun füllte. Jetzt sofort. Er war nicht weniger bereit als sie. Sie lehnte sich wieder zurück auf den Tisch, öffnete sich selbst für ihn, streichelte ihre Klitoris, hielt sich ständig am Rand eines Orgasmus und fühlte, wie ihre Säfte durch ihre Finger rannen.

Seine Erektion stupste gegen ihre Labien und teilte sie, dann stieß sie langsam und fest hinein. Er schob ihre Hand weg und ersetzte sie mit seinen eigenen geschickten Fingern, die ihren Rhythmus sofort aufnahmen.

»Dreh dich um«, sagte er. »Jetzt.« Er zog sich aus ihr zurück. Nur Sekunden später hatte er Lily auf den Bauch gedreht, dann platzierte er ihre Knie auf den Tisch, spreizte ihre Beine weit, sodass er beide Öffnungen gut sehen konnte. Er drang wieder in sie ein, und seine Stöße kamen jetzt hart und heftig. Seine Hand griff erneut nach ihrer Klitoris.

Die Finger schossen über den kleinen empfindlichen Fleischhügel, und ihre Muschi spannte sich um seinen Schaft und zog ihn tiefer in sich hinein. Er hatte es jetzt eiliger und die Kontrolle über sich selbst aufgegeben. Sie hörte ihn stöhnen, als sein Orgasmus in ihr explodierte, und sie fühlte, wie sie von seinem Sperma gefüllt wurde. Die letzten Wellen ihres Orgasmus drückten seinen abschlaffenden Schaft. Es war ein wunderbares Gefühl.

Als sein Höhepunkt abebbte, fühlte sie, wie er ihre Pobacken knetete, sie teilte und mit einem Finger ihre hintere Öffnung umspielte. Er drückte den Finger kurz in sie hinein. Der Penis steckte noch in ihr, sein Sperma rann langsam aus ihr heraus, und sie mahlte gegen ihn, auch wenn sie nicht wusste, wie viel sie sich jetzt noch zumuten konnte.

Er ahnte, dass ihr ärgster Hunger für den Moment gestillt war, deshalb zog er den Finger heraus und gleich darauf auch den weich gewordenen Penis. Dann klatschte er mit der flachen Hand auf jede Backe und ließ sich auf einen Stuhl mit hoher Rückenlehne fallen.

Lily drehte sich um und löste sich langsam vom Tisch. Sie warf einen Blick auf seinen Penis, der schlaff auf dem Schenkel lag, und ihre gemeinsamen Säfte glitzerten im Schein der

Lampe. Sie stellte sich vor ihn, und bei ihr flossen die gemeinsamen Säfte die Innenschenkel hinunter.

»Böser Junge«, murmelte sie, hob seine Jeans vom Boden auf und zog den Gürtel heraus.

»Ich versuche mein Bestes«, murmelte er lächelnd. Er ließ sich auf dem Stuhl nach hinten fallen und spielte träge mit seinem Schaft. Während er sich ausruhte, trat sie hinter ihn und schob den Lederriemen durch die Öffnungen der Rückenlehne. Sie zog seine Hände vom liebsten Spielzeug weg, dann schlang sie den Gürtel um seine Handgelenke. Die Bewegungseinschränkung sollte ihm keine Schmerzen zufügen, aber wenn sie Glück hatte, hielten die Fesselungen für eine Weile. Seine Füße fesselte sie mit zwei Chiffontüchern. Er zeigte keine Anzeichen von Widerstand, nicht einmal von Überraschung.

Er schien sehr gefügig zu sein. Sam hätte sie bekämpft, und sie hätte natürlich keine Chance gegen ihn gehabt. Er mochte keinen Zwang, auch wenn er manchmal nichts unversucht ließ, sie zu kontrollieren. Er erwartete, dass sie sich seinem Willen unterordnete.

Das war ein unausgesprochenes Gesetz. Eins, das sie am Tag der Hochzeit akzeptiert hatte. Er hätte nie verstanden, wenn sie versucht hätte, die Rollen zu vertauschen. Sie musste außerhalb der Ehe die wahre Freiheit kennenlernen. Die Zurückhaltung, der sie zu Hause unterworfen war, ließ sie diese Momente noch mehr genießen. Ihre Ehe war glücklich, abgesehen von diesen Einschränkungen, aber um das Glück voll zu genießen, brauchte sie gelegentliche Stunden, Tage oder Wochenenden, an denen sie sich so austoben konnte wie an diesem Morgen.

Es klopfte gegen die Tür, was sie aus ihren Träumereien riss. Sie hob einen Finger an ihre Lippen. Er nickte.

»He, Lily, bist du da drin?« Die Tür ratterte. Es war die Stimme des Regisseurs.

»Ich bin in einer Minute für dich da, Mark.« Sie zog einen Kimono von seinem Hänger, band ihn fest um sich und schlüpfte in Stöckelschuhe. Sie war für ihre exzentrische Kleidung bekannt. Alle wussten, wie gern sie sich verkleidete. Mark käme nie auf die Idee, was sie sich für diesen Morgen vorgenommen hatte. Sie schloss die Tür auf.

»He, wo gehst du hin?«

Seine Stimme klang mehr überrascht als alarmiert. Wahrscheinlich glaubte er, dass er sich ohne Mühe von den Fesseln befreien konnte.

»Ich bin mal für zwei Minuten weg.« Sie winkte ihm zu, schlüpfte aus dem Zimmer und schloss die Tür hinter sich ab. Sie fragte sich, was er davon halten würde.

Mark hatte ein paar Fragen zu den Änderungen der Kostüme, die besprochen waren. Seine Fragen ließen sich leicht beantworten. Sie war eine Frau, die ihren Job beherrschte. Sie legte großen Wert auf das kleinste Detail und war bestens organisiert. Sie fragte sich, wie er sich allein in ihrem Arbeitszimmer fühlte. Er wusste nicht, wann sie zurückkommen würde. Oder ob jemand hereinkam und ihn dort vorfand. Das Gespräch mit Mark war natürlich vorher geplant gewesen. Lily wusste, dass er sie unterbrechen würde, sie wusste nur nicht, wann genau die Unterbrechung stattfinden würde. Sie war ein Risiko eingegangen. Was war, wenn er sie mittendrin gestört hätte? Wäre sie dann auch sofort gegangen?

Sie testete ihn, aber sie war sich nicht sicher, was sie testen wollte. Seine Loyalität? Das war absurd. Sie kannten sich erst seit ein paar Stunden, auch wenn sie ihn schon vorher einmal gesehen hatte. Charakterstärke? Würde er sie noch wollen, wenn sie zurückkehrte? Oder wäre er entsetzt, dass sie ihn im Stich lassen konnte? Würde er fordern, dass sie ihn losband, damit er gehen konnte? Würde er Furcht und Panik zeigen? Oder würde er sich des Risikos würdig erweisen, das sie eingegangen war, als sie ihn mit in ihr Arbeitszimmer genommen hatte?

Sie hatte ihn sorgfältig ausgesucht. Sie vertraute ihrem eigenen Urteilsvermögen. Ihre Ehe war gut. Sie würde sie nicht für einen Mann aufs Spiel setzen, der seinerseits kein Risiko für sie eingehen würde.

Sie fragte sich, wie er sich fühlen würde, wenn er erfuhr, dass er der Ausgesuchte war und nicht derjenige, der ausgesucht hatte. Er hatte seinen Fehler mit der anderen Frau schon zugegeben. Und er hatte Demut gezeigt, als er mit Lily gegangen war und sie akzeptiert hatte.

Ob das ein Schlag gegen seine Männlichkeit war? Sam hätte das so empfunden. Obwohl Lily ihn liebte, sah sie das als Fehler an. Als Unsicherheit. Sie wollte einen Mann, der seine Meinung ändern konnte, der flexibel war und offen für alles. Ja, für alles. Natürlich wollte sie auch Sam. Nichts einzuwenden gegen die Sicherheit eines guten harten Ficks mit deinem Ehemann. Da fielen ihr einige Vorteile ein. Aber sie würde würfeln müssen, wenn sie sich festlegen sollte, ob es besser war als die kleine Erfahrung von heute Morgen.

Als sie mit Mark fertig war, ging sie zurück in ihr Zimmer und wartete ein paar Augenblicke draußen. Sie war sicher, dass sie seinen Atem hören konnte. Tief und regelmäßig. War er sogar eingeschlafen?

»Da bist du ja wieder.« Diesmal war er nicht überrascht. War er ein Narr, dass er einer Fremden vertraute?

»Natürlich. Ich sagte doch, dass ich zurückkommen würde.« Sie stellte sich vor ihn. Sein Penis lag immer noch auf dem Schenkel. Sie band seine Knöchel los. Sie waren jetzt nicht mehr allein im Theater, aber das irritierte sie nicht. Die

Möglichkeit, erwischt zu werden, fügte ihren heimlichen Aktivitäten einen zusätzlichen Reiz hinzu.

»Die Handgelenke auch?«

»Noch nicht.«

Sie öffnete den Kimono und ließ ihn über den Brüsten auseinanderklaffen. Ihre Nippel waren erigiert. Sein Penis zuckte leicht. Sie strich mit den Händen über die sanfte Ebene ihres Bauches, tauchte hinunter in die Schamhaare und tiefer zwischen die Lippen. Sie spreizte die Beine ein wenig. Sie fand die Klitoris und begann sie zu reiben, zart, mit den Fingern der rechten Hand. Sie hielt den linken Nippel mit der anderen Hand und nahm ihn zwischen Daumen und Zeigefinger, zupfte an ihm und zwickte und zog.

Die Sensationen waren süß, aber nicht so süß wie früher am Morgen, als er es getan hatte. Sein Penis wuchs, erhob sich zwischen den Schenkeln, dick, einladend. Sein Gesicht blieb ausdruckslos. Er beobachtete sie. Ihre Pussy begann sich nach ihm zu sehnen, nach mehr von ihm.

Sie setzte sich auf den Boden, und der Kimono fiel ihr von den Schultern. Sie schüttelte ihn ab, legte sich zurück, hob ihre Knie und spreizte die Schenkel weiter. Sie steckte ihre Finger tief in sich hinein und fühlte es in der Pussy pulsieren. Ein Gradmesser für ihre Erregung. In einer flüssigen Bewegung warf sie sich herum und landete auf allen Vieren. Ihr Po schaute ihm ins Gesicht, und er hatte auch genauen Blick auf die Finger, die noch die Pussy erforschten. Die Säfte rannen ihr über die Hand. Er konnte sehen, wo seine Finger gewesen waren, wo er sie geöffnet hatte, wo er in sie hineingepumpt hatte. Ihr war, als müsste sie durchs Feuer. Sie verstärkte ihren Rhythmus, denn sie wollte kommen, aufgegeilt durch das, was er sehen konnte.

»Das ist nicht fair. Du provozierst mich.« Sie lächelte. Sie hatte sich gefragt, wann er anfangen würde zu sprechen. Sie schaute über die Schulter und konnte sehen, wie er gegen seine Fesseln ankämpfte. Aber das würde erfolglos bleiben, denn sie verstand was von Knoten. Sehr selten bei Mädchen. Während er sich hin und her bewegte, sprang auch sein Schwanz auf und ab. Seine Erektion war steinhart. Er war jedenfalls so hart, dass er in die nächste Runde gehen konnte. Wenn er sich nur bewegen könnte.

»Bin ich die Sirene, die du dir vorgestellt hast?«

»Du bist eine Schönheit.« Seine Stimme klang heiser.

»Die Lippen sind rot genug?«

Sie spreizte die Schenkel weiter, damit er ihre Reize noch besser sehen konnte. Langsam schob sie ihre Finger in sich hinein. Er nickte, offenbar unfähig zu sprechen. Sie drehte sich wieder um, kam auf die Füße und trat auf ihn zu. Sie trug immer noch die Stöckelschuhe. Vor ihm ging sie auf die Knie und schob seine Beine auseinander.

Sie streichelte den Penis, zuerst mit einem Finger, der an der Länge auf und ab glitt, dann mit der ganzen Hand, zügig und hart. Die Spitze wurde immer feuchter. Er warf den Kopf in den Nacken. Sie war sicher, dass er bald kommen würde. Sie zog ihre Hand zurück und griff nach dem Chiffontuch. Ihre Haare kosten seine Schenkel, den Penis und die Hoden. Er stöhnte voller Verlangen und ruckte die Hüften vor, wie sie es eben auch getan hatte.

Gebückt löste sie die beiden Chiffontücher, die ihn bis jetzt gefesselt hatten, dann richtete sie sich wieder auf. Die feinen Tücher lösten wunderbare Sensationen auf seiner Eichel aus. Sie kannte sich aus in der Wirkung von Stoffen, darin war sie Expertin. Sie nahm beide Enden eines Schals und schlang sie über seine Erektion, rieb sie hin und her und sah zu, wie er vor Geilheit auf dem Sitz rutschte, bar jeder Kontrolle. Schließlich band sie einen Knoten um seinen Penis herum und hielt den Knoten in der rechten Hand. Sie pumpte damit auf und ab und wusste, die gezielte Reibung würde zu Gefühlen führen, die er so noch nie erlebt hatte.

»Ich halte es nicht mehr aus«, ächzte er und signalisierte die Nähe seines Orgasmus. Sie zog den Schal zurück und ließ ihn über ihre Pussy fallen, dann zog sie ihn verspielt über den Venushügel, drückte ihn gegen die Klitoris und fühlte, wie die Knospe vor Erwartung zu prickeln begann. Sie wusste, wie es sich anfühlte; sie hatte es schon einige Male erlebt, wenn auch allein.

Nach ein paar Momenten ließ sie den Schal auf den Boden fallen und kniete sich wieder vor ihn. Sie nahm ihn in den Mund, leckte, saugte und knabberte, zog ihn tief in sich hinein. Sie glaubte, er würde jeden Augenblick in ihrem Mund explodieren, aber er hielt sich mit erkennbarer Mühe zurück. Sein Körper wand sich vor Lust und wollte die Erlösung. Sie schmeckte die salzige Süße, die den Orgasmus ankündigte.

Sie nahm den Kopf zurück und saugte ihn zwischen Wangen und Lippen ein, dann stand sie auf und grätschte über ihn. Sie bot seinem Mund ihre Brüste an, die er gerne nahm; er saugte eine und spielte mit der anderen. Er biss in eine geschwollene Warze, und Lily keuchte auf. Sie ging über ihm in die Hocke und fädelte den Penis in ihre Lippen ein. Sie war sicher, dass er sie gern pfählen würde, um sie dann tief zu penetrieren, damit es ihnen beiden kommen würde. Aber sie hatte ihn ausgewählt, und dies würde nach ihrem Zeitgefühl ablaufen. Langsam glitt sie über ihn. Sein Penis teilte die Labien und fand erneut den Weg in ihre Pussy, Millimeter um Millimeter. Sie wollte unbedingt die Kontrolle bewahren.

»Lass mich gehen.« Sie wusste, dass sie ihm die Hände losbinden sollte, damit er sie berühren und sie vielleicht auf sich ziehen konnte. Aber das wollte sie noch nicht zulassen. Sie wollte unbarmherzig sein. Das Gefühl, wie sein Schwanz sie füllte, war exquisit. Sie griff an ihre Klitoris und stieß sie mit den Fingern an, streichelte und drückte sie und wusste, dass es nicht lange dauern würde, bis sie auf diese Weise ihren Orgasmus auslöste. Ihr ganzer Körper pulsierte vor Sehnsucht.

Sobald sie sich auf ihm hatte sinken lassen, begann sie sich zu winden und zu drehen, und er konnte tief in sie hineinstoßen, was er mit großer Dringlichkeit tat. Sie hielten sich nicht länger bei Vorgeplänkel auf: Ihr Ziel war zu vögeln und zu kommen. Ihre Bewegungen waren wild und frenetisch. Ihre Pussy verschlang seinen Schwanz, ihre Finger flogen über ihre Klit, und die ersten Wellen der Erlösung durchfluteten sie. Sein Schaft rammte in sie hinein, und sie wurden beide geschüttelt. Atemlos erlebten sie, wie der Orgasmus durch sie hindurch pulsierte.

Als ihre Leidenschaft abnahm und Lily wieder zu Atem kam, erholte sie sich an seiner Brust, und sie fühlte, wie sein Sperma aus ihr rann. So blieben sie eine Weile verbunden, gut zueinander, küssend und kosend.

Schweigend zogen sie sich an. Sie schloss die Tür hinter sich ab und führte ihn über den Flur auf die Straße. Sie hielt ein Taxi an.

»Bahnhof Waterloo, bitte.« Diesmal war er es, der das Ziel angab. Sie saßen auf dem Rücksitz und hielten sich wie Jungverliebte an den Händen fest, während sie voneinander abgewandt aus den Fenstern schauten. Auf den Straßen war es ruhiger geworden. Die meisten Büroarbeiter saßen mit einem vollen Mittagsbauch müde an ihren Schreibtischen. Der Regen hatte nachgelassen. Sie trafen am Bahnhof ein, und er bezahlte den Fahrer, dann begleitete er sie zu ihrem Bahnsteig.

»Ich bin froh, dass wir uns zufällig begegnet sind«, sagte er.

Er glaubt immer noch, dass es Zufall war, dachte sie. Ein glücklicher Zufall.

»Können wir uns noch mal treffen? Ich habe ein Studio. Was hältst du davon?« Seine Stimme klang lauernd. Er fühlte sich nicht sicher.

»Aber ich kenne nicht einmal deinen Namen«, antwortete sie, betrat den Zug und suchte sich einen Platz aus. Er sah überrascht aus, als wäre er immer noch erstaunt, dass sie an diesem Tag solche intimen Momente geteilt hatten und doch auf so vielen Gebieten Fremde geblieben waren.

»Ich heiße Jake«, rief er, als ein verärgert aussehender Pendler sich an ihm vorbeidrückte.

»Ich warte auf deine Anzeige«, rief sie. »In *Time Out*, dem Magazin.«

Sie lächelte, als der Zug anzog und aus dem Bahnhof fuhr, und mit jedem Meter wurde die Geschwindigkeit höher. Andere Männer waren zu anderen Zeiten enttäuschend gewesen; nicht alle, aber einige.

Er war der Beste gewesen. Der geschmeidigste von allen. Willfährig. Diesmal hatte sie goldrichtig gewählt. Sie glaubte, dass sie sich noch einmal sehen würden. Sie würde gehen, wenn er sie rief. Es bestand natürlich die kleine Gefahr, dass sie die Anzeige übersah. Aber sie hielt das für unwahrscheinlich. Eher, dass es ihm nicht gelang, sie zu platzieren. Aber auch das hielt sie für fast unmöglich. Nein, sie vertraute ihm.

Sie atmete gegen die Scheibe. Der Mann in mittleren Jahren, der ihr gegenüber saß, ein übergewichtiger Geschäftsmann, sah sie missbilligend an. Sie ignorierte ihn und malte eine Figur auf das frostige Glas. Sie hätte gern gewusst, ob der Dicke sie von seinem Sitzplatz aus erkennen konnte. Lily rieb sie nicht mit dem Ärmel weg, sondern wartete ab, bis sie immer schwächer wurde. Als sie an ihrem Zielbahnhof ankam, konnte sie die Umrisse der Figur immer noch sehen, wahrscheinlich so lange, bis die Scheiben das nächste Mal geputzt wurden.

Heute Abend würde Sam von ihrem Tagesabenteuer profitieren. Sie wusste, dass sie ihn betrog, aber wie die Schauspieler, die sie jeden Tag anzog, konnte auch sie mimen und so tun, als ob.

Vielleicht erzählte sie ihm von einer Phantasie, die sie gehabt hatte. Sie würde von einem Mann sprechen, den sie auf der Seite der Einsamen Herzen gefunden hatte. Sie musste über das lächerliche Klischee lachen. Trotzdem, sie würde ihm erzählen, wie sie ihn mit ins Theater genommen hatte. Sam war loyal und vertraute ihr. Sie wusste, dass er es nicht als die Wahrheit sehen würde, die es in Wirklichkeit war. Und die es immer wieder sein würde.

Die Rolle übernehmen ist die erste Short Story von Izzy French, die in einer Black Lace Sammlung erscheint.

Die Affäre auf Herz und Nieren überprüfen

K. D. Grace

Kate fühlte Alans Blicke auf sich, als sie den Strumpf über den Schenkel zog und an den Strapsen befestigte. Durchsichtige Strümpfe und Strumpfhalter, das war alles, was sie am Körper trug. Er bewegte sich vor und kniete sich vor ihr auf den Boden, dann strich er mit einer breiten Hand über die Schwellung ihrer Wade, schob die Beine ein wenig auseinander und enthüllte den empfindlichen Pfad entlang der Innenseiten. Er folgte diesem Pfad mit warmen Küssen und kleinem nagendem Geknabber seiner Schneidezähne.

Sie schob ihn weg. »Ich habe dir doch gesagt, dass du warten musst.« Ihr Schlafzimmer war gerade kühl genug, dass sich ihre Nippel aufgerichtet hatten, als sie sich auf den Hocker vor dem Toilettentisch niederließ, um ihr Make up aufzutragen.

Von seinem Platz auf dem Bett hatte er einen perfekten Blick auf ihre vollen nackten Brüste, die sanft bebten, während sie Lidschatten und Wimperntusche auftrug. Sie löste ihre roten Haare und schüttelte sie um ihre Schultern. Im Spiegel konnte sie das Zelt in seinen Chinos sehen, ausgelöst von seiner Erektion. Gut. Er sollte sie ja begehren. Er sollte sie begehren, bis es wehtat. Noch bevor dieser Abend vorbei war, würde sie dafür sorgen, dass es noch viel mehr schmerzte. Im Spiegel lächelte sie ihn kühl an.

Er deutete das Lächeln als Ermunterung und stellte sich hinter sie, seine Hände auf ihren Schultern. Er knetete sie mit großen kreisförmigen Bewegungen, bis seine Finger nach unten rutschten und ihre Brüste wiegten. Sie hörte ein Grunzen tief in seinem Bauch. »Bitte, lass mich nicht warten.« Er trat näher heran und presste seinen Penis gegen ihren Rücken.

Sie legte ihre Hände auf seine, als er ihre Brüste koste. Sie liebte die Art, wie sich die Nippel in seine Handflächen drückten, denn sie spürte die zuckende Resonanz in ihrer Pussy. Aber so gern sie ihn auf seine Knie gezwungen und ihm befohlen hätte, ihre Pussy zu lecken, und so gern sie sein Betteln gehört hätte, dass er seinen Schaft dahin stecken durfte, wo er ihn am liebsten hatte – das Gute kam nur zu denen, die warten konnten. Sie konnte noch ein bisschen länger warten.

Sie seufzte leise und schob seine Hände weg. »Du bist so ungeduldig, Alan. Ich verspreche dir, dass ich dir geben werde, was du haben willst – und mehr.« Sie ignorierte sein frustriertes Stöhnen und trat ans Bett, wo sie ihre Kleider ausgebreitet hatte. Sie schlüpfte in einen BH aus Spitze, der ihren Busen nach oben drückte, fast so wie seine Hände.

»Kate«, grunzte er, »ich glaube, ich kann nicht warten.«

Sie drehte sich zu ihm um, während sie noch damit beschäftigt war, die Brüste in den durchsichtigen Körbchen zu richten. »Ja, gut. Soll ich zusehen, wie du dir einen runterholst?«

Er grollte, ließ sich schmollend aufs Bett sinken und schaute zu, wie sie in das schwarze Kleid schlüpfte, das ihr passte wie eine zweite Haut. Sie lächelte still in sich hinein. Sein hungriges Starren sagte ihr, dass er daran erinnert worden war, wie gut sie aussah. Das erinnerte ihn vielleicht auch daran, wie gut sie war. Sie überprüfte sich im Spiegel und hielt den Blick etwas länger auf den runden Po gerichtet. Sie koste ihre Brüste und strich ihre Hände über die Hüften.

Sie bückte sich und bot ihm den herrlichen Blick in ihren

Ausschnitt an, während sie in ihre Stöckelschuhe schlüpfte. Wie er sie anstarrte, ließ ihren Magen rotieren. So hatte er sie auch damals angestarrt, als ihm noch bewusst war, wie glücklich er sich schätzen konnte, sie zu haben, damals, als nur ein Blick eines anderen Mannes genügte, um ihn in eine Spirale von Eifersucht und Unsicherheit zu schicken. Damals, als er sie im Bett und außerhalb nur bezaubernd fand. Sein Hunger würde ihre Pläne für diesen Abend noch interessanter machen.

Er streckte seine Hand aus und fuhr mit einem Finger über ihre Haarlinie, wo sie über ihre Wange fiel. »Du sagst mir nicht, was los ist, nicht wahr?«

Sie hob die Schultern und richtete sich auf, auch um seiner Berührung zu entkommen. »Ich habe dir doch gesagt, dass es sich um eine Überraschung handelt.«

»Ich mag keine Überraschungen.« Er zog sie an sich und versuchte, mit einer Hand unter den Saum ihres Kleids zu fassen, einen Schenkel hoch. Aber in diesem Augenblick schrillte die Türklingel. »Mist«, schimpfte er, als sie ihn von sich drückte.

Sie zeigte mit einer knappen Kopfbewegung auf die Schwellung in seiner Hose. »Sieh zu, dass du Simba noch ein bisschen länger beruhigen kannst. Ich kümmere mich um denjenigen, der vor der Tür steht.«

Unten an der Treppe warf sie einen letzten Blick in den Dielenspiegel. Obwohl sie wusste, wen sie erwartete, hatte ihr Herz zu rasen begonnen.

Die dunkelhaarige Schönheit, die draußen stand, war makellos gekleidet. Überraschung spiegelte sich in den großen braunen Augen der Frau wider. »Mrs. Cannon? Es tut mir leid, ich dachte ... ich meine, mir wurde gesagt ...«

»Oh, bitte, nennen Sie mich Kate.« Sie zwang ihre Stimme, ruhig zu bleiben. Schließlich hatte sie es genau so geplant.

»Da Alan viel von Ihnen erzählt, Caroline, habe ich den Eindruck, dass ich Sie schon ein Leben lang kenne. Es ist doch in Ordnung, dass ich Sie Caroline nenne?«

Bevor sie protestieren konnte, griff Kate nach ihr und zog sie ins Haus. Sie knallte hinter ihr die Tür zu, sodass alle Fluchtwege abgeschnitten waren.

»Es tut mir leid. Alans Sekretärin hat mir gesagt, dass wir uns in der Stadt mit Kunden zum Essen treffen, und dass ich ihn hier abholen soll.« Die Frau war keine geschickte Lügnerin.

»Oh, ich weiß alles über Ihre Pläne mit Alan.«

»Ach, ja? Aber natürlich wissen Sie Bescheid.« Der Anflug von Schuld um die roten Lippen und die dunklen Augen überraschte Kate. Es ließ sie mutmaßen, dass diese Frau noch nie zuvor mit einem verheirateten Mann geschlafen hatte, deshalb meldete sich noch ihr Gewissen.

Aber Kate wusste alles über die Pläne, die sie für diesen Abend geschmiedet hatten – schließlich stammten die Pläne von ihr. Sie lächelte süß. »Leisten Sie mir in der Küche Gesellschaft. Alan wird bald unten sein.« Sie legte einen Arm um die schlanke Taille der anderen Frau.

Caroline trug ein anschmiegsames rotes Kleid, gewiss nicht die Art Kleid, die man zu Geschäftsessen trug. Die lieblichen schwingenden Bewegungen der halterlosen kleinen Brüste konnten Kate nicht entgehen.

Sie luden einen zum Anfassen oder wenigstens zum Anschauen ein. Sie nahm an, dass Alan genau das tat, wenn er die Chance dazu hatte. Sie selbst hätte es auch getan.

»Wein, Gin Tonic oder Bier? Womit kann ich Sie vergiften, Caroline?«

»Nein, nichts, danke. Ich muss meine fünf Sinne beisammen halten.« Der Blick der Frau senkte sich, und dabei ließ sie sich Kates Brüste nicht entgehen, als sie glaubte, dass die

Gastgeberin nichts bemerken würde. Sie wollte wohl Vergleiche anstellen, dachte Kate.

»Ich wette, Sie sind eine Rotweinfrau, nicht wahr?«, sagte Kate.

»Ja, aber ...«

»Ein Nein kann ich nicht akzeptieren. Ein Glas wird nicht schaden. Ich wollte Sie schon so lange kennenlernen. Ich weiß doch, wie wichtig Sie für Alan sind.« Sie hielt lange genug inne, um zu sehen, wie sich die Röte vom Gesicht über den schlanken Hals bis zum Brustansatz ausbreitete. »Er hat Glück, eine so kompetente Kollegin zu haben, besonders heutzutage, wo die Geschäfte schwierig geworden sind. Ich bin sicher, Sie haben beide alle Hände voll zu tun.«

Caroline schien plötzlich nicht in der Lage zu sein, Kates Blick zu begegnen, aber die Gastgeberin fuhr fort, als hätte sie das nicht bemerkt.

»Dieses Kleid ist entzückend. Ich habe immer Frauen beneidet, die auf einen BH verzichten können.« Sie legte die Hände unter die eigenen Brüste und streichelte diskret über die erigierten Brustwarzen. »Ich bin ziemlich vollbusig. Gott sei Dank liebt Alan große Brüste, aber wenn ich ein Mann wäre, würde ich mich mit einer Hand voll begnügen.« Sie sah sich Carolines Brüste an und lächelte. »Was meinen Sie?«

Zweifellos genossen die knospenden Nippel der Frau die Unterhaltung. Caroline verschränkte verlegen die Arme über der Brust. »Darüber habe ich noch nicht nachgedacht.«

»Aber natürlich haben Sie! Die einzigen Menschen, die mehr als Männer an Titten denken, sind Frauen. Erzählen Sie mir doch nicht, dass Sie nicht immer Vergleiche anstellen.« Kate legte wieder die Hände unter ihre Brüste, diesmal übertriebener. »Ich jedenfalls tue das.« Sie lachte. »Es passiert sogar, dass ich Alan auf Brüste aufmerksam mache, wenn sie mir gefallen, und dann frage ich, was er von ihnen hält. Aber ich bringe Sie in Verlegenheit, verzeihen Sie. Ich bin immer geradeheraus, wenn es um Sex geht. Haben Sie einen Partner, Caroline?«

Die Röte der Frau vertiefte sich noch. Sie schüttelte den Kopf. Kate bemerkte, je stärker Caroline errötete, desto deutlicher zeichneten sich die Nippel unter dem Stoff des Kleides ab. »Kein Freund? Keine Freundin?«

»Nein, es gibt niemanden. Bei der Arbeit bleibt kaum Zeit für eine Beziehung.« In ihrer Stimme schwang eine Atemlosigkeit mit, die Kate überraschte. Es war die Art Atemlosigkeit, die sich einstellt, wenn man die Wahrheit ausspricht, sie aber lieber nicht aussprechen möchte. Konnte es sein, dass Caroline Alan gar nicht als Eroberung sah? War er nicht bereit, sich von seiner Frau scheiden zu lassen, Kinder zu zeugen und ihr ein Leben wie im Märchen zu ermöglichen?

Caroline war Abteilungsleiterin in der Buchhaltung. Sie brauchte keinen Märchenprinz mit hohem Einkommen, denn sie verdiente selbst genug.

»Alan hat mir erzählt, dass Sie sich in der Astronomie auskennen«, sagte Caroline. »Er erzählte, dass Sie ihm die Monde des Jupiters durch Ihr neues Teleskop gezeigt haben, und danach war er völlig aus dem Häuschen.«

Was zweifellos als Versuch einer freundlichen Unterhaltung gedacht war, empfand Kate mehr als Ohrfeige. Sie hatte nicht die Absicht, die intimen Momente ihrer Ehe mit Alans Geliebter zu diskutieren. Als sie Caroline ein Glas Wein anbot, drehte sie sich um. Ihr hoher Absatz blieb stecken, sie begann zu schwanken und kippte den Merlot über den Hals der Frau und den Ansatz ihrer Brüste.

Caroline keuchte auf und sprang zurück, wodurch sie fast auf den Hocker an der Bar fiel.

»Oh, Gott, das tut mir leid.« Kate zwang sich zu einem verlegenen Lachen. »Ja, ich kenne mich mit Planeten aus, aber offenbar nicht mit Stöckelschuhen und Weingläsern. Lassen Sie mich Ihnen helfen.« Sie griff nach einem nassen Tuch und wischte über die wogende Oberweite der Frau.

Caroline erstarrte, und ihr Rücken versteifte sich. Kate hatte nicht geplant, die andere Frau zu streicheln, aber es war schwer, das zu unterlassen, denn der Atem Carolines beschleunigte sich, und die runden Spitzen ihrer Brüste hoben sich und drückten gegen Kates Hand. Die Nippel pressten sich wie große Perlen durch den Stoff. Sie unternahm keinen Versuch, Kates Hand wegzuschieben, und auf dem Hocker rutschte sie aufgeregt von einer Pobacke auf die andere. Kate konnte gut verstehen, warum Alan sie vögeln wollte. In diesem Augenblick hätte sie das auch tun wollen.

»Katie, Liebling, ich weiß, dass du es noch in die Länge ziehen willst, aber ich bin jetzt geil und ...« Alan verharrte mitten im Schritt und blieb in der Küchentür stehen.

Caroline stieß ein unterdrücktes Jaulen aus und versuchte, Kate von sich zu schieben, aber Kate hielt sie zwischen Frühstückstresen und sich selbst gefangen. Sie fuhr fort, ihr über die Brust zu wischen, und nahm einen Träger von der Schulter. »Hallo, Alan. Das ist deine Überraschung.« Ihr Daumen rieb über Carolines Nippel. Die Frau wimmerte. »Ich fand, es ist an der Zeit, dass die Ehefrau die Geliebte kennenlernt, meinst du das nicht auch?«

Einen Augenblick lang war es in der Küche so still, dass Kate schwören könnte, sie hätte Carolines Herzschlag gehört, obwohl es vermutlich ihr eigener war. Dann sagte Alan in einem Schwall von Worten: »Kate, Liebling, ich kann das erklären. Wir haben das so nicht gewollt. Es ist nur einfach ...«

Als er zu ihr ging, gab sie ihm einen klatschenden Schlag auf die Wange. Er und Caroline keuchten und hielten die Luft an, danach wurde es wieder still, aber nur für einen Moment.

»Du hast mir vor langer Zeit etwas versprochen, oder hast du das vergessen?«

»Was habe ich vergessen?« Er rieb sich die Wange, und Caroline schürzte die Lippen; mit einem weißen Zahn biss sie sich auf die Unterlippe. Es sah so aus, als wollte sie zu weinen beginnen.

Kate erhob sich zur vollen Größe und starrte ihn an. »Wir sagten, es könnte durchaus sein, dass wir eines Tages mal des Experiments wegen mit einem anderen Partner schlafen wollten. Wir waren beide der Meinung, dass wir damit gut umgehen könnten, wenn wir uns gegenseitig versprechen, den Geliebten oder die Geliebte nach Hause zu bringen, damit der Partner zustimmen konnte. Wir haben versprochen zu teilen. Erinnerst du dich?«

Sie schluckte den Knoten in ihrer Kehle und war den Emotionen gefährlich nahe, mit denen sie nicht gerechnet hatte, als sie den Plan in ihrem Kopf ausgearbeitet hatte.

»Verdammt, Katie, wir waren an dem Abend hackevoll. Du kannst doch nicht erwarten, dass ich ...«

»Was kann ich nicht erwarten? Dass ich lieber weiß, wen du fickst? Ich mag auch keine Überraschungen, Alan.«

»Mrs. Cannon, Kate, Sie müssen mir glauben, dass wir nie vorhatten ...«

Ohne Vorwarnung drehte sich Kate um und schlug Caroline ins Gesicht. »Du hältst den Mund! Du hast kein Recht, mit mir zu sprechen. Ihr beide nicht. Heute Abend habe ich das Sagen, und wenn einer von euch aus diesem Haus geht, bevor ich mit ihm fertig bin, ist es endgültig vorbei. Habe ich mich deutlich ausgedrückt?«

Sie nickten beide.

»Gut.« Kate griff nach ihrem Weinglas und nahm einen kräftigen Schluck, als müsste sie sich Mut antrinken. Dann setzte sie das Glas schnell wieder hin, damit die anderen nicht sahen, wie sehr sie zitterte. Sie hatte sie jetzt da, wo sie sie haben wollte. Sie hoffte nur, dass ihre Nerven stark genug waren, um ihren Plan durchzuziehen.

Ärger brodelte unter der dünnen Decke der Ruhe, die sie sich auferlegt hatte. Sie packte Alan an den Haaren, der sich unterwürfig krümmte, als sie ihn zwang, ihr in die Augen zu sehen. »Wie lange schon?«

»Nicht lange«, antwortete Caroline. »Glauben Sie mir, wir haben nie ...«

»Ich rede nicht mit dir, Caroline.«

Die andere Frau biss sich auf die Unterlippe.

»Es hat angefangen, als du das Observatorium in Chile besucht hast«, antwortete Alan und hielt ihrem Blick nur mit Mühe stand. »Im Büro lief es schlecht. Ich vermisste dich, und da ist es einfach passiert.«

»Oh, bitte, komm mir doch nicht damit!« Sie zwang ihre Tränen zurück. Dies war nicht der Augenblick, Schwäche zu zeigen. Sie löste den Griff in seinen Haaren und stieß ihn zurück. »Du kanntest die Regeln. Warum hast du sie nicht zu mir nach Hause gebracht?«

Er seufzte schwer. »Wir hatten nie vor, dass es noch mal passiert.«

»Aber das tat es dann doch.«

»Katie, bitte, das musst du mir glauben. Ich wollte dir nie wehtun.«

Sie wandte sich Caroline zu. »Da ich sie jetzt kennengelernt habe, könnte ich fast glauben, du hättest sie speziell für mich ausgesucht, Alan.« Sie zwang sich zu einem unechten Lachen. »Sie ist klug, sie ist schön, und sie ist nicht arm. Du hast nie was für arme Frauen übrig gehabt.«

Sie streifte den anderen Träger von Carolines Schulter und nahm die Brust durch den Kleiderstoff in die Hand. Caroline rührte sich nicht. »Ihre Brüste haben genau die Form, von der du weißt, dass sie mir gefällt. Denkst du daran, wenn du sie leckst und streichelst, wenn du sie vögelst und zuschaust, wie ihre Titten hüpfen und schwingen?« Sie gab Carolines Brüsten zwei leichte Schläge und sah sie kurz pendeln. Gegen ihren Willen stieß Caroline einen Seufzer aus.

Kate glucksste leise. »Das hat dir gefallen, was, Caroline? Hat mein rücksichtsvoller Ehemann eine Geliebte gefunden, die sich heimlich danach sehnt, mit einer anderen Frau zusammen zu sein? Träumst du von großen Titten?«

Es gab ein kollektives Aufseufzen im Zimmer, als sie den Reißverschluss ihres Kleides aufzog, heraustrat und Carolines Hand an ihre Brüste führte. »Das ist schon in Ordnung«, sagte sie. »Du kannst sie anfassen. Wir sind doch alle Freunde hier, nicht wahr?« Sie fühlte Carolines kleine weiche Hand, die sich auf ihre Brust legte. »Ja, so ist es gut, Mädchen. Spürst du, wie gut es sich anfühlt und was du bisher alles verpasst hast?«

Alan trat an ihre Seite. »Kate, hör auf damit. Es ist nicht richtig.«

»Wirklich?« Sie griff seine Hand und legte sie auf ihre andere Brust. »Ist es richtiger, hinter meinem Rücken herumzuvögeln? Außerdem hast du erst vor zehn Minuten meine Titten unbedingt anfassen wollen. Ich lasse jetzt zu, dass du sie anfasst, aber du musst sie teilen.«

»Kate ...«

»Öffne meinen BH.«

Er tat wie geheißen, und dann stand sie wieder da in nichts als Strapsen, Strümpfen und Stöckelschuhen. Ein flüchtiges Streicheln verriet ihr, dass sich die Chinos hart um Alans Steifen streckten. Die Hände auf ihren Brüsten kneteten und streichelten, und sie musste an sich halten, um sich nicht zu schnell der Lust dieser doppelten Berührungen hinzugeben. Sie war noch nicht fertig. Sie zog Carolines Kleid über ihre

Brüste und revanchierte sich, indem sie über die Brüste der anderen Frau strich. Caroline stöhnte auf, als Kate sich bückte und die dunklen Nippel abwechselnd in den Mund nahm.

»Das ist verrückt«, keuchte Alan, kurz bevor er mit dem Mund über Kates volle Brüste herfiel.

»Aber du willst doch nicht, dass ich aufhöre?«

Seine Hand arbeitete sich an den Innenseiten von Kates Schenkeln hoch, aber sie klatschte seine Hand weg. »Du kannst meine Pussy haben, wenn ich es sage, aber nicht vorher«, zischte sie und schob den Saum von Carolines Kleid hoch. Die Frau hob ihren Po vom Hocker, um es Kate leichter zu machen, aber sie hörte nicht auf, Kates Brust fasziniert zu kosen.

»Ich will sehen, wie er es dir besorgt, Caroline. Macht er es dir mit dem Mund, bevor er ihn in dich steckt? Pussy schlecken, das kann er gut. Hat er dir gesagt, was er mit meiner Muschi angestellt hat, während wir die Monde des Jupiters beobachteten? Ich würde ihn nur dafür im Haus behalten, obwohl du wahrscheinlich weißt, dass er auch noch andere Talente hat.«

Caroline keuchte, als Kate eine Hand gegen den String drückte. Mit leichten kitzelnden Strichen koste sie den glatt rasierten Venushügel, bevor sie mit den Fingern gegen die geschwollenen Labien rieb. »Ich liebe rasierte Pussys. Sie zeigen jede Falte, jede schlüpfrige Schwellung.«

Caroline hörte nicht zu. Sie rutschte auf dem Hocker hin und her, während Kate tiefer in sie eindrang.

»Ihr zwei solltet euch was schämen«, schimpfte Kate, »dass ihr mir das vorenthalten habt.« Sie rieb mit den Daumen in engen Kreisen um Carolines harte Klitoris. »Zieh seine Hose aus«, verlangte sie.

»Was hast du gesagt?«, grunzte Caroline, die darauf achten musste, nicht vom Hocker zu fallen.

»Du hast mich schon verstanden«, gab Kate zurück. »Mach schon. Zieh ihm die Hose aus. Ich bin sicher, dass du genug Übung darin hast. Hol seinen Schwanz raus, dann sehen wir mal, was passiert. Du« – sie packte Alan am Kragen und drückte sein Gesicht gegen ihren Ausschnitt – »ich habe dir nicht gesagt, du könntest aufhören, meine Brüste zu saugen.« Sie führte seine Hand zwischen ihre Beine. »Ein bisschen kannst du mich grabschen, aber nur ein bisschen.«

Der Reißverschluss ratschte, dann zog Caroline Alans Hose und Unterhose über seinen Hintern, und von dort fielen sie auf seine Knie. Zögernd nahm sie den Penis in die Hand.

Kate schlug Carolines Hand weg. »Ich will ihn in deinem Mund sehen. Du saugst ihn doch gern, nicht wahr, Caroline?« Sie hakte einen Finger in den String der Frau. Der Stoff des Höschens biss in ihre Pussy. »Komm schon, lass mich sehen, wie du ihn verwöhnst.«

»Alan, setz dich hierhin.« Sie strich über seine zuckende Erektion, während sie ihn auf den Hocker drückte. Sie schob Carolines Kopf zu seinem Schoß, aber als sie sich kniete, zerrte Kate wieder am String. »Nicht auf die Knie. Bück dich. Ich will sehen, was er macht, wenn er nicht mit mir schläft.« Sie schaute hin und spürte, wie ihr Herz schneller schlug. Alan spreizte seine Schenkel, um seiner Geliebten leichteren Zugang zu seinem Penis zu verschaffen.

Ohne zu zögern nahm Caroline die ganze Länge in den Mund. Eine Hand legte sie unter seine prallen Hoden. Alan und Caroline sahen nicht mehr so elend aus, und ihr heftiges Atmen machte deutlich, dass ihr Körper sie erneut verriet.

Kate streifte Carolines String ab und bewunderte ihren herrlichen Po, der jetzt genau auf der Höhe von Kates Augen war, und sie konnte die nackte Muschi sehen, deren Lippen so aussahen, als zögen sie einen Flunsch. Sie zog sie auseinander wie die Hälften eines Pfirsichs und enthüllte das saftige, zarte Fleisch. Kate nahm einen Holzlöffel mit einem langen Griff und klopfte ihn mit einem klatschenden Laut auf die beiden blassen Hügel. Caroline wimmerte und krümmte sich. Aber die bettelnde Pussy schien nur noch mehr anzuschwellen, und die roten Striemen leuchteten auf ihrem Po.

Kate spreizte Carolines Backen und bückte sich, um eine feuchte Spur von den geschwollenen Lippen bis zur Kuppe der Klitoris zu ziehen. Caroline stöhnte durch ihren gefüllten Mund. Sie schmeckte ihre eigene Pussy. Alans Augen wurden groß wie Untertassen, als er in Carolines Mund stieß und seine Frau beobachtete, die die Pussy seiner Geliebten schleckte. Er und Kate hatten oft darüber gesprochen, wenn sie sich beim Liebesspiel ihre Phantasien erzählten.

Kate zog sich zurück. Ihr Gesicht glänzte von Carolines Säften. Sie packte Alans Gesicht, küsste ihn hart und ließ ihn schmecken, wie sich seine Geliebte auf der Zunge anfühlte. »Siehst du jetzt, dass es viel mehr Spaß macht?«, sagte sie und biss in seine Unterlippe. Er zuckte zusammen.

»Ich will Liebe mit dir machen«, keuchte er. »Ich will dich bumsen, Kate.«

Sie holte mit dem Holzlöffel aus, schlug ihn dicht über seinen linken Nippel. »Du hast nichts zu wollen. Du warst ungezogen.« Sie beugte sich über ihn und biss ihn in den Nippel. Sein ganzer Körper krümmte sich, und sie hatte schon Angst, seine Warze abgebissen zu haben.

Sie richtete sich auf und packte Alan und Caroline an den Haaren. »Bück dich«, befahl sie ihrem Mann. In ihren Stilettos war sie fast so groß wie er. Sie brachte ihn auf seine Zehenspitzen, ehe sie ihn nach unten drückte, bis sein Kopf auf der Höhe ihrer Pussy war. Sein Penis ragte ungerührt in die Höhe. Aber als er nach ihr greifen wollte, packte Kate seinen Penis und drückte mit voller Wucht zu.

»Das ist nicht für dich«, sagte sie und strich einmal kurz durch den feuchten Schlitz.

Carolines Gesicht wurde plötzlich sehr blass.

»Sei nicht so nervös, Caroline. Ich weiß doch, dass du noch nie Pussy gegessen hast.« Kate lachte kehlig. »Aber du hast es immer gewollt, nicht wahr? Nun, du bekommst jeden Moment deine Chance. Diesmal will ich dich auf den Knien sehen.« Sie setzte sich auf den Hocker, der noch warm von Alans nacktem Hintern war, und spreizte ihre Beine. Sie hörte, wie Alan laut die Luft anhielt, als sie das Gesicht seiner Geliebten dicht an ihre Pussy heranführte. »So ist es gut, Caroline. Du bist eine Frau. Du weißt, was wir mögen. Mach's mir jetzt.«

Zuerst hielt Caroline nur die Luft an, dann strich sie mit der Zunge versuchsweise über Kates Klitoris und über die heißen Lippen. Kate verstärkte den Griff in Carolines Haaren und fühlte sie gegen ihre Muschi stöhnen. Die Hüften ruckten und zuckten. »Du musst bald kommen, was, Caroline? Ich habe deine Pussy so heiß werden lassen. Alan, spiel mit ihrer Pussy.«

Er rutschte hinter seine Geliebte, aber Kate hielt ihn fest. »Nein, so nicht. Du warst ein viel zu böser Junge, deshalb brauche ich deinen Arsch hier dicht bei mir. Dann kann ich dich bestrafen, wenn du nicht exakt das tust, was ich dir sage.«

Er brauchte ein paar Sekunden, bis er die richtige Position gefunden hatte, aber er war viel größer als Caroline, deshalb konnte er sich über sie beugen und ihre Pussy lecken. Die Luststöhnlaute von Caroline übertrugen sich als köstliche Vibrationen auf Kates Schlitz. Caroline lernte schnell, wie man eine andere Frau befriedigte.

Wie oft hatte Kate davon geträumt, dass die Geliebte ihres Mannes ihr die Pussy leckt? Aber die Phantasien hatten den

Verrat nie mit eingeschlossen. Caroline schien verzweifelt bemüht, Kate zum Orgasmus zu bringen. Vielleicht war es ihre Sühne. Aber ein Verrat wurde nie so schnell vergeben.

Sie langte zwischen Alans Beine und wiegte die Hoden auf ihrer Hand; sie fühlte ihr Gewicht, und sie fühlte seinen schweren Atem, als sie die Bälle anfasste. Sie waren seit zehn Jahren verheiratet, und sie wusste genau, wie sie mit seinen Nüssen spielen sollte. Mit einem Finger sollte sie über die Unterseite des Beutels streichen und von dort über die Unterseite des harten Schafts. Sie hätte gern gewusst, welche Techniken Caroline anwandte, um ihm Lust zu bescheren. Machte sie es wie Kate, oder hatte sie irgendeine exotische Zauberformel, etwas Fesselndes, womit sie ihn liebte?

Dicht vor Kate sah sie die Kerbe seiner Backen. Sie beugte sich über ihn und leckte kurz über die Kerbe. Sie fühlte, wie er sich unter ihrer Zunge anspannte. Der ganze Körper geriet in Zuckungen. Einen Moment lang glaubte sie, es wäre ihm gekommen. Er hob den Kopf, ließ Carolines Pussy im Stich und keuchte laut: »Himmel, Kate! Das ist ja unbeschreiblich! Hör bloß nicht auf damit!«

Seine Forderung endete mit einem lauten Luftschnappen, als sie den Holzlöffel quer über seine Backen gezogen hatte. »Ich habe dir gesagt«, knurrte sie, »dass dies nicht der Abend ist, an dem du was aussuchen kannst.« Caroline blinzelte, um zu erfahren, was hinter ihr passierte, und ihr eigenes kleines Keuchen rundete das Geschehen ab.

Kate leckte wieder ein Stückchen die Kerbe entlang. »Hier hast du ihn noch nie geleckt, was, Caroline?« Die Frau schüttelte den Kopf, die Augen groß, die Pupillen erweitert. »Du kannst zuschauen, aber vergiss nicht, deine Finger in meiner Pussy zu bewegen.«

Caroline nickte begeistert, und Kate wandte sich wieder der Kerbe ihres Mannes zu, verfolgt von Carolines heißen

Blicken. Plötzlich hatte Kate eine Idee. Sie reichte Caroline den Holzlöffel und erwartete, dass die junge Frau den Stiel lecken würde, aber sie hatte etwas anderes im Sinn.

Sie presste den Löffel gegen Kates Vulva und klopfte leicht dagegen. Es hörte sich wie ein Spanking an, das Kate wimmern ließ. Sie wand sich hin und her. Caroline drehte den Löffel um und steckte den Stiel verspielt in Kates Pussy und rieb neckend über ihren G-Punkt.

Kates Konzentration war verteilt zwischen Carolines findigem Umgang mit dem Löffel und ihrer eigenen Faszination mit Alans Hintern. Die Sensationen, die Caroline ihr verschaffte, waren neu und drohten zu eskalieren, aber sie wollte ihren Orgasmus zurückhalten. Und ebenso wenig war sie bereit, den beiden jetzt schon zur Befriedigung zu verhelfen.

»Gib mir den Löffel«, befahl sie.

Caroline gehorchte und schaute mit großen Augen zu, als Kate begann, Alans Hinterbacken noch ein bisschen mehr zu strecken.

»Hilf mir.« Sie legte Carolines Hand auf Alans Hintern und nickte ihr resolut zu. Caroline teilte sanft die Backen, und Kate schob den Löffelstiel in Alans Anus.

Er bäumte sich auf und zog sich von Carolines Pussy zurück. »Oh, verdammt! Was macht ihr denn da?«

Kate gab ihm einen harten Schlag mit der flachen Hand und knetete seine Arschbacken durch, während sie den Stiel hin und her rührte. »Halt den Mund und nehme hin, was ich dir zukommen lasse, du betrügerischer Bastard!«

Das Gift in ihrer Stimme überraschte sie, überraschte sie alle, was sie daran erkannte, wie sich das Liebespaar anstarrte und versteifte. Sie trauten sich kaum noch zu atmen für den Fall, dass Kate das auch noch verärgern würde. Der Kloß in ihrer Kehle und der plötzliche Nebel vor ihren Augen machten sie noch wütender. Verdammt! Sie würde nicht die

Kontrolle verlieren, nicht vor diesen beiden. In ihrer Wut schlug sie wieder mit der flachen Hand zu, diesmal noch härter. Sie hörte, wie er nach Luft schnappte, es war ein Geräusch zwischen Lust und Schmerz, aber er sagte kein Wort.

Sie zog den Löffel heraus und warf ihn mit solcher Wucht gegen die Wand, dass sie alle zusammenzuckten, als der hölzerne Gegenstand gegen das Mauerwerk krachte. Sie nickte Caroline zu. »Zieh ihm seine Kleider aus. Alle!«

Die Frau tat, was ihr aufgetragen wurde. Er lieferte sich ihr demütig aus, die Augen gesenkt, die Hände verlegen an den Seiten, die Erektion dunkel und schwer.

»Auf Hände und Knie!«, befahl Kate.

Alan gehorchte sofort und verzog nur wegen der kalten Fliesen auf den Knien sein Gesicht. Sie stellte sich breitbeinig vor ihn, damit er einen ungehinderten Blick auf ihre Pussy hatte. Sie glitt zuerst mit den Fingern, dann mit der ganzen Hand über die Vulva und presste die Handfläche gegen die klaffenden Labien. Sie ruckte dagegen und mahlte mit den Hüften. Als ihre Hand glitschig war von ihren Säften, brachte sie sie zu seinen Lippen, als wollte sie ihrem Lieblingshund einen besonderen Leckerbissen bieten. Er lutschte lüstern daran und stöhnte auf, und unwillkürlich stieß er mit den Hüften vor und zurück. Caroline schaute fasziniert zu.

Als sie sicher war, dass sie ihre volle Aufmerksamkeit hatte, kam Kate auf seine Seite und setzte sich auf seinen Rücken, als wäre er ein Sofa. Sie öffnete die Beine weit, um sicher zu gehen, dass er ihre geschwollene Nässe fühlte, die über seinen Rücken wetzte, wo sie seinem starren Penis aber keine Dienste erweisen konnte.

Er konnte sie riechen und fühlen, aber er fand auf diesem Weg keine Befriedigung. Sie gab Caroline zu verstehen, dass sie sich vor sie knien sollte, und bewunderte bei dieser Gelegenheit ihre Spiegelbilder im Chrom des Kühlschranks.

»Alan, du schaust zu, während deine Geliebte mich zum Orgasmus bringt. Mehr habe ich für dich nicht vorgesehen. Caroline, du leckst mir die Muschi, bis ich komme. Das ist alles, was ich für dich vorgesehen habe. Und für mich habe ich vorgesehen, dass ich mit euch beiden das anstelle, wonach mir gerade der Sinn steht. Ich will all das nachholen, was ich bisher versäumt habe, weil ihr mich nicht eingeschlossen habt.«

Kurzgeschichten von K. D. Grace erscheinen in den Black Lace Anthologien *Affären* und *Sexy Little Numbers*.

Hoher Absatz garantiert

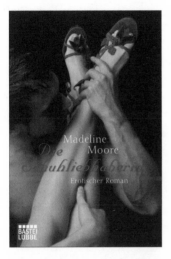

Madeline Moore
DIE SCHUHLIEBHABERIN
Erotischer Roman
Aus dem Englischen
von Jule Winter
336 Seiten
ISBN 978-3-404-16712-8

Amanda, eine Frau in den besten Jahren, erbt das Schuhimperium ihres Mannes - und übernimmt zugleich eine Reihe gutaussehender Angestellter. Diese sind begierig darauf, die neue Chefin zufriedenzustellen, und zwar in jeder Hinsicht. Während Amanda ums Überleben ihrer Schuhläden kämpft, findet sie reichlich Gelegenheit, sich zu amüsieren ...

Bastei Lübbe Taschenbuch